Zum Bösen verführt

Roman

La Orden maldita

Originaltitel

SALON *Literatur*VERLAG

1. Auflage 2018,

Umschlagmotiv: Fa. LayIn, München
Übersetzung: Roland Berens
Lektorat: Franz Westner
Titelbild: Gettyimages, Fa-Ro Marketing, Franz Westner

SALON *Literatur*VERLAG
80634 München
Volkartstraße 2c
www.Salon*Literatur*Verlag.de
E-Mail: info@SALON*Literatur*VERLAG.de

ISBN 978-3-947404-03-2

José Manuel Ruiz Marcos, Autor
geboren 1926 in Ujo (Asturien, Nordspanien), begann als Seminarist von 1938 bis 1947 an der Päpstlichen Universität Comillas die Ausbildung zum Priester, wo er Maciel und seine ersten vierunddreißig mexikanischen Jünger kennenlernte. Er beendete die Ausbildung durch die Studien der Theologie an der Javeriana Universität in Bogotá, Kolumbien. Später studierte er Politik- und Wirtschaftswissenschaften mit anschließender Promotion in Köln. Seit 1957 wohnt er mit seiner Familie in Deutschland. Seit 1970 arbeitete Ruiz als Dozent für Sozialwissenschaften und war zwischendurch zwei Jahre als Redakteur bei der Zeitung „El Nuevo Diario“ in Managua, Nicaragua tätig.

Roland Berens, Übersetzer
geboren in Verl (NRW), legte 1975 das Diplom im Studiengang Informationsverarbeitung ab. 1992 bis 1997 Studium der Hispanistik, Literatur- und Wirtschaftswissen-schaften mit anschließender Promotion an der Universität Bielefeld. Er übersetzte diverse Autoren aus dem Spanischen, u. a. Horacio Quiroga, den ersten Erzähler Lateinamerikas. Der Übersetzer ist als Blues-Liedermacher bekannt. Er lebt in Deutschland und Costa Rica.

JOSÉ MANUEL RUIZ MARCOS

Zum Bösen verführt

Roman

La Orden maldita

Originaltitel

Aus dem Spanischen von ROLAND BERENS

Erschienen bei EL ALEPH EDITORES, *Barcelona*

SALON *Literatur*VERLAG

ERSTES KAPITEL

Wie mit dem Messer geschnitten, ragt der Wall aus hellem Sandstein auf. Über Jahrtausende hindurch war er, im Kampf zwischen Ozean und Festland, in dieser Küstenregion freigelegt worden. Noch heute lassen die tiefen Einkerbungen die Widerstandskraft dieses harten Gesteins gegen die immerwährende Brandung des kantabrischen Meeres erkennen. Die wilde Steilküste offenbart die verzweifelte, letztendlich erfolglose Gegenwehr, so wie ein Delinquent vor dem Henker oder ein ungestüm draufgängerischer Soldat in der Schlacht dem Schicksal die Stirn bieten, wohl wissend, dass sie scheitern werden. Denn immer noch werden einzelne Gesteinsbrocken durch die unermesslichen Kräfte des Ozeans besiegt und verschlungen und fügen dem Felsmassiv weitere Narben zu.

Es war Herbst, kurz vor Beginn des Studienseminars. Die Neuankömmlinge dieser Anhöhe wurden entweder von einem düsteren, mit schwarzen Wolken verhangenen Himmel begrüßt oder, was meistens der Fall war, von einem weit entfernt stillstehenden Feuerball; ein nicht weniger bedrohliches Vorzeichen der unheilvollen Zeiten, die da kommen sollten.

Unruhig mit einem Gefühl der Neugier, das durch das Getuschel über die bevorstehende Ankunft noch verstärkt wurde, wartete der angesehene Rektor der Päpstlichen Universität von Comillas, Francisco Javier Baeza, in seinem Dienstzimmer auf Neuigkeiten der mexikanischen Kinder, die bald das riesige Gebäude bevölkern würden, das die ganze Anhöhe am Meer einnahm.

An diesem Ort der Studien und der Andacht waren bereits am Ende der Sommerferien Dutzende ältere Studenten aus verschiedenen lateinamerikanischen Ländern eingetroffen. Sie widmeten sich theologischen Studien und vervollständigten ihre Ausbildung, bevor sie die Heiligen Weihen erhielten. Baeza zeigte sich zufrieden, seine beschwerliche Seereise zur anderen Seite des Ozeans trug endlich die erwarteten Früchte. In diesem Semester würden einhundertundzwölf Schüler immatrikuliert, fast alles Südamerikaner. Eine Zahl, die in vierundfünfzig Jahren des Bestehens des Priesterseminars nie zuvor erreicht worden war. Besonders stolz war er auf seinen Erfolg in Mexiko. Dort konnte er vierunddreißig Jünglinge, kaum dem Kindesalter entwachsen, rekrutieren. Diese würden jedoch nicht die ganze Zeit mit ihren älteren Studienkollegen verbringen, sondern nur die Vorseminare der Alten Sprachen besuchen.

Auch diese Kinder hatten Gottes Ruf erhalten. Jedoch nicht um das Priesteramt in einer Diözese unter der Leitung eines Bischofs zu bekleiden, sondern um einer Kongregation anzugehören, die gerade im Begriff war, sich zu gründen. Ein Ereignis, das sich auch in der Katholischen Kirche nicht gerade jeden Tag vollzieht.

Am Nachmittag erreichte endlich die ersehnte Nachricht das Dienstzimmer des Rektors. Die *manitos*[1]) wie die mexikanischen Kinder bald genannt wurden, hatten vor einer Stunde Bilbao erreicht. Einige Wochen zuvor hatten sie an Bord eines Dampfers der Transatlántica Española in New York die Seereise begonnen. Die Überfahrt war schrecklich. Seit dem Auslaufen hatten eisige Temperaturen und immer neue Gewitterstürme den Atlantik aufgepeitscht und dieses Wetter war ihnen bis zum Erreichen der baskischen Küste treu geblieben.

Erschöpft aber glücklich wieder festen Boden unter den Füßen zu haben, erreichten sie Comillas. Als vorläufige Unterkunft wurden ihnen die Dachkammern des Sobrellano Palastes unweit der drei Universitätsgebäude, zugewiesen. In der ersten von vielen weiteren Nächten fielen alle in einen tiefen Schlaf. Einige von ihnen sollten jedoch bald, ganz ohne eigenes Verschulden, in der totalen Finsternis einer unglückseligen und schäbigen Zukunft enden.

Jeden Morgen kurz nach Tagesanbruch fuhr ein Kleinbus die steilen Küstenwege hinauf und brachte

1) Der Name resultiert aus *hermanito*: Brüderchen, Freund, Kamerad

die Kinder von ihren Unterkünften zum Unterricht. Fast immer wurden sie dort schon am Wegesrand und auf Parkbänken von älteren Jahrgängen erwartet, die neugierig die Neuankömmlinge beim Verlassen des Busses bestaunten, wie sie sich in geordneter Formation in das Gebäude begaben.

Ein dichter Bestand von Platanen säumte auf beiden Seiten den Anstieg des Weges bis zum großen asphaltierten Vorplatz, der die gesamte Breite aller drei Gebäude einnahm. Das erste war die Päpstliche Universität, eine prächtige postgotische Festung des katalanischen Architekten Deménech i Montanar, die 1892 fertig gestellt wurde. Für zwanzig Jahre stand dieses majestätisch und erhaben anmutende Gebäude allein auf dem Hügel. Es dauerte nicht lange, bis die umliegende Dorfbevölkerung dafür einen Namen gefunden hatte, und das nicht ohne einen gewissen Bezug: La Casona. Im Kantabrischen steht der Name für „Ein großes Haus und voller Rätsel". An seiner Seite wurde später das Kleine Seminar errichtet, ein großer, quadratisch angelegter Bau mit Innenhof, funktioneller, aber nicht weniger erhaben als das erste. Nochmals fünfzig Jahre später wurde neben den beiden riesigen Gebäuden, am Ende der langen Fassade, die mit Rosensträuchern und gepflegten Beeten geschmückt ist, ein weiteres kleineres Bauwerk hinzugefügt, von dem man annehmen könnte, es würde die imposante Kulisse stören: das Collegium Maximum der Gesellschaft Jesu, erbaut in den vierziger Jahren, die in der Folgezeit des vom Bürgerkrieg gegeißelten Landes und des zweiten Weltkrieges in Europa und in Spanien Mangeljahre waren. Dieses Gebäude beherbergte die Philosophie- und Theologiestudenten des Ignatius von Loyola-Ordens, die zusammen mit den anderen älteren Studenten die Vorlesungen der drei Fakultäten hörten.

Am Steuer des «Guagua», wie die manitos den kleinen Bus nannten, saß ein kaum sechsundzwanzigjähriger Priester, der einen gepflegten und gebildeten Eindruck erkennen ließ und von dem wahre Wunderdinge erzählt, aber auch diverse Gerüchte verbreitet wurden. Bei den Seminaristen hatte er ein großes Interesse hervorgerufen. Man hörte, er wolle mit diesen vierunddreißig Kindern eine religiöse Kongregation gründen und diese sei von der mexikanischen Diözese in Cuernavaca bereits gebilligt worden. Die ersten zwei Novizen hatte er schon in Comillas untergebracht. Des weiteren erzählte man sich, jener Priester würde bereits gute Verbindungen zum Vatikan unterhalten, hätte sogar schon eine längere Unterredung mit Papst Pius XII gehabt, dessen Empfehlungen ihm auch Kontakte zur Regierung von General Francisco Franco verschafft hätten.

Die Seminaristen betrachteten den Mann mit den guten Manieren, den feinen Gesichtszügen und dem schüchternen Lächeln mit großem Respekt, denn dieser beabsichtigte gleichzeitig die Funktion des Rektors, des Ordensseelsorgers und des Geschäftsführers der neuen Kongregation zu übernehmen und somit völlig verschiedene Aufgaben zu erfüllen: die Ordensleitung, aber auch die Gewissenserforschung und die Kontrolle über die Barschaft der vierunddreißig wohlerzogenen Kinder mit den fröhlichen Gesichtern und den treuherzigen Blicken, die man eher für Europäer denn für Mexikaner halten konnte. Als die Spanier sie sprechen hörten, fanden sie sofort Gefallen an der süßen Melodie, die das gesprochene Spanisch aus den Kindermündern hervorrief. Sie konjugierten zwar die gleichen Verben, fügten die gleichen Adjektive hinzu und konstruierten in der allen gemeinsamen Sprache auch das gleiche Satzgefüge, aber die Kinder taten es mit solch anmutiger und melodiöser Modulation, dass sich im Vergleich mit ihnen ihr eigener Sprachduktus rau und holprig anhörte.

Der erste Eindruck, den man von den jungen Seminaristen gewinnen konnte, war, dass sie in ihrem Tun wenig gewissenhaft waren, obwohl sich niemand traute, das offen auszusprechen. Trotzdem musste man feststellen, dass die vierunddreißig pubertären Kinder vor allem Höflichkeit und gute Manieren an den Tag legten. Die älteren Studenten schrieben dieses Verhalten in der Öffentlichkeit der Betreuung durch den mexikanischen Priester zu. Dieser präsentierte sich den Kindern gern als Vollkommener Mensch, einen Grundsatz, den er langsam durch seine Gespräche und Vorträge in den Hörsälen der Universität durchsetzen wollte. Ein vollkommener Mensch mit einem vollständigen Namen: Marcial Maciel.

Bisher wusste niemand, woher er seine Prinzipien, seine moralischen Leitlinien und Forderungen bezog und auf welcher Grundlage seine Überzeugungen und Bestrebungen beruhten. Sein zweiter Nachname, der der Mutter, war Degollado. Dieser lieferte den Seminaristen zuhauf Rückschlüsse. Ein Bruder der Mutter Marcials, General Jesús Degollado Guízar, war der letzte Anführer im Bürgerkrieg der christlichen Milizen gewesen, die den Aufstand der katholischen Kleinbauern gegen die Laisierung der Gesellschaft und die Verfolgung der von Rom gesteuerten Kirche durch den mexikanischen Präsidenten Plutarco Elías Calles in den zwanziger Jahren des vorigen Jahrhunderts anführten. Der Schlachtruf: „Es lebe Christus, der König!", mit dem die Hingerichteten vor dem Erschießungskommando des Präsidenten ihr Leben ließen, geht einher mit der Liturgie der Überlebenden und Märtyrer des spanischen Kreuzzuges. Und so wie dieses inbrünstige Singen, das Marcial von der Wiege bis zur Jugendzeit immer wieder in seinem Dorf Cotija de Michoacán gehört hatte, stimmte auch der Chor Schola Cantorum der Universität von Comillas bei öffentlichen Veranstaltungen seine Lieder ähnlich enthusiastisch und im soldatischen Geiste an, vor allem bei Messfeiern am 12. Dezember, dem Fest der Heiligen Jungfrau von Guadalupe. Somit gab es für das Lied, mit dem sich die konservativen mexikanischen Katholiken freiwillig in die Schlacht gestürzt hatten, bei der Ankunft von Marcial Maciel in Comillas eine Fortsetzung, ohne dass jemand bemerkte, dass unter den Anwesenden kein geringerer war als der Neffe des letzten Anführers christlicher Milizen in Mexiko.

Mexikaner, eilt schnell voran
dem Banner der Jungfrau folgend,
werdet siegreich den Kampf ihr beenden,
zum Schutze Gottes und des Vaterlandes

Der Marschrhythmus des Liedes, der die Kindheit von Marcial geprägt hatte, besonders aber seine missionarisch kriegerische Botschaft, waren den Liedern sehr ähnlich, die unter General Franco auf den Marktplätzen und in den Straßen in Spanien zu hören waren und dadurch den spanischen Seminaristen vertraut. Als sie zur Universität kamen, trugen sie stolz an ihrer Brust das Abzeichen der Katholischen Jugend Spaniens. Mit den Insignien der Falangisten, Blauhemd und roter Baskenmütze, waren sie durch ihre Dörfer gezogen, hatten Marschlieder mit bisher nicht gekannten Melodien geschmettert und so die triumphale Einnahme jeder spanischen Stadt durch die Franquisten gefeiert. In der Blütezeit, den siegreichen Jahren, hatten sie in den Lagern der falangistischen Jugendfront eine von dem Falangistengründer José Antonio Primo de Riviera ausgegebene paramilitärische Ausbildung genossen. Dabei wurden bei Aufmärschen und am Lagerfeuer auch Lieder der Hitlerjugend gesungen, wobei nur einige Parolen durch hispanoamerikanische Losungen ausgetauscht wurden. So entstand zwischen Marcial Maciel und Comillas eine gemeinsame Sichtweise ihres Weltbildes. Dabei befürworteten sie sogar eine Unterstützung Hitlers im zweiten Weltkrieg. Seine Schlacht betrachteten sie als Bollwerk und Vorhut im Kampf gegen die gottlosen Kommunisten.

Sehr bald wurden von dieser Faszination, die Marcial mit seinen Lehren auf seine Anhänger ausübte, auch die ersten Seminaristen ergriffen, als wünschten sie sich einen Führer, dem sie bedingungslos folgen könnten.

Mehr als die Hälfte ihres Lebens, fast das ganze mit eigenem Bewusstsein, haben diese jungen Spanier unter der durch militärisches Auftreten geprägten Regie dieses Mannes verbracht, sich den Befehlen eines siegreichen Führers und dem Diktat und den Normen unbeugsamer Strenge unterworfen. Das gewährte ihnen Sicherheit und Privilegien, weil die Jugendlichen das Glück hatten, wohlbehütet im Schoß der Kirche aufzuwachsen. Einer Kirche, die zudem noch gemeinsame Sache mit dem faschistischen System erkennen ließ.

Damit stimmte Marcial Maciel, anscheinend allwissend und allgegenwärtig, genau mit den Idealen der Jugendlichen und ihres bisherigen Lebens überein. Er war jetzt der neue Herrscher, jung und ungestüm, der zu ihnen, zu den Ufern des Ultramar gekommen war. Die Seminaristen in Comillas, die sich bald Marcial anschließen würden, waren Idealisten auf der Suche nach einem starken Führer, einem, der mit eiserner Faust das Erreichte verteidigte, der aber auch einen Blick in die Zukunft warf.

Die Braut der neuen Legionäre Christi war nicht mehr der Tod, wie das noch bei Francos Legionären der Fall war, sondern der blinde Gehorsam. Durch ihn verkündete der Allerhöchste seine unfehlbaren und unverbrüchlichen Weisungen.

ZWEITES KAPITEL

Eine Hand öffnete die Tür zum Speisesaal der Philosophiestudenten, und in einem geordneten Gänsemarsch kam eine Gruppe hübsch anzusehender Kinder hereinspaziert. Marcial Maciel folgte ihnen stolz und mit festem Schritt in zwei Meter Abstand, so als wäre er der angehende neue Papst, umgeben von Edelknaben unter einem Baldachin. Es war der erste Advent. Sie waren einer Einladung der älteren Semester nachgekommen. Diese ließen eine gewisse Neugier für die Kinder erkennen, wollten aber in erster Linie aus nächster Nähe die charismatische Figur Marcials betrachten. Der angehende Ordensgründer war schließlich der Einladung gefolgt und hatte seine strenge Abgeschiedenheit aufgegeben. Er hatte bereits für sich entschieden, wem dieses Treffen zum Vorteil gereichen würde. Aus diesem Grund strahlte er auch stolz wie ein Pfau all seinen persönlichen Charme aus. Sein Gebaren war das einer Diva des bel canto, liebenswürdig, elegant und diskret, doch unnahbar wie in einem Elfenbeinturm.

Zum ersten Mal seit der Ankunft hatte er den Kindern erlaubt, sich zu den Studenten zu setzen. Die Kinder dieser herausragenden Persönlichkeit schienen jedoch an einem Gespräch mit den älteren Semestern nicht übermäßig interessiert zu sein. Ihre Blicke gingen ohne Unterlass zu den Augen des jungen Priesters, als wenn sie daraus die detaillierten Anweisungen entnehmen könnten, mit denen sie auf das erste und alles entscheidende Treffen vorbereitet worden waren. Denn an diesem Tag wollte Marcial all das ernten, was er in Wochen zuvor ausgesät hatte.

Aber auch die älteren Semester hatten Marcial fest im Blick und studierten jede seiner Gesten; wie er das Besteck hielt und die Speisen zum Mund führte, die vornehme Art, sich leicht mit der Serviettenspitze die Mundwinkel abzutupfen. Seine Umgangsformen und die einstudierte Höflichkeit erweckte bei den Studenten eine grenzenlose Bewunderung, die durch den Marcial vorauseilenden Ruf noch verstärkt wurde. In jeder Geste des jungen Mexikaners erkannten sie seine noble Herkunft. Es war der Hauch des Anderssein, der sie faszinierte, eine Mischung aus Mystik und Ultramoderne. Mon Père, wie die Kinder ihn nannten, war das Ziel der Blicke aller Anwesenden. Und Das verschaffte ihm Genugtuung.

Niemand ahnte voraus, dass er mit diesem Nimbus, einer Mischung aus Mysterienspiel und Ritterlichkeit, in der Lage war, die Studenten derart zu infizieren. Wie durch eine Spritze wurde das heimtückische Virus der gestatteten Sklaverei injiziert, das dann untrüglich die Einwilligung des Dieners zum Herrn ermöglichte. Einige von ihnen konnten sogar nach dem Philosophiestudium zentrale Stellen in dem von Marcial entworfenen Projekt einnehmen. Da war zum Beispiel Gabriel, der an einem dieser Tische saß und durch die Atmosphäre ergriffen schien wie die Jünger beim letzten Abendmahl. Ein Jüngling wurde zum Mitbegründer der gerade im Entstehen befindlichen Kongregation, im besten Sinne des Wortes.

An jenem Willkommensmahl nahmen ebenfalls der Katalane Daniel Agustí und der Galizier Ambrosio Balboa teil. Beide sollten später ebenfalls führende Aufgaben in der Legion Christi übernehmen, alle infiziert mit dem gleichen Virus.

Die älteren Semester, die in wenigen Jahren nach Studienabschluss die Priesterweihe empfangen würden, zeigten sich gleichfalls fasziniert, wenn sie die Gewandtheit, die Eleganz, die guten Manieren und die gepflegte schlanke Erscheinung des Mexikaners mit den gewöhnlich derben Gestalten ihrer Lehrer und Professoren verglichen. An jenem Vormittag im Oktober fanden sie Marcial um so anziehender und sympathischer, ein Herr seiner selbst. Und sie begannen, dessen Faszination zu spüren, was dazu führen sollte, dass auch sie sich ihm bald ergeben würden. Indem sie seine Glaubenslehren begierig übernahmen, wurde er ihr engster Vertrauter. Früher oder später würden sie bedingungslos seine Anweisungen ausführen, einige von ihnen schon in weniger als einem Jahr.

Der größte Teil bildete sich damals ein, die unwiderstehliche Anziehungskraft ginge von dem Abenteuer aus, auf das sich der mexikanische Priester eingelassen hatte. Durch die Ordensgründung mit moderner Organisation und ehrgeizigen Strukturen war er ein Wegbereiter für neue Formen der Glaubensverkündung. Alle waren der Ansicht, dass durch Marcial, den man bereits mit Franz von Assisi oder Ignatius von Loyola verglich, ihr Leben eine völlig neue Richtung nehmen würde. Neu, aber nicht besser.

Die Inszenierung hatte begonnen. Während die übrigen Studenten das Essen einnahmen, dirigierte ein Novize den kleinen Kinderchor, der mehrstimmig *El Jarabe Tapatío*[1]) zum Besten gab. Der Zauber ihrer Stimmen verwöhnte die Ohren der Zuhörer. Ihr weiches „s", anstatt des harten spanischen, hörte sich in den bisher am Ultramarufer unbekannten Früchten wie *Zapote*[2]), Papayas, Chiles, *Chicheyotes*[3]) an wie der sanfte Ton einer Marimba. Früchte, die niemand von den Anwesenden jemals vorher zu Gesicht bekommen hatte, nahmen nun plötzlich durch den Gesang aus den unschuldigen Kehlen Gestalt an, durch reine Stimmen, die noch nicht den Liebreiz des Androgynen verloren hatten.

Nach dem Mahl verließen alle den Speisesaal, um sich im Kreuzgang des alten Gebäudes, der die Gärten des Innenhofes umschließt, ein wenig umzusehen. So waren sie vor Wind und Regen geschützt.

1) Mexikanischer Huttanz (Volkstanz)
2) Sapot oder Breiapfel
3) sehr scharfe Chilischote

Eine Gruppe der manitos hatte sich vor einer schmalen Skulptur zusammengedrängt. Das ansteckende Lächeln mit den schmalen Lippen hatte sie buchstäblich hypnotisiert. Marcial fragte einen Studenten, der sich seit fast drei Jahren dem Philosophiestudium hingab, ob einer seiner Kommilitonen ein Deutscher sei?

„Wen meinen Sie? Gabriel Mena?", gab dieser zur Antwort, „Nein, der kommt aus einem asturischen Dörfchen namens Grado, das liegt am Ufer des Nalón. Ein Dorf, wie man es sich ländlicher nicht vorstellen kann. Anfangs nahm auch sein älterer Bruder Publio hier das Studium auf, doch nach dem Rhetorik-Seminar hing er die Soutane an den Nagel."

„Ich frage nur so, weil er Augen, Haar und Aussehen eines Ariers hat", warf der zukünftige Ordensgründer ein, „als hätten die Jesuiten ihn direkt aus Deutschland geholt."

Das Bild dieses Studenten ging ihm nicht aus dem Sinn. Diese Besessenheit verfolgte ihn solange, bis seine Jagd erfolgreich war. Sein Blick war weiterhin auf Mena gerichtet, der von einer kleinen Gruppe junger Studenten umgeben war. Er kannte genau die Sehnsüchte seines Herzens, das lieben, aber auch hassen konnte, ja, abgrundtief hassen, das hofieren aber auch eiskalt abweisen konnte. So gab es Begegnungen, die für einige Tage, zumindest aber für einige Stunden den unergründlichen Hass vergessen ließen, der seine Kindheit nach und nach ruiniert hatte. Wobei er es immer verstand, durch exzellentes Auftreten seine wahren Absichten zu verschleiern.

Marcial begann für den kaum vier Jahre jüngeren Seminaristen etwas ganz Besonderes zu empfinden, denn dieser besaß alle äußeren Attribute, die ihn so verzaubern konnten. In dieser Besessenheit schmiedete er einen Plan. Er musste ihn unbedingt für sein großes Projekt gewinnen.

Bedenkenlos ließ er den einheimischen Faustino stehen, der gerade das Wort an ihn richten wollte und gesellte sich zu der Gruppe um Gabriel Mena. Der fühlte sich geschmeichelt, als er sah, dass der Abgott aus Mexiko gerade ihn aus der übergroßen Gruppe ausgewählt hatte, und sah erstaunt, wie die Kinder beiseite gingen, um Marcial Platz zu machen. Und so kamen sie zusammen, Marcial und Gabriel.

Der Anführer, der von der anderen Seite des Ozeans kam, hatte ihn soeben auserwählt. Normalerweise werden an Akademien Ämter und Aufgaben aufgrund intellektueller Fähigkeiten vergeben. So eine großzügige Geste der Anerkennung hatte Mena noch nie erlebt. Tage zuvor ahnte er schon, dass Marcial mit ihm etwas vorhaben könnte, ihn mit irgendetwas, vielleicht mit einer großen Aufgabe betrauen wolle. Alles war im Werden begriffen, da war jede Träumerei erlaubt. Doch Mena brauchte zehn Jahre, um zu begreifen, welchen Preis er dafür zu zahlen hatte.

Mit sicherem Blick wurde Mena von Marcial gemustert. Im Stillen bewertete er Menas Fähigkeiten danach, wie er die von den Kindern gestellten Fragen beantwortete. Die kleinen Fragesteller interessierten sich vor allem für den Gründer und die Anfangsjahre des Priesterseminars. Sie wollten auch alles Mögliche über diesen mysteriösen Festungsbau wissen. Mena ließ eine gewisse Unsicherheit erkennen und konnte nicht immer ausreichend Antwort geben. Einige Daten fielen ihm überhaupt nicht ein. Vielleicht verwirrte ihn die Nähe und das offensichtliche Interesse, mit dem ihn der mexikanische Führer beehrte? Und dass in diesem Moment zusätzlich alle Kommilitonen die Augen auf ihn richteten, trug sicherlich auch zu seiner Unsicherheit bei. Er war es nicht gewohnt, an so exponierter Stelle zu agieren, zumal er auch noch nicht die Heiligen Weihen empfangen hatte. Trotzdem konnte er sich der Wertschätzung seiner Kameraden gewiss sein, denn es war das erste Mal, dass ihm so eine öffentliche Aufmerksamkeit zuteil wurde.

Alle Details der Dialoge, vor allen aber auch Menas Unsicherheit bei einigen Fragen, beeindruckten den Mexikaner ungemein, der jetzt seine Kinder schnell verabschiedete, um mit ihm allein ein Gespräch führen zu können. Das Wesen und die Ausstrahlung dieses jungen Mannes hatten mit einem Mal seinen Namen auf Marcials Liste der Auserwählten ganz nach oben gebracht. Es waren jene, die das traurige Privileg genießen sollten, mit ihm seine Intimität zu teilen.

Das Gespräch an jenem Nachmittag blieb nicht die einzige Begegnung der beiden. Es vergingen aber noch zwölf Monate, bis Gabriel auf dem Dampfer „Márques de Comillas“ einschiffte, der ihn nach Mexiko brachte, um an der Apostolischen Schule von Tlalpán die Aufgabe zu übernehmen, Latein und Spanisch zu unterrichten. So hatte Marcial Zeit durch Gespräche und arglistige Täuschungen für sein mit Besessenheit verfolgtes Ziel genau die Fähigkeiten Menas zu nutzen, die er an jenem Nachmittag erkannt hatte.

Wenn man nun Gabriel und Marcial beobachtete, wie sie gemeinsam den an beiden Seiten mit Platanen gesäumten Hang nach Comillas hinabschritten, um dort kurz zu verweilen, oder wie die beiden die abgenutzte Holzstiege zu Gabriels Schlafgemach im Philosophie-Trakt hinaufstiegen, war das für alle nichts mehr Besonderes. Keiner von beiden konnte es mehr verheimlichen, sie waren gegenseitig voneinander fasziniert. Immer war der Blick des einen in einzigartiger Versuchung auf das Antlitz des anderen fixiert. Es war ein offenes Liebeswerben, wie das eines Pfaues, in dem jeder sein Begehren dem anderen offen zeigte und durch das auffallendste Federkleid signalisierte.

DRITTES KAPITEL

Während der ersten Jahre in Comillas sah Gabriel aus wie ein Kriegskind, abgemagert und ungepflegt. Im Kleinkindalter hatte ihn die Mutter in einen Wascheimer gesteckt und diesen vor die Tür gestellt. So sollte das Kind etwas von der asturianischen Sonne abbekommen. Die Nachbarinnen, die des Weges daherkamen, erbarmten sich seiner und halfen Doña Jacinta, dass dieses kleine Wesen, das so wenig von der Natur gesegnet war, besser für die Wechselfälle des Lebens gewappnet sei.

In seiner Jugendzeit, im ersten Jahr der Rhetoriksemi-nare, litt er an Tuberkulose, die seltsamerweise wieder von allein spürbar zurückging. Während der Genesungszeit ging durch seinen kränklichen Körper der ersehnte Ruck. Er wurde vollständig gesund und widerstandsfähig.

In den Jahren der Studienzeit herrschte durch die vom Bürgerkrieg hervorgerufene Rationierung von Lebensmitteln auch in Comillas große Not. Während der Pubertät, wenn ein junger Körper am stärksten im Wachstum begriffen ist und gute Ernährung einfordert, war die Versorgung der Studenten schlecht und von minderer Qualität.

Ganze Züge, voll beladen mit Bohnen, Reis, Weizen und Öl und alles was jetzt fehlte, nahmen immer wieder Kurs auf die französische Grenze, denn das Nachbarland war von den deutschen Streitkräften besetzt. Das Endziel jener Lebensmittel war die Kriegsfront der Wehrmacht in Frankreich, mit denen Franco einen Teil der Schulden beglich, die er zu zahlen hatte. Hitler hatte zugesagt, die spanische Neutralität im zweiten Weltkrieg zu respektieren, und zudem waren die Lieferungen der Dank für die militärische Unterstützung zu Beginn des spanischen Bürgerkrieges.

Gabriel musste wie jeder Tuberkulosekranke sofort nach dem Ausbruch der Krankheit seine Studien aufgeben. Er wurde nach Hause geschickt, damit er die übrigen Studenten nicht anstecken konnte. In den vierziger Jahren des vorigen Jahrhunderts bestand die Behandlung von Tuberkulose im Wesentlichen aus einer gesunden Ernährung, die sich Don Romualdo und Doña Jacinta glücklicherweise leisten konnten. Seine Eltern hatten mit ihrem bäuerlichen Anwesen in Grado, einem winzigen Örtchen in Asturien in der Nähe von Oviedo unweit des Flusses Nalón, ein bescheidenes Auskommen. Bauer zu sein hieß, man gehörte einem angesehenen Stand an, der im Schweiße seines Angesichtes die Mitmenschen mit Lebensmitteln versorgte. Das alles ließ erkennen, dass es dem kranken Gabriel an nichts fehlte.

Als er nach fünf Monaten nach Comillas zurückkehrte, war er ein anderer Mensch geworden, als hätte er sich wie eine Schlange gehäutet. Er war nicht mehr so blass wie zuvor. Jetzt präsentierte er sich seinen Kommilitonen kerngesund und gut aussehend. Seine Haut war viel frischer, ebenso sein Gesichtsausdruck, und man konnte ihm sein Glück und seine Sicherheit ansehen.

Der Zurückgekehrte war jetzt ein gut anzuschauender Junge, blond, mit blauen Augen und einem bezaubernden Lächeln, hilfsbereit und ein Liebhaber guter Küche, kurz: ein großartiger Kamerad.

Sowohl seine inneren als auch seine äußeren Qualitäten machten ihn für Marcial Maciel äußerst interessant. Der junge Priester aus Mexiko, der der Gründer der Legion Christi werden wollte, hatte weder eine humanistische noch eine theologische Ausbildung genossen, die über das Grundschulniveau in Cotija de Michoacán hinausging. Bei ihm war alles unvollendet. Er war nicht einmal in der Lage, zehn Zeilen ohne Fehler in Orthographie und Syntax niederzuschreiben. Deshalb suchte er für die Anfänge der Ordengründung auch keine Helfer mit großen geistigen Fähigkeiten. Im Gegenteil, er befürchtete, solche Mitstreiter könnten ihn bloßstellen. Große Intellektualität war immer nur dann willkommen, wenn er sich absolut sicher war, dass man ihm blind folgen würde.

Diejenigen Anhänger, die Marcial für sein Vorhaben in Comillas rekrutierte, wählte er aus verschiedenen Semestern aus und mit wenigen Ausnahmen immer aus den hinteren Reihen. So wie Gabriel Mena. Der war bisher der Ansicht, er könne mit dem Erreichten zufrieden sein, meinte er doch, fehlendes Wissen durch andere Begabungen ausgleichen zu können. Seine Hauslehrer hatten ihm seit frühester Zeit Folgendes mit auf den Weg gegeben: Gott verlangt von seinen Dienern keinen Scharfsinn, sondern Unbeflecktheit.

Auf den Gebieten, die in Comillas hoch im Kurs standen, fiel Gabriel nie auf, weder in den Theologischen Studien noch in der Musik oder im Sport. Niemals sah man ihn in öffentlichen Vorführungen mitwirken, nicht als Sänger oder Redner noch als Autor oder Rezitator von Versen oder als Mime. Seine Stärke war genau diese Unabhängigkeit, die festen Werte seiner Weltanschauung und das Desinteresse für Klatsch oder Ruhm, ganz im Gegensatz zu den für Gerüchte empfänglichen Comillanern. Deshalb geriet er in den Fokus von Marcial. In diesem Wirrwarr aus Ergeiz und Intrigen, Umgarnen von Wohltätern und Streben nach Posten war er an der Päpstlichen Universität fast einzigartig, ja, fast ein Held. Da er mit alledem nichts zu tun haben wollte, bewegte er sich nur auf dem von ihm abgesteckten Terrain. Sein gewinnendes Lächeln, seine Kameradschaft, Bescheidenheit und sein scheinbares Desinteresse nach Höherem zu streben, hatten ihm einen festen Platz in diesem Universum verschafft. Niemand hatte es ihm streitig gemacht. Bis jetzt.

Seine Kameraden prophezeiten ihm einen sicheren Wirkungsbereich in irgendeiner kirchlichen Hafengemeinde oder im Minengebiet von Mieres, zwar bescheiden dotiert, dafür aber mit klassischen Sonntagspredigten im Geiste der Kirche, ohne politischen, theologischen oder gar revolutionären Widerhall. Da er bereits in der Jugend gut mit Menschen umzugehen verstand, würde er mit seinem offenen Lächeln, seiner Gabe zuhören zu können und mit seinem anmutigen Aussehen ohne Zweifel die weiblichen Gläubigen bezaubern.

In Gabriels erstem Jahr nach dem Grundstudium erhöhte Marcial den Druck auf ihn und versuchte ihn mit immer neuen Argumenten von seinem Vorhaben zu überzeugen. Er lud ihn in die Villa Margarita ein, ein einfaches Gasthaus außerhalb Comillas, unweit der Pension La Colasa, wohin er nach der Aufgabe der Dachkammern in dem Sobrellano Palast mit seinen Kindern umgezogen war. Als die Kinder die Zuneigung und Bewunderung Menas für Unseren Vater sahen, nahmen ihn die kleinen Mexikaner sofort mit offenen Armen auf. Marcial blieb diese Sympathie nicht verborgen und er kam zu der Ansicht, dass, wenn Mena die Zuneigung der Kinder erwidern würde, sein Vorhaben viel leichter umzusetzen sei.

Eines Morgens lud Marcial Gabriel ein, ihn in seinem Automobil zu begleiten. Er wollte die ersten Sonnenstrahlen zu einer Tour nach Santander nutzen. Dort angekommen, unternahmen sie einen Spaziergang am La Magdalena-Strand, aßen in einem sonnigen

Restaurant zu Mittag und genossen die reine kantabrische Luft. An diesem Tag weihte Marcial den bisher ahnungslosen Mena in seine Pläne ein, eine neue religiöse Kongregation zu gründen, in dem dieser sogar die Rolle des Mitgründers übernehmen könne, und umschrieb in prophetischen Worten seine zukünftigen Aufgaben, unter anderem Reisen nach Mexiko, Madrid und Rom. Er würde ihm Zugang zu höchsten mexikanischen Kreisen verschaffen, in denen er für Sympathie für den neuen Orden werben solle, um somit großzügige Spenden einzuwerben.

Und natürlich erläuterte Marcial ihm die drei Gelübde für den Eintritt in seinen Dienst an Gott: Armut, Keuschheit und Gehorsam. Und ganz beiläufig erwähnte er ein bisher niemals Gehörtes viertes:

„In dem Du meine bedingungslose und grenzenlose Freundschaft annimmst, die ich Dir anbiete, geschieht alles in meinem Bereich mit absoluter Diskretion." Dieses betonte er mehrfach, wobei er ihm in die Augen starrte, als wolle er ihn hypnotisieren.

Marcial Maciel war ein ungebildeter Mensch, der aber seit seiner Kindheit durch tausend leidenschaftlich geführte Schlachten abgehärtet worden war. Nahezu unmittelbar nach dem Kennenlernen war er bereits unfehlbar in der Lage zu erkennen, wo bei seinem Gegenüber die Schwachpunkte zu finden waren, um die Zielscheibe ausfindig zu machen, in der er seine Pfeile sicher unterbringen konnte. Das war das Einzige, wozu er wirklich fähig war.

Damit verstand er es, eine so starke Persönlichkeit wie den Rektor der Universität von Comillas, Francisco Javier Baeza, für sich einzunehmen, ja, sogar zu beherrschen. Dieser unternehmungslustige Visionär gab für ein Jahr sein Rektorat auf, um Schüler aus vielen Diözesen jenseits des Ozeans zu rekrutieren, damit seine Universität tatsächlich und nicht nur dem Namen nach eine wirkliche Bildungsstätte des lateinamerikanischen Klerus sei. Er nannte das «Die Wiederentdeckung Amerikas». Es war derselbe Baeza, der die geniale Idee hatte, 1946 mit großem Aufwand neben dem Kleinen Seminar ein Pavillon auf den La Cordosa-Höhen zu errichten, und zwar mit dem gleichen scharlachroten Ziegel wie der, der das Gebäude der ersten zwei Marktgrafen von Comillas zierte: das hispanoamerikanische Haus, bestimmt für die Zukunft der lateinamerikanischen Seminaristen.

Eines Tages stieß Pater Baeza, der auf der rastlosen Reise durch Mexiko auf der Suche nach Schülern für Comillas einen Bischof nach dem anderen aufsuchte und dabei Stipendien und kostenlose Schiffspassage nach Europa anbot, mit dem zukünftigen Ordensgründer zusammen.

Mit großem Einfühlungsvermögen schaffte es Marcial Maciel sofort, den Rektor zu umgarnen, der sich Marcial aufgrund seiner größenwahnsinnigen Vorstellungen als leichtes Opfer anbot. Baeza hatte sich dem jungen Priester vollständig ergeben, ohne dass der auch nur einen Finger krümmen musste. Er hatte ihm zu seiner Überraschung vierunddreißig mexikanische Kinder angeboten, die er selbst umgehend per Schiff nach Comillas bringen würde, um die Schülerschaft der ersten und zweiten Klassen der Alten Sprachen zu verstärken, die die Vorbereitung für die theologischen Studien bedeuteten. In den vergangenen fünfzig Jahren, von der Institutsgründung bis heute, konnte man die Schülerzahl, die jedes Jahr die altsprachlichen Vorklassen besuchten, an einer Hand abzählen.

Baeza erreichte für ihn, dass der dritte Marktgraf von Comillas und Graf von Ruiseñada für die Überseepassage auf einem Dampfschiff der spanischen Transatlántica-Linie aufkommen und den mexikanischen Kindern in Comillas freie Unterkunft und Logis gewähren würde. Er selbst werde ihn mit dem Außenminister Alberto Martín Artajo und anderen führenden Personen der Franco-Regierung bekanntmachen. Im damaligen Spanien, wo es nur möglich war, Beziehungen durch Empfehlungen und Privilegien aufzubauen, versprach Baeza dem jungen Priester, für ihn die Türen zum spanischen Bischofssitz, zur Jesus-Gemeinschaft und zur Vertretung des Heiligen Stuhls zu öffnen.

Auch die starke Persönlichkeit von Lucio Rodrigo, ebenfalls Jesuit und belesener Professor für Moraltheologie und Autor wegweisender, wissenschaftlicher Werke, unterlag bald ebenso dem Zauber Marcials. Rodrigo fungierte zudem als Seelsorger der begüterten, adligen Damen, die in Comillas die Sommertage verbrachten. Durch seine langen Sparziergänge entlang der imposanten Außenfassade mit jeder einzelnen dieser hoch vornehmen Damen blauen Blutes, denen er immer seine ganze Aufmerksamkeit widmete, gewann er bei ihnen Einfluss und Respekt. Marcial erwies sich bald als der geborene Nachfolger.

Als er Marcial zum ersten Mal sah, war er gleich hoffnungslos seinem fraglos vorhandenen Charisma, seiner Anziehungskraft und seinen mystischen Schwärmereien erlegen. Er erinnerte sich daran, dass er vor Jahren selbst einmal den Wunsch hatte, von so vielen Augen angehimmelt zu werden. Dieser junge Priester rief ihm noch einmal seine Vergangenheit ins Gedächtnis, als die Damen der vornehmen Gesellschaft nicht nur seine weisen Ratschläge hören wollten, sondern sich auch verbotenem Liebeswerben hingaben. So erfuhr er am eigenen Leib, was Eifersucht und Rivalität beim weiblichen Geschlecht bedeutet. Er spürte es so hautnah, dass er sich sein Gelübde in Erinnerung rufen musste und ein für allemal die Finger davon ließ.

Kaum das Lucio Rodrigo den Ruf des mexikanischen Priesters vernahm, fühlte er sich nicht minder geschmeichelt, wie die vornehmen Damen der feinen Sommergesellschaft. Es kam ihm vor, wie das Klopfen eines Neubekehrten an der Tür seiner Klosterkammer, der Erbauung und Schutz sucht. Unverzüglich sandte er an die Vereinigung aller Religiösen Kongregationen in Rom ein Empfehlungsschreiben, dem jede Mäßigung und Distanz fehlte, denn er sah in diesem Mann gleichermaßen sein eigenes Ebenbild und seinen geistigen

Sohn. Als Marcial Maciel die leuchtenden Augen Lucio Rodrigos sah, die soviel Wohlgefallen ausstrahlten, wusste er, was dieser Blick ihm sagen wollte: «Auch er hat sich in meinem Netz verfangen. Der strenge Moralist liebt mich. Wie so viele andere, die mir verfallen sind, wird er nie richtig erklären können, warum. Seine Zuneigung wird er durch geistige und moralische Abhandlungen zu erklären versuchen, um diese für ihn selbst und sein soziales Umfeld verzeihlich erscheinen zu lassen. Er will mich aufnehmen, als wäre ich seine eigene Schöpfung und will hier in Europa mein Wegbegleiter und geistiger Führer sein.»

Bedenkenlos war Lucio Rodrigo dem Charme jenes Mannes verfallen, der in ihm den Zauber seiner eigenen Jugend wieder hervorrief, sollte dieser doch schon bald einer der Schwergewichte des Lehrkörpers in Comillas werden. Wegbegleiter seiner letzten Wochen im Orden berichteten später, dass er am meisten bereue, von Marcial keine «geistige Strenge» eingefordert zu haben, genau das, was er stets mit großem Nachdruck den Nachfahren von Ignatius von Loyola eingeschärft hatte.

Verglichen mit der Überzeugungsarbeit, die Marcial bei diesen zwei geistesgroßen Jesuiten leisten musste, ging die Einnahme Gabriel Menas für sein Vorhaben geradezu ohne große Schwierigkeiten von statten. Ende der vierziger Jahre kämpfte er gleichzeitig an drei verschiedenen Fronten. An allen war er siegreich, mit kleinen Ausnahmen bei Baeza und Rodrigo. Dafür war ihm Mena bedingungslos ergeben.

Mit Zitaten aus dem Evangelium machte er Gabriel Mena klar, mit welchen Gaben Gott ihn ausgestattet hatte. Er könne seine bisher ungenutzten geistigen Fähigkeiten zum Wohle des spanischen Klerus und der Universität in Comillas einbringen. Leider wäre seine unzweifelhaft vorhandene Begabung an der Hochschule bisher noch niemandem aufgefallen. Gabriel erlag dem ausgelegten Köder und konnte der Verlockung nicht widerstehen. Doch die Erfüllung sollte ihm nie verheilende Narben zufügen.

Als Gabriels Bruder Polio ihm mitteilte, er wollte in zwei Monaten den Bund der Ehe eingehen, ließ Gabriel das auch Marcial Maciel wissen. Wenige Tage darauf konnte er bei dem Brautpaar mit einer freudigen Überraschung aufwarten:

„Ich habe ein außergewöhnliches Geschenk für Euch, das beste, was ich bekommen konnte. Ich habe Pater Maciel dazu überredet, Euere Trauung zu vollziehen."

Marcial Maciel kam mit einem kleinen Autobus vorgefahren, der vollgestopft war mit seinen mexikanischen Kindern. Hofiert wie ein hoher Abgesandter der Kurie, logierte er im Bauernhaus der Eltern des Bräutigams, während die Kinder auf verschiedene Nebengebäude verteilt wurden. Dort schliefen sie im frischen Heu, schauten beim Melken der Kühe zu und waren Zeuge der Geburt eines wunderschönen Kälbchens.

In Grado, diesem abgeschiedenen asturianischen Örtchen am Ufer des Nalón, erklangen zum ersten Mal mexikanische Mariachi-Weisen und der Jarabe Tapatío-Volkstanz mit schönen Anspielungen auf das Brautpaar, vorgetragen von den manitos. Die lieblichen Melodien und die mit mexikanischem Akzent vorgetragenen Verse erreichten sogar die Landarbeiter, die mit dem Abernten der Maisfelder beschäftigt waren. Die Musik berührte ihre Herzen, und ihre sonnengegerbten Gesichter bekundeten das mit einem Lächeln der Bewunderung. Bei dieser Gelegenheit teilte Marcial der gesamten Familie die große Freude mit, die er empfunden habe, als es ihm gelang, mit Gabriel Freundschaft zu schließen. Noch einmal sprach er die förmliche Einladung an Gabriel aus, sich seiner Sache anzuschließen. Sobald wie möglich solle er nach Mexiko reisen und einer der Mitbegründer des neuen religiösen Ordens werden.

Die Dorfbevölkerung von Grado glaubte einem himmlischen Festakt beizuwohnen, einem Wunder, das von der Gnade Gottes gewährt wurde. Der hatte sich großherzig herabgelassen, aus jenem verlassenen Örtchen eine Person zu berufen, um Gottes immerwährenden Ruhm in den unvorstellbaren Weiten Hispanoamerikas zu verkünden. Gabriel konnte kaum fassen, in welche Höhen von Ansehen und Ruhm ihn dieser erneute Ruf gerade katapultiert hatte. Das, was ihn jetzt erfüllte, war eine Mischung aus religiösem Gelübde und die Faszination für einen neuen Freund, für den er eine ungewöhnliche Leidenschaft empfand. Dieses Gefühl sollte sich noch steigern, so weit, dass er dadurch den Verstand zu verlieren drohte.

Nachdem sie gerade mit dem theologischen Hauptstudium begonnen hatten, traten im Dezember 1947 Joaquín Ferrero und Gabriel Mena die Seereise nach Mexiko an. Die beiden Studenten aus Comillas waren die allerersten Mitglieder der Legion Christi. Mit seinem introvertierten Charakter, wenig empfänglich für überhöhte Schwärmereien und Romantik, war Ferrero dem angehenden Ordensgründer ebenfalls sofort aufgefallen und war einer seiner ersten Eroberungen. Doch war es für niemanden verwunderlich, dass er sich zwei Jahre später aus dem Kreis um Marcial wieder zurückzog.

Mena und Ferrero mussten einen Aufenthalt in New York einlegen, um an der «Gesandtschaft der Republik Spanien im Exil» Reisepässe zu beantragen. Das waren die einzigen spanischen Reisedokumente, die Mexiko akzeptierte, denn die mexikanische Regierung hatte dem Franco-Regime seine Anerkennung versagt. Unerwartete Schwierigkeiten verzögerten die Ausstellung der neuen Pässe. Den beiden Seminaristen war bereits das Geld ausgegangen und sie konnten ihre ärmlichen Unterkünfte nicht bezahlen. Daher war ihnen in dieser großen Stadt jedes Mittel zur Aufbesserung ihrer finanziellen Situation recht. Sie verdingten sich als Schuhputzer in den Straßen oder als Tellerwäscher und Kellner in Restaurants. Sie trauten sich sogar, in der Kneipe, in der sie als Küchenjungen arbeiteten, in der Advents- und Weihnachtszeit trotz schlechter Stimmen bekannte spanische Weihnachtslieder zu singen.

Am Sylvestertag 1948 kamen sie schließlich in Mexiko-Stadt an. Ein neues Jahr begann, ein entscheidendes im Leben von Gabriel.

VIERTES KAPITEL

Im schönen Herrenhaus von Don Wenceslao Méndez, seines Zeichens Wirtschaftsprofessor an der Universität Iberoamericana und eine bekannte und geachtete Persönlichkeit in der aztekischen Kapitale, ahnte Pablo nicht, dass die beschauliche Ruhe im Schoß der Familie, die einzige, die er bisher in seinem Leben kennen gelernt hatte, nun langsam zu Ende gehen sollte.

Ohne sich vorher anzukündigen und mit einem ganz klarem Ziel vor Augen hatte Marcial Maciel das Haus der Familie im Stadtviertel Polanco Chapultepec aufgesucht. Noch ergriffen von der kurz zuvor erhaltenen Priesterweihe, reiste er ganz allein in seinem Auto von Ort zu Ort, um in dieser Region Knaben im Alter von zehn bis zwölf Jahren zu rekrutieren. Er hatte klare Vorstellungen, welche Charaktereigenschaften und welches Aussehen diese Jungen mitbringen sollten: Sie müssen geschmeidig und formbar sein wie heißer Wachs, würde er Jahre später einmal sagen. Eine andere, jedoch nie in der Öffentlichkeit genannte, absolute Bedingung war, dass sie unter anderem immer noch ihre ursprüngliche pubertäre Schönheit ausstrahlen sollten. In dem Viertel Colonia Polanco erwartete er diese Knaben zu finden. Zudem kämen sie hier aus begüterten Familien, was eine gute Erziehung erwarten ließ. Des Weiteren hoffte er noch auf ein wenig Glück, dass sie auch mit der Schönheit ausgestattet waren, von der er so besessen war.

Er erspähte sie schemenhaft aus dem Auto und verlangsamte sofort seine Fahrt, um sie in aller Ruhe beobachten zu können. Je näher er kam, desto klarer wurde das Bild und es faszinierte ihn immer mehr. Schließlich wurden Gesichter und Gesten deutlich, es waren sogar zwei. Er hatte seinen Wagen noch nicht verlassen, doch bereits jetzt hatte er sich in dieses Knaben-Duo verliebt. Sie strahlten den Reiz der Aufrichtigkeit aus und ließen zudem eine gute Erziehung erkennen. Pablo und Mario, zwei reinrassige Arier, zwei Edelsteine mit blauen Augen und unschuldigem, treuherzigem Blick, die irgendwie auf Umwegen, vielleicht durch die Großeltern im Gefolge Kaiser Maximilians, nach Mexiko gekommen waren. Tagelang war er mit dieser Vorstellung umhergefahren und jetzt hatte er sie leibhaftig vor sich. Die beiden wurden von einem kleinen Mädchen, wahrscheinlich ihrem Schwesterchen begleitet. Doch das weibliche Geschlecht erregte bei ihm keine Aufmerksamkeit. Er brachte sein Auto am Gitterzaun des Gartens zum Stehen und beobachtete lange Zeit die im Garten spielenden Kinder. Im Inneren des Wagens vor Blicken geschützt, betrachtete er die Knaben mit maßloser Begierde. Pablo saß in der Schaukel und Mario versuchte, durch heftigen Anschub das Pendel immer höher ausschlagen zu lassen. Bei jedem neuen Schub schien der Kleine in der Schaukel Angstschreie auszustoßen. Doch der Bruder wusste, was sie bedeuteten, es war das Brüllen eines verwöhnten Tigerleins, das sich auf den Weg zum Himmel wähnte. Und das mit strahlenden Augen und Korkenzieherlocken, die sich um die Ohren wanden. Es war ein Bild wie vom Maler auf die Leinwand gebracht.

Marcial klopfte zwei Mal mit dem Türdrücker, einer kunstvollen Figur mit einer eisernen Hand, die einen Ball umschloss, und wartete ungeduldig. Es öffnete ein Mann, der bereits ein wenig in die Jahre gekommen war. Mit einzigartigem Funkeln in den Augen sprach der vor der Tür Wartende Don Wenceslao an, einen frommen Christen, der täglich seine Pflichten durch Messbesuch und Kommunion nachkam. Er sagte dem Hausherrn, dass Gott mit großer Sorgfalt seine beiden Söhne dazu auserwählt habe, das Priesteramt zu bekleiden. Und er fügte bekräftigend hinzu, dass eine innere Stimme es ihm gerade gesagt habe und dass Gottes Stimme niemals fehlgeht. Marcial hatte sofort gespürt, dass der Traum dieses Mannes der gleiche war, wie der von so vielen mexikanischen Müttern und Vätern, einen Sohn als Priester zu haben, gleichzeitig einen Heiligen und Seligmachenden, für allezeit eine Nachkommenschaft göttlichen Geschlechts.

Unter den Katholiken Mexikos war Don Wenceslao keine Ausnahme. Der Bürgerkrieg zwischen den revolutionären Sozialisten und den katholischen Cristeros war erst vor einigen Jahren zu Ende gegangen. Ganz langsam konnte sich der Katholizismus neu finden. Man zeigte sich wieder in der Öffentlichkeit und sah sich in einer ähnlichen Situation wie die verfolgten Christen von Rom, die wieder aus ihren Katakomben emporsteigen konnten. Der Herr, der Marcial die Tür öffnete, hatte aufgrund seines Alters noch in seiner Jugendzeit die Schicksale und Tragödien der mexikanischen Christen leibhaftig mitbekommen, als man für lange Zeit zum Schweigen verurteilt war.

Don Wenceslao hatte durch das von der Kirche schlecht ausgehandelte Friedensabkommen mit der Regierung des Präsidenten Miguel Alemán fast schon die Hoffnung verloren, dass jemals die traditionellen katholischen Werte wiederhergestellt würden, für die mehrere Familienmitglieder ihr Leben gelassen hatten. Und jetzt, als er es am wenigsten erwartete, überreichte man ihm, quasi als Treueprämie, ein unfassbares Himmelsgeschenk: zwei seiner Söhne erhielten den Ruf Gottes. Die Aussicht, Priester zu werden, war um einiges reizvoller als eine Laufbahn beim Militär. Und es sollte sogar ohne die Einbindung der mexikanischen Bischöfe oder des Vatikans geschehen. Denn diese beiden katholischen Institutionen hatten in den Augen vieler mexikanischer Christen 1929 die Cristero-Bewegung zum Schweigen gebracht und dadurch verraten. Das Blut vieler Märtyrer war umsonst geflossen.

„Mir ist die Stimme vertraut und ich erkenne sie sofort“, bestätigte Marcial mit großem Nachdruck. „Es ist der gleiche Ruf, der mich im Traum weckt und am Altar überkommt. In besonderen Zeiten, wie diesen, dringt diese Stimme in mein Bewusstsein, ohne vorher Einlass zu begehren. So etwas schafft nur Gott.“

Der junge Visionär hatte seinen Blick während der wortreichen Erklärung wie ein auserwählter Hellseher gen Himmel gerichtet. Gott war ihm soeben am Himmel erschienen, nur sichtbar für seine privilegierten Augen.

Die Mutter von Mario und Pablo widersetzte sich dem Ansinnen, ihre beiden Söhne aus dem Haus gehen zu lassen, ihre zarten Sprösslinge, gerade mal zwölf und elf Jahre alt, einfach in fremde Hände zu geben und sie so früh zu verlieren. Sie machte sich um die beiden zarten Geschöpfe große Sorgen, besonders aber um Pablo mit seiner empfindsamen Seele.

Natürlich liebten beide ihre Kinder, doch die Mutter war dafür, sie im Haus zu behalten. Beim Vater kamen Ehre und Stolz zum Vorschein, zwei Söhne zu haben, die ihr Leben ganz in den Dienst Gottes stellen würden. Der junge Priester begriff schnell, wer mit ihm war und wo er noch Überzeugungsarbeit leisten müsse.

Er nahm die Mutter beiseite und bediente sich all seiner Überredungskunst. Zuerst lobte er das schöne Haus, das Anwesen und die Umgebung. Ohne ganz direkt zu werden, gab er ihr zu verstehen, wie sehr er ihre fabelhafte weibliche Erscheinung bewundere:

„Man muss nur Augen im Kopf haben, um zu erkennen, wie sehr Ihnen ihre Söhne aus dem Gesicht geschnitten sind. Diese göttliche Schönheit haben nur Sie ihnen vererbt“, versuchte dieser Mann, der eigentlich nur für die Liebe Christi empfänglich sein sollte, die Frau mit Schmeicheleien und Lügen zu betören.

Plötzlich änderte er jedoch Thema und Tonfall und geißelte in ernsten, jedoch überhöhten Worten eines erregten Katechumenen den Egoismus und die Gleichgültigkeit der Mutter, die dadurch die Zukunft ihrer Söhne aufs Spiel setze. „So sehr Sie auch ihre Kinder lieben, muss ich Ihnen doch das Recht absprechen, allein über sie zu bestimmen, so als wären sie Ihr Eigentum, und sie Gott vorzuenthalten. Einem Gott, der die Guten belohnt, jedoch die, die sich der Erlösung der Seelen widersetzen, mit ewiger Verdammnis bestrafen wird.“ Der Verweis auf die Höllenqualen sollte stets das wirksamste Argument des jungen Priesters werden. Er wechselte wieder zurück zu einem freundlicheren Tonfall und versicherte ihr, dass er, Marcial Maciel, für ihre beiden Söhne allzeit ein guter Vater- und Mutter-Ersatz sein werde und dass er sich dazu von Gott berufen fühle. Er erwähnte die Kongregation, die kurz vor der Gründung stehe, die Hoffnungen, dass Gott in Mexiko und ganz Lateinamerika gestärkt aus diesem Projekt hervorgehe und dazu seine eigene Berufung in diesem historischen Moment. Man müsse dem schrecklichen moralischen Verfall, der im Begriff sei, die Gesellschaft zu zerstören, etwas entgegensetzen, indem man im Vaterland einen neuen Kreuzzug der Christianisierung auf den Weg bringt.

Zwischen Marcial und dem Ehemann, der seinen großen Traum schon in Erfüllung gehen sah, seine beiden Söhne in höchsten kirchlichen Funktionen mit gekrönten Häuptern bewundern zu können, wurde der letzte Widerstand der Mutter aufgerieben. Zwei Tage danach ließ sie die beiden unter Tränen im Auto von Marcial davonziehen.

Der Ordensgründer bestand mit Nachdruck darauf, dass Pablo im Auto vorn neben ihm Platz nahm: „Damit dir nicht übel wird", war seine Erklärung.

In den Kurven beschleunigte er das Tempo des Fahrzeugs, weil er Gefallen daran fand, aus dem Augenwinkel heraus bei dem durchgeschüttelten Kind die wunderschöne, blonde, hin- und herwehende Lockenpracht zu beobachten. Immer wieder fielen dem Jungen Strähnen ins Gesicht und vor die Augen. Mit einer eleganten Geste, die er wohl seiner Mutter abgeschaut hatte, nahm er die Haare zwischen Zeige- und Mittelfinger und warf sie wieder zurück.

In der Apostolischen Schule in der Villa Pacelli in Tlalpan fühlten sich die beiden Brüder bald wie zu Hause. Sie hatten genügend Raum, um ihr neues Leben mit Freizeit und Studium einzurichten und zu gestalten. Eine Gruppe Gleichaltriger empfing sie freudestrahlend, jedoch ohne die in Mexiko üblichen Umarmungen und Willkommenküsschen. Man begrüßte sich nur mit einem kurzen Handschlag.

Es dauerte nicht lange, bis den beiden deutlich wurde, dass in dieser Gemeinschaft freundschaftliche

Berührungen per Anweisung verboten waren. Ausgegeben als unumstößliches Gebot, als eine von mehreren klugen Vorsichtsmaßnahmen, die das Keuschheitsgelübde, das alle irgendeinmal abgelegt hatten, vor Versuchungen bewahren sollte.

Von den drei abgelegten religiösen Versprechen legte Marcial besonders Wert auf das Keuschheitsgelübde. In immer leidenschaftlicheren Gefühlsausbrüchen rühmte er die fleischliche Entsagung und ermahnte seine Schüler, die ungezügelte Natur zu zähmen und die Passionen unter Kontrolle zu halten. Die zukünftigen Priester lernten von Anfang an, auf welche Art und Weise man fleischliche Gelüste unterdrücken kann. So sollten sie morgens in einem um die Oberschenkel, sehr nahe am «Zentrum der Sünde» entlang äußerst straff zusammengeschnürtem Büßerhemd in der Kapelle erscheinen, so dass sie kaum in der Lage waren, normal gehen zu können.

„Was das Keuschheitsgelübde eines jeden von Euch angeht und besonders die Versuchungen, dieses zu übertreten, darf man sich während der Gewissenserforschung keinesfalls anderen Seelsorgern anvertrauen. Dieses Recht hat ausschließlich Unser Vater“, so hatte ihnen bereits in den ersten Tagen nach der Ankunft sein «Engel», Bruder Denis Marañón eingeschärft.

In der Einführungswoche an der Apostolischen Schule nahm der Ordensbruder mit ihm, getrennt von den anderen, die Mahlzeiten ein, und sie stießen nur in der Freizeit oder zur Messfeier in der Kapelle zu der Gemeinschaft.

Der gesamte Komplex der Schule verfügte unter anderem über eine prächtige Sporthalle für das Pelotaspiel, einen Fußballplatz und schattig gelegene Unterrichtsräume. Die ganze Zeit wurden sie von einigen Lehrern der Fächer Latein, Mathematik und Spanisch betreut. Aber das erfrischendste Schmuckstück auf dem Anwesen war das Schwimmbad, eigentlich ein kleiner Natursee, wunderbar geeignet zum Schwimmen und zum Rudern. Um im See zu schwimmen, musste jeder der apostolischen Schüler bereits im Badedress sein Zimmer verlassen und ebenso wieder in nasser Badehose zu seiner Unterkunft zurückkehren, damit sie beim Umziehen nicht den Blicken der Mitschüler ausgesetzt waren.

Acht Tage nach der Ankunft endete die besondere Einweisung von Bruder Denis Marañón, und die Kinder, alle im Alter zwischen zehn und zwölf Jahren, konnten sich ohne Aufsicht im Kreise ihrer Kameraden bewegen.

Der Schulalltag war strikt geregelt, jede Stunde ausgefüllt, ohne Auswahlmöglichkeiten oder Zeit für individuelle Extras: Vorbereitung, Unterricht, Schulpausen, drei tägliche Mahlzeiten im Speisesaal, der stets in Zweierreihen schweigend betreten wurde. Sehr viel Zeit wurde in der Kapelle verbracht, nahezu immer kniend. Der äußerst strenge Tagesablauf auf engem Raum ließ bei den Kindern nicht den Eindruck aufkommen, die persönliche Freiheit verloren zu haben, etwas, was sie bisher sowieso nie kennengelernt hatten. Nein, es entstand ein Gefühl der Sicherheit und des Vertrauens zu den Vorgesetzten, insbesondere zum Ordensgründer, der ihnen gleichzeitig Vater, Mutter, Bruder, Schwester, Freund und alle Grundschullehrer ersetzte. Er war der Mensch, dem ihre Eltern all ihr Vertrauen entgegengebracht hatten.

Wie schade, dass er sich kaum sehen ließ. Gewöhnlich blieb er zu den Mahlzeiten und über Nacht in der Krankenstation. Es quälte ihn eine chronische Krankheit, deren Ursache er der Verfolgung vom Teufel und der geheimnisvollen Absichten Gottes zuschrieb, der zulässt, dass man im Leben ein schweres Kreuz auf sich nehmen muss, um dann von ihm mit Ruhm und Ehre in sein Reich aufgenommen zu werden. Pablo sollte diese Krankheit schon bald sehr gut kennenlernen.

FÜNFTES KAPITEL

Pablo spürte, wie dem Ordensgründer eine klebrige Flüssigkeit abging, denn seine Finger waren besudelt. Der Ordensgründer schien zu schlafen, doch ein lang anhaltendes, lustvolles Seufzen hatten seine Spritzer begleitet.

Als wenn er im Sterben läge, dachte Pablo.

Sie befanden sich im Schlafraum Nr. 1, der offiziell der Krankenstation der Apostolischen Schule zu Tlalpan zugeordnet war, in jenen vierziger Jahren ein verschlafenes Städtchen kaum zwanzig Kilometer von Mexiko City entfernt.

Das Schlafgemach des Ordensgründers machte nicht gerade den Eindruck von klösterlich nüchterner Strenge oder eines voll und ganz gottgeweihten Lebens. Größe und Ausstattung ließen eher an die Suite eines Fünf-Sterne-Hotels denken. Das schmiedeeiserne Bettgestell war kunstvoll getrieben und mit feinen Bronzefiguren an den Kopf- und Fußenden ausgestattet. Ein Spiegel umgab den ausladenden Toilettentisch, der, vollgestopft mit Fläschchen von

Medizin, Salbendöschen und Augentropfen, eher den Anschein einer Künstlergarderobe erweckte. Der große Spiegel war so platziert, dass er exakt das Geschehen im Doppelbett wiedergeben konnte.

In einem modernen Schrank, den er immer gewissenhaft verschloss, verwahrte der Gottesdiener seine Kleider. Durch die zwei, drei Bücher auf dem Nachttisch wurde das Fehlen eines Bücherbordes erkennbar, das in dem Raum vielleicht noch einen Anschein von intellektueller Arbeit verbreitet hätte.

Das gesamte Schlafgemach war erfüllt von der Aura einer angesehenen Persönlichkeit auf Urlaubsreise. Dieser Mensch hat all das verdient, war er doch vom Himmel für eine ganz besondere Mission auf Erden auserkoren.

Einige Tage zuvor war der knapp zwölfjährige Pablo, bevor er früh morgens zum Morgengebet in die Kapelle ging, sehr beunruhigt. Beim Bettenrichten hatte er im Laken einen Flecken von unbestimmter Farbe entdeckt. Vielleicht war er krank, dachte er. Ohne zu zögern suchte er Pater Pereira auf, den Rektor und Seelsorger der Apostolischen Schule zu Tlalpan, da er annahm, er habe wie in Kleinkindertagen ins Bett gemacht.

Er war nicht gerade glücklich darüber, sich vorzustellen, dass er nachts wieder Windeln tragen sollte. Er müsste sich damit abfinden, zu der kleinen Gruppe zu gehören, die seine apostolischen Kameraden spöttisch «Spritzenmänner der Feuerwehr» nannte. Würde nicht Pater Pereira die Knaben mitternachts wecken, damit diese, noch völlig schlaftrunken, ihre Blase im Nachttopf entleeren konnten, bevor sie ihre Nachtruhe fortsetzten, dann wäre ohnehin ein Großteil von ihnen Bettnässer.

Dieser Mann strahlte Verschwiegenheit aus. Er streichelte ruhig die Wange des Knaben, hin und wieder drückte er ihm sogar ein Küsschen auf den Mund, um das mitternächtliche Wecken milder erscheinen zu lassen. Er genoss es in die dunkle Zone zwischen Bewusstsein und Unbewusstem eines jeden Knaben vorzudringen. Er nahm sie gerne an die Hand, verhalf ihnen zum richtigen Sitz auf dem Nachttopf, und mit geschickten Fingern achtete er darauf, dass der Urinstrahl nicht den Nachttopf verließ. Mit einem Handtuch, das er immer um den Hals trug, wischte er dann die letzten Tropfen ab. Schließlich blieb ihm nur, die schlaftrunkenen Knaben, die unbeholfen einen Fuß vor den anderen setzten, mit sicherer Führhand wieder zu Bett zu begleiten, wo sie dann nach kurzen Liebkosungen ihren Schlaf fortsetzten. Von daher fiel es Pereira nicht schwer, seine Nachtruhe zu unterbrechen und Nacht für Nacht dieses Ritual gemeinsam mit den anderen acht «Spritzenmännchen», wie sie liebvoll genannt wurden, über sich ergehen zu lassen.

„Das ist kein Urin, das ist etwas anderes", hatte ihm der Priester in rätselhafter Form geantwortet. „Keine Angst, das passiert allen Knaben, und es passiert, während wir schlafen."

Pablo stellte sich vor, wie dem Ordensgründer im Schlaf das Gleiche geschah. So wie es uns allen geschieht, dachte er.

Mit unsicheren Gesten hatte Marcial Maciel ihn eingeladen, zu ihm ins Bett zu kommen. Dem leisen, rhythmischen Schnarchen zufolge war er aber sofort in einen tiefen Schlaf gefallen. Doch Pablo konnte nicht schlafen. Angstvoll und unerwartet bemerkte er, wie der Ordensgründer im Schlaf Pablos Händchen zu seinem Glied führte, dass jetzt riesig war. Es ist in der Tat dem Gründer eines religiösen Ordens würdig, wo alles groß, schön und heilig sein muss, fiel dem Jungen dazu ein.

Diese großen Hände mit den schmalen Fingern eines Künstlers führten Pablos Händchen. Sie mussten den immer größer werdenden und sich immer steiler aufrichtenden Stab rhythmisch streicheln. Ein lustvolles Keuchen begleitete den Abschluss. Pablo spürte den Wunsch, sich im Bettlaken die Finger abzuwischen, doch der Ordensgründer ließ das nicht zu und hielt sie fest. Nun begann er, in Pablos Schlafhose zu suchen, um mit dem schlaffen Glied des Knaben das Gleiche anzustellen. Pablo wehrte sich hartnäckig. Sein winziges Spielzeug machte überhaupt keine Anstalten, größer zu werden, und schließlich ließ der Ordensgründer von ihm ab.

Sehr beunruhigt sprang Pablo aus dem Bett und kleidete sich vollständig an. Hände und Hemd waren feucht, und er war hin und her gerissen zwischen Ekel und der Vorstellung, mit der ausgeströmten Körperflüssigkeit eines Heiligen gesalbt worden zu sein.

Der Ordensgründer tat so, er wäre er plötzlich aufgewacht. Er verabschiedete Pablo mit einem Kuss auf die Lippen und mit Worten, die wie ein Befehl klangen: „Geh zurück zur Kapelle und vergiss nicht, zu kommunizieren wie immer, mein Liebster."

Marcial musste merken, dass es Pablo nicht gelang, seine Unruhe abzulegen. Jetzt sah er dem Knaben zum ersten Mal ins Gesicht und erkannte eine Unsicherheit in seinen fragenden Augen. „Du musst nicht beichten", fügte er mit müder Stimme hinzu. Bei Pablo verflüchtigte sich unmittelbar die Sorge, dass er gesündigt hätte. Obwohl übermüdet, hatte Unser Vater seine Gedanken gelesen, wie das nur ein Heiliger kann. Denn diese große Angst, dass man mit dem Anstößigsten seines Körpers, welches sich unter der Gürtellinie befindet, sündigen kann, hatte man ihm seit frühester Zeit seines kurzen Lebens eingeschärft.

Als er einmal in der Wanne gelegen und ihn eine Lust überkommen hatte, mit dem zu spielen, was sich zwischen seinen Beinen abzeichnete und aus dem Wasser hervorlugte, hatte er instinktiv zur Mutter geschaut, weil er fühlte, dass sie ihn beobachtete. Sie, die es verstand, so liebevoll und sanft mit ihm umzugehen, sah ihn jetzt mit strenger Miene an und runzelte die Stirn, als wolle sie ihn ausschelten. Sie unternahm jedoch nichts. Bei ähnlichen Umständen hatte sie wortlos seine Hand von dem Spielzeug fortgenommen, das er jüngst für sich entdeckt hatte.

Dann füllte sie die Wanne mit allem möglichen Zeug aus Plastik: Gummielefanten, die rücklings auf dem Wasser schwammen, die man auf den Bauch drücken musste, um eine Wasserfontäne zu erzeugen, Kater Felix mit großem Schwimmring in grellen Farben, ein Schwan, der so groß war wie ein richtiges Huhn, Entchen, die sich richtig fortbewegen konnten, wenn man sie am Faden aufzog, und andere, die tolle Pirouetten drehten, und wieder andere, die, wenn man sie nur berührte, plötzlich untertauchten.

Aber er interessierte sich nur noch für das, was die Natur seinem kleinen weiß-rosa Leib mitgegeben hatte und um das sein Schwesterchen ihn beneidete, wenn sie zusammen badeten. Wenn er mal befreit von Mutters Armen sich in der Wanne hinwarf, verursachte er einen wahren Sturm in seinem zoologischen Garten. Alles kam durcheinander und verschwand für einige Augenblicke, außer dem Schwan von der Größe eines richtigen Huhns, dem man nichts anhaben konnte. Zum Glück schritt die wachende Mama nicht ein, wenn das letzte Drittel von Pablos Pillermann zwischen all dem untergetauchten Getier wie ein Sehrohr eines U-Bootes schweigsam aus dem Wasser ragte, um die feindlichen Schiffe auszuspionieren.

Der Antrieb, warum er mit ihm zu spielen anfing, lag irgendwo zwischen Neugier und Langeweile. Und es dauerte nicht lange, bis die Beschäftigung mit ihm ein bis dahin nicht gekanntes Wonnegefühl hervorrief. Die mütterlichen Blicke hinderten ihn daran, das auszudehnen und sie führten dazu, dass das Spielen mit ihm den bittersüßen Geschmack des Verbotenen hervorrief. Auch ohne ein einziges Wort von ihr lernte er daraus, dass man sich mit derartigen Spielchen auf den Weg zur Sünde begab.

Intuitiv war ihm bewusst, dass er nur mit seinem Pillermann spielen konnte, wenn weder Mutter noch sonst jemand zuschaute, weil man ihm sonst sofort auf die Finger klopfte oder eine böse Miene aufsetzte.

Als er in die Apostolische Schule von Tlalpan kam, wurde ihm klar, dass dieser Teil des Körpers Gegenstand von neugierigen Fragen und seltsamen Handlungen war, durchgeführt von Pater Pereira, dem Seelsorger der Einrichtung. In der ersten «Gewissensbefragung» hatte er ihn gebeten, die Hosen herunter zu lassen und ihm sein Spielzeug zu zeigen. Der Pater berührte und befühlte es, bis es groß geworden war. „So kann man seine tatsächliche Größe messen", war seine Erklärung.

Er nickte wohlgefällig, nachdem er die exakte Länge mittels eines Geo-Dreiecks, das auf dem Tisch lag, festgestellt hatte. Sicherlich war dieses rechtwinklige Dreieck eines der Utensilien, das die Seelsorger benutzten, um die Redlichkeit ihres Handelns zu dokumentieren, folgerte Pablo hieraus scharfsinnig. Für die Erfassung der Dicke begnügte sich der Geistliche damit, es zwischen Daumen und Mittelfinger zu legen und mehrfach zuzudrücken.

Das Kind wunderte sich, mit welcher Akribie die Dinge im Orden behandelt wurden. Man hatte ihm gesagt, dass sie ihn und seinen Bruder in der Apostolischen Schule zu Missionaren des Hl. Herz Jesu und der Schmerzhaften Jungfrau ausbilden würden, doch niemals hätte er sich vorstellen können, dass sich hinter diesen zwar ehrenvollen und vermeintlich frommen Bezeichnungen eine derartige Genauigkeit und Gewissenhaftigkeit verbarg, wie Pereira sie jetzt demonstrierte.

Auch der Ordensgründer führte periodisch «Gewissensbefragungen» durch. In einer von ihnen wollte er genau wissen, ob Pater Pereira die Messungen auch so durchgeführt hatte, wie Gott es befiehlt. Er ließ sich in allen Einzelheiten die Vorgehensweise und die Ergebnisse der ersten Untersuchung berichten. Pablo musste deshalb die anatomische Untersuchung mit ihm wiederholen, mit der einzigen Ausnahme, dass der Ordensgründer auf das Dreieck verzichtete und für ihn die Bestimmung durch Augen und Hände ausreichend war.

Später, während der dreitägigen Exerzitien, die der Ausbilder der Novizen, Pater Agustí, leitete, hörte Pablo zum ersten Mal den Namen von seinem Lieblingsspiel. Ihm kamen schreckliche Bannflüche und Höllenqualen in den Sinn. Der Pater murmelte den Namen nur abfällig, als ob er ausspucken wollte. Jetzt begriff das Kind, warum die Mutter damals die Stirn gerunzelt hatte.

In jener Nacht in der Krankenstation, im Bett des Ordensgründers, war alles ganz anders. Als wenn die Lebensuhr wieder rückwärts liefe. Es war eine Versöhnung mit der unbeschwerten Kindheit. Nicht irgendjemand, sondern der Ordensgeneral persönlich hatte ihn eingeladen, mit ihm zu spielen. Und sogar zu jener Nachtzeit, in der sich zwischen Träumen immer die Gelüste bei ihm einstellten. Die Gelüste, die das Bettlaken befleckten.

Es war so, als wenn der züchtig verhüllte Geist, der ihn nur in seinen Träumen besuchte, sich plötzlich zwischen den Betttüchern zu erkennen gäbe. Jetzt waren es nicht mehr seine verspielten, unschuldigen Händchen und es gab keine mütterlichen Blicke mehr, die die Lustanwandlungen vereitelten. Nun waren seine männlichen Attribute, um die ihn seine Schwester damals so beneidete, vollkommen akzeptiert. Weil die Hände, die sie diese Nacht betasteten, die Hände eines Heiligen waren, die Hände von Marcial Maciel. Und dieser Heilige hatte ihn eingeladen, auch seinen eigenen Stab mit den Händen zu ergreifen. So als würden sie beide in der Badewanne spielen. Jeder lässt den anderen mit seinem Spielzeug spielen, ich mit deinem und du mit meinem; ohne Plastikelefanten, kein Kater Felix, auch keine voluminösen Schwäne und ohne das Quaken der Entchen.

Es war die Befugnis eines voll und ganz gottgeweihten Menschen, der ihn jetzt zu den Spielen seiner frühen Kindheit zurückbrachte. Jener Mensch, den er in unmittelbarer Nähe des höchsten Gesetzgebers wähnte, teilte seine Spielchen, ohne Anstoß zu nehmen. Er erweckte in ihm wieder seine Kindheitsvorlieben und garantierte zudem die völlige Normalität seiner nächtlichen Gelüste. Und dieses Mal ohne das Erscheinen des züchtig verhüllten Geistes, der nur an sein Bett kam, wenn er schlief.

Unter den Apostolischen von Tlalpan wurden die Träume des Ordensgründers häufig kommentiert. Denn Unser Vater erhielt die großen Offenbarungen, die direkte Verbindung zum Himmel, fast immer nur im Schlaf. Im Schlaf oder wenn er verzückt die Hl. Messe zelebrierte. Die Apostolischen erzählten sich immer wieder mit großem Respekt, dass für den Ordensgründer der Altar und das Bett gleichwertige Heiligtümer seien, durch die Gott seinen erhabenen Willen verkündete, seine Pläne zur Errettung der Welt. Weil Gott ihn zwischen Abermillionen Menschen als Vertrauten und Verwalter der göttlichen Absichten auserwählt hatte. Unser Vater, der Ordensgründer, war für die Religionsschüler einer der Mitglieder des Allerhöchsten Gottesrates, einer von Gottes engsten Vertrauten, einer der Wenigen, auf den der Schöpfer in Fragen der Schöpfung hörte.

Auf dem Gang zur Kapelle kam er wieder zur Ruhe. Er erinnerte sich an so viele außergewöhnliche Dinge im Leben Unseres Vaters. Und er fühlte sich auserwählt, ja privilegiert: Welchen Wert hat Unser Vater in mir erkannt, dass er mich an den Ort seiner Verbindung zu Gott bestellt, sinnierte er.

Der Ruf, mit ihm das Bett zu teilen, bedeutete für Pablo etwas Ähnliches wie am Altar an seiner Seite zu stehen, der anderen religiösen Bühne, wenn der Pater die Hl. Messe zelebrierte. Das ist mein Einlass in das Allerheiligste, in die Wohnstätte der Auserwählten, stellte Pablo für sich hocherfreut fest.

Und Gott hatte in Person Unseres Vaters die Worte gesprochen, die den Seelenfrieden des Jungen sicherten:

„Geh zurück zur Kapelle und vergiss nicht zu kommunizieren, mein Liebster. Du musst nicht beichten.“

Die Worte wurden besiegelt mit einem Kuss auf die Lippen. Durch den Mund von Mon Père hatte Gott ihn geküsst.

SECHSTES KAPITEL

Einige Tage später während der Messfeier in der Kapelle spitzte Pablo die Ohren. Fast lautlos begab sich Bruder Denis Marañón zu den vorderen Bänken. Pablo wurde von einer fieberhaften Begierde ergriffen, denn er wartete sehnlichst darauf, dass sich jene Hand wieder auf seine Schulter legen würde und man ihm dabei die erhoffte Weisung in sein Ohr flüsterte.

„Unser Vater ruft Dich."

Wie gern würde er wieder in der Krankenstation der Auserwählte des Ordensgründer sein und mit ihm diese Freude genießen. Mit Gott allein bei Tagesanbruch der Gefährte seiner bösen Träume zu sein, nachdem sich Mon Père die ganze Nacht darauf durch Gebete vorbereitet hatte. Die große Ehre zu haben, vor allen anderen der Auserwählte zu sein.

Aber es kam anders. Zwar war Denis Marañón vor seiner Bank stehen geblieben, aber er wurde nicht gerufen. Der Bruder führte seine Hand unruhig über seine

Schulter, ohne sie zu berühren. Er wusste nicht, warum. Pablo war traurig und fühlte sich verlassen.

Soeben hatte die Heilige Messe begonnen. Der Ordensgründer nutzte gewöhnlich die zwanzig Minuten vor der Kommunionfeier, um mit einem seiner Lieblingssöhne zusammen zu sein. Die Hand, jene Hand von Bruder Denis, die sonst während der Gregorianischen Gesänge kunstvoll dirigierend die Schattierungen der einzelnen Sängerstimmen bei feierlichen Anlässen ausglich, ruhte heute auf der Schulter von Luanco. Pablo vernahm das fast wie ein Palmengesang vorgetragene Flüstern:

„Unser Vater ruft Dich."

Wie üblich war dieser sofort nach Erhalt der Order aufgestanden, so als wäre es bereits ein gewohntes Ritual. Denn das war ein Befehl, und er folgte dem aus gebotenem Gehorsam. Und Pablo wollte es ihm nachmachen. Natürlich wurde den Anweisungen der Obrigkeit im Kloster ohne jeden Widerspruch Folge geleistet. Luanco war erst seinen einigen Monaten in der Apostolischen Schule zu Hause, doch der Zwölfjährige war bereits ein Vorbild an Gehorsam und völliger Unterwerfung, besonders gegenüber dem Ordensgründer. Direkt, ohne weitere Mittelsperson vom Pater gerufen zu werden, bedeutete für ihn den Gipfel der Glückseligkeit. Aus Gehorsam stand er frühmorgens auf, um an der Messe der Gemeinschaft teilzunehmen. Wenn er jedoch die Heilige Messe verließ, um sich wieder ins Bett zu begeben, dieses Mal in das des Ordensgründers, geschah das, um Gottes Willen zu erfüllen, der durch Unseren Vater bezeugt wurde.

Luanco war ein weiteres, wohlgeformtes Exemplar eines Ariers, irgendwie auf geheimnisvollen Umwegen und zufälliger Vermengung mit Azteken und Mexikanern hervorgebracht. Er hatte ebenfalls blondes Haar, blaue Augen und eine stattliche Figur wie das Ebenbild griechischer Götter. Unter anderem ragten seine sportlichen Leistungen heraus. Er war der Beste im Fußball-, Korbball- und Pelotaspiel. Außerdem hatte er eine wunderschöne Stimme und war einer der Solisten im Sopran.

Immer, wenn auf Festlichkeiten Wohltäter der Apostolischen Schule feierlich geehrt wurden, war es Luanco, dem es oblag, unter der Leitung von Denis Marañón die bedeutendsten Solopartien vorzutragen. Der Chorleiter verkleidete ihn mit Soutane und weißem Chorhemd. Dann sah er aus wie ein himmlischer Gast auf flüchtiger Visite bei einem Stop zwischen zwei Flügen, so als wäre er Mitglied eines paradiesischen Chores.

Sein letzter öffentlicher Solovortrag galt zwei millionenschweren Witwen, die durch die Freundschaft zu Marcial Maciel zu Förderern der Kongregation wurden. Es waren Damen aus höchsten mexikanischen Kreisen, die sowohl Gott Vater als auch Pater Maciel für ihren guten Geschmack lobten, hier der Schöpfer, dort der treue Diener; den einen, der durch die dafür vorbestimmten Seelen Gottes Wort verkünden lässt, den anderen, weil er in der körperlichen Schönheit das deutlichste Zeichen der Zuneigung Gottes erkannt hat. «Die, die Gott liebt, sind mit Schönheit gesegnet», schien das Lebensmotto des Ordensgründers zu sein. Beide, der Allmächtige als auch der Verkünder von Gottes Wort auf Erden, ließen Vorlieben für die Schönheit und die Vollendung der Form erkennen: vollkommene Seelen in wohlgestalteten Körpern!

Kurz vor Austeilung der Heiligen Kommunion kehrte Luanco zu seinem Platz in der Bank zurück. Mit hochrotem Kopf und gefalteten Händen ging er Pablo voran zur Kommunionbank. Damit niemand mitbekam, wie er versuchte, zur innerlichen Ruhe zurückzukehren, schloss er die Augen. Verstohlen wurde er von Pablo gemustert.

Hatte er ebenfalls dem Pater zur körperlichen Entspannung und zur Wiedererlangung des Seelenfriedens verholfen? Hatte Luanco vermocht, was er sich nicht getraut hatte, sich im Bad Unseres Vaters nach getaner Hilfeleistung die Hände zu reinigen, bevor er sich wieder zur Kapelle begab? War auch er für diesen erhabenen Dienst von Gott berufen worden, um im Einklang mit dem göttlichen Willen dem Körper dieses Heiligen auf Erden zur Erfüllung zu verhelfen? Waren Luanco und er für die gleiche Arbeit auserwählt, die Bedürfnisse eines von Gott Gesalbten zu befriedigen?

Verloren in diesem Gedankendickicht betrachtete er Luanco. Pablo vermutete mehr und mehr, dass er nicht der Einzige und schon gar nicht der von allen Auserwählte Unseres Vaters war, wie der ihm immer zu verstehen gab. Er musste mit ansehen, dass auch andere

Kinder aus Kapelle oder Studierzimmer zu ihm gerufen wurden. Ein bitterer Verdacht begann sein Innerstes zu zerfressen, ein Verdacht, unterlegt mit Dutzenden bewegten Bildern. Die winzigen Motten, die im Licht mit ihren gräulichen Flügeln unruhig hin- und herfliegen, umkreisten jetzt sein eigenes Ich. Verschlagen legten sie in seinem Inneren, in den Arterien, die zum Herzen führen, ihre winzigen Eier ab. Eines Tages würden sie ihr Gefängnis verlassen und seine Brust durchstoßen, um endlich an die Oberfläche zu gelangen.

Er konnte sich noch genau daran erinnern, wann ihn diese unerklärliche Unruhe, dieses Unbehagen zum ersten Mal überkam. Bleich und ohne Lebensmut, dazu ganz ohne Appetit, suchte seine Mutter schließlich mit ihm einen Arzt auf. Doch der stellte nichts Anomales fest: „Gnädige Frau, die Organe sind in Ordnung. Was Schaden genommen hat, ist wohl die Seele."

Er war damals kaum vier Jahre alt. Seine eineinhalbjährige Schwester Sarita, ein pausbäckiger Blondschopf schickte sich gerade an, der Liebling aller in Familie und bei Freunden zu werden, das, was bisher er für sich in Anspruch nehmen konnte.

Pablo machte große Anstrengungen, um Luancos bester Freund zu werden. Er fühlte sich mindestens so auserwählt und hofiert wie sein Kamerad. Das schweißt zusammen und macht solidarisch. Pablo begann auch Luanco zu lieben. Er war sich seiner Emotionen nicht vollkommen sicher, aber im Inneren des Herzens wurden ähnliche Gefühle sichtbar, wie die, von denen auch Luanco übermannt wurde, seitdem der Neuankömmling rasch zum Auserwählten Unseres Vaters aufstieg.

Er versuchte sich ihm zu nähern, doch Luanco widersetzte sich. Beide empfanden starke gegenseitige Sympathie und wollten wirklich ihre Gedanken austauschen, doch das war nicht möglich. Eine mysteriöse Kraft, die in ihren Köpfen herumschwirrte, ähnlich dem Summen einer Hummel, verlangte von ihnen, dass sie Rivalen blieben. Die Ursache lag in dem strengen Verbot Unseres Vaters, sich keinesfalls mit anderen über die Begegnungen in der Krankenstation auszutauschen. Beiden war bewusst, dass sie sich durch öffentlich bekundete Freundschaft einer großen Gefahr aussetzten.

Eines Tages werden sie miteinander reden, was gleichzeitig große Erleichterung, aber auch unsägliche Qual hervorrufen wird, durch fehlenden Gehorsam der Berufung zum Priesterberuf verlustig zu werden. Dabei wird es um nicht weniger gehen, als ihr Seelenheil aufs Spiel zu setzen.

„Magst Du Luanco? Mehr als mich?", hatte Marcial eines Tages Pablo während eines Stelldicheins gefragt.

Pablo spürte, dass Unserem Vater seine Sympathie zu Luanco nicht entgangen war. Er war dem Wunsch, mit seinem Kamerad Freundschaft schließen zu wollen, auf die Schliche gekommen. Doch Pablo legte Gleichgültigkeit an den Tag und stritt die Zuneigung zu

Luanco ab. Er begann, Liebe durch Lügen zu rechtfertigen und Zuneigung und Verlogenheit immer gleichzeitig zu betrachten. Was Liebe betraf, hatte er gelernt, unaufrichtig zu sein und sich selbst etwas vorzumachen, nur weil er befürchtete, die lieblichen Begegnungen mit Unserem Vater zu verlieren. Zudem befürchtete er, dass ihm der Pater ein für allemal die Nähe zu Luanco untersagen würde.

Längst war ihm bewusst geworden, dass der Ordensgründer jeden einzelnen Jungen wissen ließ, er wäre der Auserwählte. Unser Vater als Nebenbuhler, was für ein gefährlicher Gegner. Wenn er nicht so jung gewesen wäre, könnte man sagen, er war Teil einer bösartigen Gemeinschaft mit widernatürlichen Einverständnissen, einhergehend mit Täuschung und Gewalt. Kaum zwölf Jahre alt, fing Pablo von jenem Tag an, mit der Lüge zu leben. Er benutzt sie tagtäglich. Sie war ein äußerst wirkungsvolles Instrument.

Pablo bekundete zumindest unterschwellig Luanco seine Sympathie. Er machte ihm Geschenke und bot ihm an, Dienste im Speisesaal zu übernehmen. Mit immer neuen Einfällen wollte er sein Tischnachbar werden, zumindest so nah wie möglich an ihn herankommen. Schließlich kam er auf die Idee, Luanco im Sport zu unterstützen. Das war die wirksamste Maßnahme, denn Luanco war so wie Pablo ein ausgezeichneter Sportler.

Beim Fußball waren sie ein eingespieltes Team. Manchmal spielten sie gegeneinander, dann wieder in der gleichen Mannschaft, der eine als Linksaußen, der andere in der Sturmmitte. Natürlich war es Pablos sehnlichster Wunsch, mit Luanco zusammenzuspielen. Er schob ihm immerfort die Bälle zu, selbst wenn der nicht die aussichtsreichste Position einnahm. Landete der Ball im Netz, war die gemeinsame Freude groß.

Doch außerhalb der Rolle als Mitglied der gleichen Mannschaft führte sich Pablo fast auf wie sein Sklave. Er hatte ihn das niemals wissen lassen, doch Pablo war sich sicher, dass Luanco die große Sympathie, die er für ihn hegte, nicht verborgen blieb. Diese beginnende Freundschaft wurde immer nur angedeutet, heimlich, mit Nuancen und doppeldeutigen Gesten, wie echte Trauben, die jedoch mit Tricks, Schwindelei und Betrug geerntet werden.

Pablos Bemühungen, auf dem Fußballplatz Luanco näher zu kommen, hatte seltsamerweise den Vorteil, dass sie Pater Pereira völlig verborgen blieben. Dieser ging zwar hartnäckig allen Fällen nach, wo sich eine persönliche Freundschaft anbahnen wollte, zeigte aber für sportliche Aktivitäten nicht das geringste Interesse. So kam ihm überhaupt nicht in den Sinn, dass sich auf dem Sportplatz zwischen den zwei Fußballassen eine immer fester werdende Freundschaft entwickelte, die bei Pater Pereira sämtliche Alarmglocken hätten auslösen müssen.

Das Unerträglichste für Pablo war die große innere Einsamkeit, ausgelöst durch jenes kategorische Verbot, sich mit keinem seiner Kameraden über die lieblichen

Begegnungen mit dem Ordensgründer auszutauschen. Das Gebot des Heiligen Gehorsams war noch einmal verschärft worden. Bei Übertretung drohten die schrecklichsten Strafen des Allmächtigen. Der Ordensgründer verkörperte so gleichzeitig das Liebesobjekt als auch die allgegenwärtigen Repressalien, Nähe ohne Schutzzäune und unüberwindliche Distanz, die Intimität eines Kusses, aber auch Verachtung und Sklaverei. Pablo blieb vieles verwehrt. Er konnte sich mit Luanco weder über die gegenseitige Zuneigung noch über den von beiden Geliebten austauschen.

Im Leben der beiden zeigte sich ganz langsam ein Weg, der mit unzulänglicher Verschwiegenheit, einem düsteren Flechtwerk von Täuschungen, unerfüllten Erwartungen, Beklemmung und verletzender Erniedrigung gesäumt war.

SIEBTES KAPITEL

Bald war Pablo völlig verzweifelt. Für seine kindliche Seele war das etwas ganz Neues. Er fühlte sich wie ein Schiff, das auf hoher See durch einen gewaltigen Sturm hin- und hergeworfen wird und droht, von einem Strudel verschluckt und in den Abgrund gezogen zu werden.

Der Ordensgründer hatte ihn die ganze Woche immerfort rufen lassen, selbst zu ganz ungewöhnlichen Zeiten, und hatte ihn sogar gebeten, mit ihm die ganze Nacht in seinem Bett der ungezügelten Leidenschaft und Orgasmen zu verbringen. So hatte sich Pablo bereits allmählich an diese immer intensiver werdende Beziehung gewöhnt. Er fühlte sich auserwählt und gleichzeitig beschützt, so als würde er seine glückliche Kindheit in der Colonia Polanco noch einmal durchleben.

Wenn der Junge ihn nun massierte, musste sich Marcial nicht mehr schlafend stellen, und es war auch nicht mehr notwendig, die kleinen Hände zu seinem

Glied zu führen. Pablo wusste bereits sehr genau, wie er den Teufel, der sich dort unten angesammelt und festgesetzt hatte, und so schmerzhafte Koliken hervorrief, vertreiben und dem Leidenden eine totale Befriedigung verschaffen konnte.

„Der Herr hat mir eine Prüfung auferlegt, da der Samen, der sich bei mir ansammelt, tagtäglich unerträgliche Schmerzen hervorruft." Dabei zeigte er mit dem Finger auf das, was sich zwischen den Schamhaaren aufrichtete. „Nimm ihn. Merkst Du, wie hart er ist? Das ist mein Kreuz, mein Sohn. Papst Pius XII, der mir während meiner Rom-Aufenthalte mehrfach die Beichte abnahm, hat mir erlaubt, dass der sich aufgestaute Samen durch Massagen meinen Körper verlässt, um mir auf diese Weise Schmerzlinderung zu verschaffen. «Das ist wahrscheinlich ein Zeichen Gottes, dass er Dich niemals aufgeben wird, gab mir der Papst zu verstehen», fuhr Marcial fort, «nimm es mit Geduld und christlicher Demut an. Vielleicht sind Dir Deine Söhne mit Nächstenliebe behilflich, es zu ertragen.»

„Gewiss hat Seine Heiligkeit dabei an Dich gedacht, mein liebster Pablo, und ich muss mich sehr für Deine Hilfe bedanken, dieses schwere Kreuz zu ertragen", sprach er weiter und gab Pablo einen Kuss auf seinen Kirschmund. In der Tat hatte er in seinem Leben niemals so schöne Lippen gesehen. Dieses Mal war es ein langer, inniger Kuss. Denn er wollte dadurch Pablo für die gewissenhaft ausgeführten Aufgaben seine Dankbarkeit bekunden.

Marcial Maciel hatte bemerkt, dass Pablo bei jeder Lüge, so wie die vom Papst, noch emsiger und einfallsreicher zu Werke ging. Und Pablo war bereits dabei, das Küssen zu lernen. Er erwartete die Zunge des Ordensgründers, widersetzte sich ihr anfangs mit Koketterie, um dann dem Pater das Gefühl zu verschaffen, den Widerstand gebrochen zu haben, bis er schließlich vollends in den kindlichen Mund eindringen konnte.

„Du machst mich verrückt", flüsterte der Ordensgründer, indem er sein Spiel fortführte. Aber das Leiden hatte jetzt ein Ende, denn er wusste genau wie er die jungfräuliche Liebeshöhle, seine Grotte der Lüsternheit, genießen konnte, in der noch niemand anders vor ihm eingedrungen war. Die zarten Lippen bebten und wanden sich und Pablo versuchte stets ein Gefühl der Freude zu unterdrücken, wenn der Pater das Liebesritual mit den Lippen begann. Er wollte dem geliebten Pater so zu Diensten sein wie er es sich wünschte, genauso wie der es verstand, ihn zu hofieren.

In dieser liebestollen Woche lernte Pablo durch die mehr oder weniger deutlichen Zeichen des Wohlgefallens die effektivsten Praktiken: ganz langsam der gefräßigen Zunge des Ordensgründers Einlass zu gewähren, sie einzuladen, in dem er ihm verführerisch den zauberhaften Reiz seiner kleinen Zunge anbot. Das war eine wunderbare Idee, aber er wusste nicht mehr wie ihm die eingefallen war. Er ließ sich in diesem leidenschaftlichen Zauber treiben, völlig eingenommen vom Tun des geliebten Vaters.

Aber das waren nur die ersten Vorboten eines immer stärker werdenden Wellengangs, Vorläufer einer gewaltigen Flut, die dann mit Getöse gegen die Kaimauer krachte. Und die Kaimauer war er, Pablo, sein Leib, der die Begierden des Mannes entgegennahm, denen er sich hingab. Er spürte, wie der Ordensgründer mit vorgespielter Raserei sich seiner bemächtigte, als wollte er sein gesamtes Leben einsaugen, und es gefiel ihm, sich dem hinzugeben. Weil Pablo es auch genoss.

Er fühlte sich hofiert, geliebt und auserwählt aus Dutzenden seiner Kameraden. Gewiss, er war nicht der Einzige, doch er fühlte sich als der Auserwählte Unseres Vaters. Es kamen ihm keinerlei Bedenken oder Gewissensbisse in den Sinn, seitdem er wusste, dass er kraft der Gehorsamkeit gegenüber Gott dessen Statthalter auf Erden diente. Welch ein Glücksgefühl, tugendhaft zu Diensten zu sein und selbst dabei zu genießen! Sich daran zu ergötzen, diese verdienstvolle Aufgabe auszuführen!

Am letzten Tag dieser intensiven Woche, als Krönung der Begegnungen, hatte Marcial seinerseits Pablos Glied genommen und begann es zu massieren. Als er merkte, dass es nicht steif wurde, beugte er sich über den Jungen und nahm es in den Mund.

„Mon Pére, ich habe nicht die Erlaubnis des Heiligen Vaters wie Sie. Ich habe Angst zu sündigen, wenn Sie weiter fortfahren. Nicht, dass es mir nicht gefiele. Oh, es gefällt mir sehr! Aber ich will nicht sündigen."

„Das Problem können wir sofort lösen. Ich nehme

Dir die Beichte ab und später kannst Du kommunizieren", beschwichtigte ihn der Ordensgründer.

Die erwartete Reaktion bei Pablo stellte sich jedoch nicht ein, weder durch Hand- oder Mundmassage noch durch wollüstiges Reiben mit seinem eigenen Glied. Pablos wieder aufkommende Zweifel an der Verheißung des Geistlichen, durch seine Absolution wären die Sünden getilgt, ließen sich nicht auflösen. Schließlich, voller Ungeduld und seiner Mühen überdrüssig, sagte der Ordensgründer im mürrischen Ton:

„Wie schade, Pablo, Du bist ein Nichtsnutz! Du weißt immer noch nicht, was das Leben ist. Geh! Geh fort! Du brauchst zu mir nie mehr zurückzukommen!"

Ohne ein Wort zu sagen, hatte sich Pablo rasch angekleidet. Sein Kirschmund war jetzt spröde, die zerbissenen Lippen schmerzten. Sie erhielten keinen Abschiedskuss, das, was für den Jungen immer wie der Segen Unseres Vaters war. Über seine vergeblichen Bemühungen musste er sich selbst am meisten ärgern.

Zum ersten Mal in den Tagen von Tlalpan ging Pablo nicht zur Kommunion. Er hatte nicht gebeichtet, denn er war der Ansicht, er hätte dieses Mal auch sein eigenes Vergnügen gesucht. Doch kurz vor dem Ziel hatte er nicht vermocht, den Höhepunkt zu genießen. Wie schade, dass der Ordensgründer so wenig Geduld aufgebracht hatte. Die Beichte bei Pater Pereira abzulegen machte ihm Angst. Er wollte niemandem sein großes Geheimnis offenbaren.

Ihm war ständig zum Weinen zumute, selbst im Speisesaal in Anwesenheit aller Kameraden. Damit niemand etwas mitbekam, lernte er seine Tränen zu unterdrücken, in dem er tief einatmend den Kopf nach hinten warf. Innig sehnte er die Stunde herbei, in der er sich in sein Bett einhüllen und ungehemmt ohne Zeugen ausweinen konnte. Selbst im Schlaf muss er geweint haben, da beim Aufwachen das Kopfkissen noch feucht war.

Am nächsten Tag legte Bruder Denis nicht mehr die Hand auf seine Schulter. Das gewohnte Flüstern: «Unser Vater ruft Dich», hörten nun nacheinander Luanco, Paco, Abelardo, Vélez Poveda, Arnulfo…

Pablo zählte sie tagtäglich und er erstellte im Kopf und in seinem Herzen eine Liste seiner Rivalen. Unaufhörlich zogen vor seinen Augen Sequenzen dieses traurigen Films vorbei, der ihm sein Unglück wieder und wieder vorspielte.

Er spitzte immer die Ohren, wenn sich der Krankenpfleger mit lautlosen Schritten zur Kapelle begab. Dann stellte er sich jedes Mal den Auserwählten vor, wie der eiligen Schrittes Marañón folgte, denn der mochte sich auf dem Weg zum Harem nicht umschauen, wie dieser dann den Jüngling ohne gerufen zu werden im Zimmer dem Ordensgründer übergab und wie der Pater den Auserwählten lächelnd mit einem Kuss und einer zärtlichen Umarmung willkommen hieß. Er sah dann einen nach dem anderen das Bett besteigen und manchmal meinte er gar, es wären zwei zur gleichen Zeit. Er sah, wie diese sich wollüstig im Bett des Paters wälzten, wie er sie mit Aufmerksamkeiten überhäufte und wie sie seine Liebkosungen empfingen – an sieben aufeinander folgenden Tagen.

Sieben Tage, an denen Pablo sich weder traute zu kommunizieren noch bei Pater Pereira die Beichte abzulegen. Eine Woche nach der jähen Zurückweisung wurde die Verzweiflung unerträglich. Eine bisher nie gekannte zügellose Leidenschaft zerfraß sein Herz. Pablo war zu jung, um zu wissen wie einem geschieht, wenn sich diese Passion seiner bemächtigt, zu jung, um Vorstellungen des Todes zu besitzen. Denn man muss Todesnähe gespürt haben, um diese Eifersucht zu verstehen, die einen mit Haut und Haar verschlingt.

Der Auserwählte war wieder einmal Abelardo. Zwei Minuten, nachdem Bruder Marañón mit ihm die Kapelle verließ, ging auch Pablo hinaus. Er war der Ansicht, dass er jetzt bereits sündigte, denn dieses Mal verließ er die Heilige Messe ohne die Rückversicherung des Heiligen Gehorsams.

Aber vielleicht sündigte er ja gar nicht. Vielleicht war er in diesem Augenblick gehorsamer als je zuvor. Denn er fühlte sich gerufen – von Unserem Vater – mehr als jemals zuvor. War nicht diese unsichtbare Kraft, die ihn antrieb, eine andere Form des Gerufenwerdens? Wie von einem Magneten geführt, zog es ihn zu dem Bett in der Krankenstation. Und diese magnetische Kraft wirkte auf ihn an jedem Ort im Haus. Pablo fühlte sich beunruhigt, aber gleichzeitig auch wehrlos, denn er hörte überall den Lockruf des Paters.

Er benötigte jetzt weder den Ruf von Bruder Denis noch von jemand anderem. Es reichte der Ausbruch des

Vulkans, diese magnetische Kraft, die in ihm arbeitete. Denn er hörte in seinem Inneren immer wieder die Flüsterstimme:

«Unser Vater ruft Dich.»

Im Laufschritt begab er sich zur Krankenstation. Er befürchtete, dass ihn jemand oder etwas aufhalten könnte. Das Zimmer des Ordensgründers befand sich im ersten Stock, nur einige Meter von der Kapelle im Erdgeschoss entfernt. Vom Bett des Paters konnte man bei feierlichem Anlass den Gregorianischen Gesängen wunderbar lauschen.

Ein Fenster des Schlafgemachs zeigte auf den Hauptflur. Pablo wusste genau, dass sich nur zweieinhalb Meter weiter das Bett des Paters befand. Von Eifersucht zerfressen und in der Ansicht, sein Übel noch steigern zu müssen, wollte er unbedingt Abelardo im Bett der Leidenschaften beobachten. Sehen, um dann zu Sterben. Er wollte den Kelch der Eifersucht bis zur bitteren Neige, bis zur völligen Erniedrigung leeren.

Dann ging er zum anderen Fenster, das zum Seitengang zeigte. Mit seinen zerbrechlichen Fingern wollte er die Lamellen der Jalousie, die das Innere vor der eindringenden Sonne schützen sollte, heben, doch er bekam sie gar nicht zu fassen. Das Fenster war verschlossen.

Im Inneren hatte jemand sein Tun beobachtet, da dieser sehr wohl die Lamellen auseinanderdrücken konnte. So sah er, wer da draußen spionierte. Doch Pablo konnte ebenfalls diese Person betrachten. Zum ersten Mal sah er das Antlitz einer geheimnisvollen, dritten Person im Zimmer des Ordensgründers. Es war ein Wachposten, dem der Pater strengstens verboten hatte, seinem Treiben zuzuschauen. Deshalb musste diese Person die ganze Zeit in der Fensternische den Hauptflur im Auge behalten, ohne sich jemals umschauen zu dürfen. Es war der Kuppler, der immerfort schweigende Eunuch. Er war der Einzige, der über alle Begegnungen des Ordensgründers Zeugnis ablegen konnte.

Jener Zeuge, ein von Marcial ebenfalls Abgewiesener, war zweifellos durch seine Eifersucht auf alle anderen Auserwählten der am meisten Unzufriedene, durch seine Wachdienste der vom Pater am häufigsten Gequälte, über den dieser völlig verfügen konnte. Und somit war er dem Ordensgründer voll und ganz ergeben. Natürlich wusste dieser, dass der Eunuch sich ab und zu einzelne Sequenzen seiner leidenschaftlichen Orgien im großen Spiegel anschaute, dass er Bettgespräche und sogar Gerüche mitbekam. Doch das erregte den Pater nur noch mehr.

Neben den vielen Eingeladenen, die das Bett bestiegen, benutzte er den Eunuchen nur noch ab und zu als Lückenfüller, so wie man den am wenigsten geliebten Hund das kleinste Stück Fleisch zum Fraß vorwirft. Im Bewusstsein, dass der Ordensgründer ihn nur noch als stummen Zeugen missbrauchte, eingeschlossen im Nichts, beseelt von grenzenloser Verachtung, hin und hergeworfen zwischen Hoffnung auf wieder baldige

Berücksichtigung und immer häufigeres Übergehen, war auch er hoffnungslos im Strudel der Eifersucht gefangen.

Das war die Art und Weise wie Unser Vater völlig Besitz ergriff, als unbarmherziger Vollstrecker seiner brutalen Rachegelüste. Marcial wusste, dass dieser Unglückliche ihm voll und ganz ergeben war. Der bedingungslos gehorchende, unterwürfige Substitut, der mit dem Rücken zum Bett am Fenster Wache schob in der Hoffnung, nicht immerfort der allerletzte in der Hierarchie der Auserwählten zu sein. Mit dem vor Eifersucht Sterbenden am Fenster genoss Marcial Maciel umso mehr seine wollüstigen Spiele der Macht. Sein festsitzender Samen begann umso heftiger zu sieden, um schließlich in einer gewaltigen Explosion schäumend die Samenstränge zu verlassen, um dann in den Händen, im Mund oder im Mastdarm des jeweiligen Liebhabers zu enden. Mit Denis am Fenster war es immer ein Vergnügen zu Dritt.

Dem unglücklichen Eunuchen war natürlich das letzte Liebesgeheimnis von Marcial und Pablo nicht entgangen, denn er hatte die zornige Zurückweisung genau verfolgen können:

„Geh! Geh fort! Du brauchst zu mir nie mehr zurückzukommen!"

Er wusste genau, warum Unser Vater Pablo nicht mehr rufen ließ und weshalb er die Zurückweisung verdient hatte und deshalb nicht mehr der bevorzugte Jüngling Marcials war. Dieses Mal hatte der Eunuch jede Einzelheit genau mitbekommen, denn Eifersucht verleiht Augen manchmal die Fähigkeit, rückwärts schauen zu können.

Der traurige Wachmann wusste nicht, an wem der Pater gerade seine Rachegelüste stillte, aber er wusste, dass es ein Racheakt war. Das war immer das große Geheimnis Maciels, und die Rache musste natürlich im Bett vollzogen werden. Er benötigte das Bett, um den Widersacher zu quälen, immer mit tausend verschiedenen Facetten und Hemmungslosigkeit im Sinn. Immer wieder machte er sich über Körper her, die ihm in seinem Umfeld zur Verfügung standen, um sich im üblen Mief der Nötigung und mit schwülem Röcheln der Grausamkeit entrückt dem Rausch der Macht hinzugeben.

Das Gift seines Herrn hatte begonnen, auch in Denis Marañón zu wirken. Das war die andere Seite des erhabenen Gesangssolisten der schönen Künste, der Gregorianischen Gesänge, ebenfalls grausam die Wut an seinen Kameraden auszulassen. Mit diesen subtilen Revanchegelüsten näherte er sich in der Kapelle geräuschlos wie auf Katzenpfoten Pablos Bank. Für einen Bruchteil einer Sekunde berührte seine Hand dessen Schulter. Dieser meinte schon das Flüstern zu hören: «Unser Vater ruft Dich». Doch ostentativ ruhte die Hand dann für lange Zeit auf der Schulter des Nachbarn. Pablo erfuhr somit, dass nicht er, sondern wieder jemand anderes für den Harem auserwählt war. Während dieser Augenblicke war der Kuppler davon berauscht, auch als Untergebener Rachegelüste ausleben zu können, so wie ein Angeklagter, der auf dem Schafott dem Henker das Beil entreißt und ihn enthauptet.

Jetzt schauten sie sich an, die Augen des Entthronten auf der einen und alles verachtende Augen auf der anderen Seite des Fensters. Sie waren einander verbunden, es vereinte sie der gegenseitige Hass. Sie verachteten sich, sie sannen auf Rache und gleichzeitig bemitleideten sie sich. Der auf der Innenseite hatte zudem viel an Erfahrung voraus. Er sah, dass auch Pablo sich immer mehr dem Abgrund näherte, dort, wo er schon längst angekommen war, in einem Verlies, in dem Marcial ihn als Sklave abgerichtet hatte und aus dem es kein Entrinnen gab; allzeit treu ergeben.

Pablo behagte das nicht. Er bekam es mit der Angst zu tun und lief davon.

An diesem Tag kehrte er nicht zur Kapelle zurück. Ziellos schlenderte er für einige Minuten durch die verlassenen Flure. Wie von einem Magneten geführt, trieb ihn eine verborgene Kraft an, wieder zur Krankenstation zurückzukehren. Mit großer Ungeduld näherte er sich ein zweites Mal Marcials Schlafgemach. Wie eine Katze auf Beutefang lag er auf der Lauer und wartete auf den Moment – es war immer der Zeitpunkt, in der in der Kapelle die Kommunionfeier begann – in dem sich die Tür öffnen würde. Es waren immer zwanzig Minuten, die der Pater zur Befriedigung benötigte und Abelardo würde beim Verlassen wahrscheinlich noch der Samengeruch anhaften.

Durch die halb geöffnete Tür schlich er sich in Marcials Zimmer, dabei wäre er fast noch mit seinem Rivalen zusammengestoßen. Völlig verzweifelt warf er sich, so wie er war, auf das Bett. Der Eunuch wollte schon einschreiten, um das alles zu unterbinden, denn niemals zuvor hatte es jemand gewagt, das Zimmer zu betreten, ohne gerufen worden zu sein. Ein kurzer Wink des Ordensgründers hielt ihn ab. Seine Neugier siegte über das, was eigentlich unmöglich erschien: in einem trostlosen Rausch hangelte er sich jetzt als Trapezkünstler von Schaukel zu Schaukel, nur noch beschützt von den *Hurien*[1]).

Es war der erste Fall von Eifersucht, der sich ganz offen zeigte. Indem er jeden Jüngling wissen ließ, er wäre der vor allen anderen Auserwählte, hatte Marcial das ganz bewusst heraufbeschworen. Denn alle waren Zeuge, wenn während der Hl. Messe wieder jemand zum Pater gerufen wurde. So war jedem Jüngling allmählich klar, dass es nicht nur einen Auserwählten gab. Alle flehten um die Gunst, Marcials Liebling zu sein, denn durch das Gebot des absoluten Gehorsams war ihnen verboten, sich über die Geschehnisse im Bett des Ordensgründers auszutauschen. Alle gehorchten, doch nicht aufgrund des Schweigegelübdes, sondern aus Angst, die Wahrheit zu erfahren. Das war das Bezeichnende dieser ersten Generation der Legion Christi. Sie fürchteten das Befreiende der Wahrheit.

Das hatte es bisher nicht im Entferntesten gegeben. Einer seiner Liebhaber war ganz offenbar der Eifersucht

1) Bezeichnung für die nach islamischen Glauben zur Belohnung im Paradies weilenden Jungfrauen, die nach der Schilderung des Korans von unvergänglichen Reizen sind.

erlegen. Bei Pablo waren alle Dämme des Schweigens, der Verbote und des Heiligen Gehorsams, aber gleichzeitig auch der wollüstigen Leidenschaften gebrochen. Marcial fühlte sich sehr geschmeichelt. Diese unerwartete Neuigkeit ließ ihn noch gieriger und habsüchtiger werden.

Als er einmal völlig nackt im Bett lag und Arnulfo befahl, er solle ihn begatten, hatte der sich geweigert.

„Gefalle ich Dir nicht?"

Marcial wollte begehrt sein und seine Jünglinge sollten nicht nur Folge leisten, weil er der Heilige und Ordensgründer war. Dieses Verlangen wollte er fördern und am Leben halten und dabei dachte er immer an seine schreckliche Jugendzeit. Doch er wollte diese Zeit nicht wieder heraufbeschwören, sondern sie durch seine Rachegelüste ein für allemal aus seinem Gedächtnis tilgen.

Jetzt handelte Pablo so, wie es Arnulfo nicht vermocht hatte. Er hatte verstanden und zeigte es dem Ordengründer durch seine Taten.

Natürlich war der Pater der Ansicht, dass der Junge ihn begehrte, wenn der ihn auf diese ungewöhnliche Weise aufsuchte. Darum war er entschlossen, dieses Mal die sich bietende Gelegenheit bis zum Letzten auszunutzen und seine unbändige sexuelle Manie maßlos und ohne Rücksicht an Körper und Geist eines kaum zwölfjährigen Kindes auszuleben. Nie zuvor hatte er so ein Gefühl gekannt, durch die absolute Hingabe des anderen über dieses Wesen vollends verfügen zu können, weil der andere, alle Normen seiner eigenen Integrität außer acht lassend, um seine Liebe bettelte.

„Du kommst genau zu rechten Zeit, mein geliebtes Schäfchen.“, zog er das Kind an sich. „Ich liebe Dich mehr als je zuvor, denn ich wusste genau, dass Du zurückkehren würdest, auch ohne von mir gerufen worden zu sein, weil Du mich auch liebst und Du Dich mir völlig hingeben möchtest. Komm Liebster, heute wirst Du vollständig mein sein. Du bist der Auserwählte des Vaters, denn niemals zuvor hat mich jemand auf diese Weise aufgesucht.“

Pablo fühlte sich glücklich. Auf seinem Mund spürte er die innigen Küsse Unseres Vaters, der gleichzeitig seine Brustwarzen streichelte, als wäre er eine Frau. Er küsste sein Haar, seine Schulter und unter liebevollem Beißen in Nacken und Hals begann er seine Genitalien zu streicheln.

Dieses Mal entwickelte es sich so wie der Ordensgründer es erwartete. Dieses Mal bekam der Pater durch die bedingungslose Selbstaufgabe und die absolute Glückseligkeit des Jungen feuchtklebrige Hände. Pablo spürte das. Sichtlich kostete er es aus und ließ sich treiben. Das erste Mal in seinem Leben genoss er diese Glückseligkeit ganz bewusst. Er war ergriffen von diesem unbeschreiblichen Gefühl, doch eine Erkenntnis machte ihn überglücklich. Denn er wusste jetzt bereits aus eigener Erfahrung, wie man Unserem Vater wohlgefällig sein musste und auf welche

Art und Weise man ihm den höchsten Genuss verschaffen konnte, den dieser durch die immer geschickter zu Werke gehenden Hände des Jungen suchte.

Trotzdem konnte Pablo immer noch nicht völlig bedenkenfrei genießen. Zwar hatte ihn Unser Vater verführt, aber er hatte nicht die besondere Erlaubnis Papst Pius XII. Marcial erkannte die Sorge des Jungen. Nur noch mit einem Hemd bekleidet ging er zu einer Kommode und kam mit einer Stola zurück, die er sich feierlich um den Hals legte. Pablo betrachtete ihn völlig verdutzt, denn in dieser lächerlichen Aufmachung sah er aus wie eine Vogelscheuche.

Der Pater setzte sich zu Pablo auf die Bettkante: „Damit Du wirklich beruhigt sein kannst. Ich nehme Dir jetzt die Beichte ab und erteile Dir dann die Absolution.“ Pablo wollte unbedingt von dieser Sorge befreit sein. Er begann zu lächeln. Jetzt war auf einmal alles so einfach. Mon Père hatte immer für alles eine Lösung!

„Vater, ich war unschamhaft und habe unsittliche, körperliche Freuden gesucht. Ich bitte Sie, mir dafür die verdiente Buße aufzuerlegen.“

Marcial murmelte einige lateinische Verse vor sich hin, die er niemals ganz auswendig gelernt hatte, segnete den Jungen mit einem angedeuteten Kreuzzeichen und reichte ihm noch seine Hand, damit er sie küssen konnte. Unmittelbar danach warf er die Stola auf die Kommode, zog sein Hemd aus und stieg zu Pablo ins Bett. Das Freudenfest konnte beginnen.

Marcial hatte erkannt, dass dem Wachposten all das nicht entgangen war. Natürlich war der sehr enttäuscht, dass er wieder einmal übergangen wurde. Diese absolute Verfügungsgewalt verschaffte Marcial umso größeren Genuss. Er gab dem Eunuchen einen Wink, der die Situation längst erkannt hatte, so, als hätte er beim Vorsingen eines Librettos nur noch auf das Zeichen des Dirigenten gewartet. Er sollte jetzt gehen, was seine Vorstellung, von dem, was bald im Zimmer des Paters vor sich gehen würde, ins Grenzenlose trieb.

Eilenden Schrittes verließ er den Raum und verschloss von außen die Tür.

Der Pater wollte etwas ausprobieren, was jenseits der Routine bisheriger Treffen lag. Begierig zog er den Jungen an sich, doch der fühlte sich jetzt nach all der Aufregung müde und wollte nach vollzogener Beichte und Absolution nur noch schlafen. Immer noch in Umarmung verbunden, ließ Marcial davon ab, ihn weiter zu bedrängen. Pablo fühlte sich dadurch wirklich aufgenommen und geliebt. Mit reinem Gewissen begann er zu träumen, wie früher unter der schützenden Hand seiner Mutter.

Es war ein kurzer Traum. Schon begann unter der Haut des Paters ein Zucken, das sich schnell steigerte und ihn völlig ergriff. Jetzt wollte er voll und ganz die kleine Kreatur besitzen. Weiter in fester und enger Umarmung verharrend, brachte er sich hinter dem Jungen, der immer noch schlief, in Stellung. Er füllte seine Hand mit Speichel, rieb damit sein Glied ein und begann ganz langsam, jedoch mit wilder Beharrlichkeit, in den Knaben einzudringen. Pablo widersetzte sich und jammerte vor Schmerzen. Was ihn gerade durchbohrte, war viel zu groß für diesen kleinen Körper. Marcial stieß unbarmherzig weiter, mit tierischem Trieb und ungezügeltem Appetit.

Es kamen tausend Erinnerungen in ihm hoch, an die Zeit, als er selbst missbraucht wurde. Unbewusst vollzog er jetzt, was man auch mit ihm Nacht für Nacht angestellt hatte. Plötzlich erinnerte er sich genau daran, auf welche Art und Weise er damals immer vergewaltigt wurde.

Jetzt brachte er sich in eine für ihn noch vorteilhaftere Lage, um seine wollüstigen Fantasien noch besser ausleben zu können. Er drang wiederum ein und stieß dabei heftig gegen die Gesäßbacken des Knaben. Schließlich machte er sich noch mit seinen schmalen Fingern eines Künstlers derart an den noch zarten Brustwarzen des Jungen zu schaffen, als wolle er sie abreißen. Das kleine schutzlose Vögelchen konnte nur noch leise piepsen und flehte inständig um Erbarmen.

Der Ordensgründer bemerkte, dass eine zähe, warme Flüssigkeit die Bettlaken durchtränkte. Er ließ jedoch nicht ab von dem Jungen, bis er sich endlich die ersehnte Erleichterung verschaffen konnte, wie immer von einem langen Stöhnen begleitet. Dieses Mal jedoch auch begleitet von dem verzweifelten Weinen des Kindes. Schließlich ließ er von dem übel zugerichteten Knaben ab.

Marcial fühlte sich müde, Ekel stieg in ihm auf. Er ging ins Bad, um zu duschen. Dort stellte er fest, dass er von der Taille abwärts vollkommen mit Blut besudelt war. Blut, das nicht seines war.

Als er nach fünf Minuten zurückkehrte, war Pablo verschwunden.

Er nahm weder an der Morgenmesse in der Kapelle, noch am Frühstück oder Mittagsmahl teil. Seit aller Herrgottsfrühe irrte er ziellos durch die Wälder, durch die öde Einsamkeit, von der das verschlafene Städtchen Tlalpan wie von einem Leichentuch umgeben ist.

Pater Pereira merkte am Morgen schon bald das Fehlen des Jungen, doch wollte er Unseren Vater deshalb nicht belästigen, der sich vormittags die wohlverdiente Ruhe gönnte, um sich von den langen nächtlichen Dialogen mit Gott, den Gebeten und der Buße wieder zu erholen.

Kurz vor Mittag versteckte sich der Junge dort, wo ihn wohl niemand vermuten hätte: hinter einem Seitenaltar der Erzengel Sankt Michaelis Kirche, immer noch mit dem verkrusteten Blut an Hose und Beinen, denn er hatte weder Wasser zum Waschen gefunden, noch um seinen Durst zu stillen.

Vollkommen erschöpft und verwirrt schlief er bald ein. Als er wieder aufwachte, dämmerte es draußen bereits. Er hörte das Sechs-Uhr-Läuten und befürchtete, dass man das Kirchenportal bald verschließen würde und er gezwungen sei, die ganze Nacht dort zu verbringen. Ohne wärmende Kleidung ging er hinaus auf die

Strasse. Den ganzen Tag über hatte er weder irgendetwas Essbares noch den kleinsten Schluck Wasser zu sich genommen.

Auf der leicht abschüssigen Strasse zwischen Kirche und Stadtpark hielt ein Taxi. Natürlich fehlte ihm das Geld für die Fahrt in die zwanzig Kilometer entfernte Hauptstadt. Als der Fahrer Pablo sah, fragte er ihn, aus welcher Irrenanstalt er denn entlaufen sei? Ohne zu antworten, lief er weiter und ließ das Städtchen bald hinter sich. In dem wüstenartigen Ödland um Tlalpan fühlte er umso mehr seine eigene Einsamkeit und Leere. Bald konnte er nicht mehr aufrecht gehen. Nach vorn gebeugt wie ein Greis wurde er von der Finsternis verschluckt, fast nicht mehr wahrnehmbar.

Nach einer halben Stunde Fußmarsch war er total erschöpft. Er schaute sich um und versteckte sich hinter einigen Sträuchern am Wegesrand. Völlig erschrocken sah er in diesem Augenblick das Auto des Ordensgründers auf der Rückfahrt von Mexiko City. War er auf der Suche nach ihm? Ganz sicher war er über sein Verschwinden informiert worden.

Fast sterbend vor Kälte, Hunger und Durst begab er sich noch tiefer ins Dickicht. Ein Taxi, aus entgegengesetzter Richtung kommend, verlangsamte seine Fahrt. Der Fahrer brachte es genau vor ihm zum Stehen, so als würde er ihn suchen. Die Frau auf dem Beifahrersitz hatte den Chauffeur gebeten, genau dort zu halten, wo in einiger Entfernung vom Straßenrand zwei Holzkreuze sichtbar würden. Dort wollte sie einige Minuten verweilen.

An diesem Ort hatte die junge Mutter ihren kaum zwölf Jahre alten Sohn und ihren Mann durch einen Unfall verloren. Von Zeit zu Zeit legte sie dort an den Kreuzen mit der Aufschrift ALFREDO und ANDRÉS einen Blumenstrauß ab und verharrte einige Minuten im Gebet.

Die Frau hatte die Silhouette einer kleinen Gestalt erkannt, die versuchte, sich im Dickicht zu verstecken. War das…? Nein, ihr Andrés konnte es nicht sein. Sie ging nun geradewegs auf das Gebüsch zu und fand den todunglücklichen Jungen in einem sehr bemitleidenswerten Zustand und starr vor Kälte. Sie stellte keine Fragen, warum und weshalb er sich in einer so kalten Nacht in dieser öden Einsamkeit ohne warme Kleidung verstecken musste und trug ihn auf den Armen ins Auto. Die Frau gab ihm Fruchtsaft aus einer Flasche zu trinken. Begierig leerte das Kind den Inhalt in einem Zug, sodass sie erneut großes Mitleid empfand. Kurze Zeit später war der Junge auf der Rückbank eingeschlafen. Die Frau war nochmals ausgestiegen, hatte sich ihres Wintermantels entledigt und deckte damit den Knaben zu. Erst jetzt sah sie genau, wie übel das Kind zugerichtet war und konnte es kaum fassen.

«So hätte ich auch meinen kleinen Andrés umsorgt», kam ihr in den Sinn.

Als sie Mexiko City erreichten, musste neben ihnen an einer roten Ampel ebenfalls ein Fahrzeug halten.

Der Fahrer musterte mit unruhigen Augen das Innere des Taxis. Es war der Ordensgründer, der bereits auf der verzweifelten Suche nach seinem Opfer die Strecke bis zur Hauptstadt mehrere Male zurückgelegt hatte. Er sah die junge Mutter mit ihrem Kind, ob Sohn oder Tochter, konnte er nicht erkennen, das auf ihrem Schoß ruhte. Zusammengekauert war es jetzt ein kleines menschliches Bündel, das zugedeckt mit ihrem Mantel in einen geruhsamen Schlaf gefallen war.

Der junge Geistliche kannte den Weg genau, denn er hatte bereits vor Wochen an dieser Tür geläutet. Er erreichte das Haus von Wenceslao Méndez in der Colonia Polanco Chapultepec nahezu zeitgleich wie das Taxi. Die junge Frau verabschiedete sich von Pablo, der seinem Vater bereits völlig erschöpft in die Arme gefallen war. Dieser erkannte nun auch Marcial und ließ ihn eintreten, bat ihn jedoch, sich noch für kurze Zeit zu gedulden. Natürlich wollte er erst einmal von seinem Sohn den Grund der plötzlichen Rückkehr erfahren und wie es dazu kam, ihn jetzt in derart bemitleidenswerten Zustand sehen zu müssen. Das dauerte nur einige Minuten. Die Mutter führte das Kind in die Küche, wo sie es ausgiebig beköstigte. Als sie dann den Jungen zu Bett bringen wollte, sagte der Vater: „Warte noch!"

Erst jetzt wandte er sich Marcial Maciel zu. Er sah ihm in die Augen, packte ihn gleichzeitig fest an beiden Schultern und sprach in einem sehr eindringlichen, fast unmöglichen Tonfall, einer Mischung aus Wut, Verachtung und Respekt:

„Pater, was ich soeben gehört und noch mehr, was ich mit eigenen Augen gesehen habe, kann ich alles nicht glauben. Was haben Sie mit meinem Sohn gemacht! Ich bin nicht derjenige, dem es obliegt, einen Gottesdiener zu richten. Ich bin nur für meinen Sohn verantwortlich. Ich werde Sie jetzt in Ihrem Auto zum Haus des Erzbischofs begleiten."

Als Maciel mit dem Erzbischof allein war, zeigte er sich reumütig und voller Scham. Er machte keinerlei Anstalten, sich zu verteidigen, denn er war der Ansicht, dass die Beweislage vollkommen gegen ihn spräche. Zuvor hatte Pablos Vater seinen Sohn im Beisein des Bischofs entkleidet und die vom Pater zugefügte Vergewaltigung unzweifelhaft sichtbar gemacht.

Nachdem er Maciels Erklärungen gehört hatte, ließ der Monsignore Pablo in sein Amtszimmer eintreten:

„Sag mir die reine Wahrheit! Wie hat es sich zugetragen?"

Der Erzbischof lauschte mit großer Aufmerksamkeit, doch Pablo bekam kein Wort heraus. Endlich, nach einiger Zeit erzählte er, dass er sich dieses Mal von sich aus zur Krankenstation begeben hatte.

„Ist das wirklich wahr, dass Du es warst, der ohne gerufen worden zu sein, den Pater aufgesucht hat?"

„Ja, Monsignore, aber im Inneren meines Herzens habe ich unablässig den Ruf des Paters vernommen."

„Warum bist Du zu ihm gegangen?"

„Ich war traurig, ja, sogar wütend, weil mich der Pater heute wieder nicht gerufen hat. Die ganze Woche hat er mich nicht rufen lassen. Immer waren es andere und einige hat er sogar an zwei aufeinander folgenden Tagen rufen lassen. Das konnte ich nicht ertragen. Deshalb ging ich zur Krankenstation und wartete, bis Bruder Denis von innen die Tür öffnete und ich mich hineinschleichen konnte."

„Du hast Dich sofort auf das Bett des Paters geworfen, nicht wahr?"

„Ja, Monsignore, ich fühlte mich glücklich, dass mich der Pater aufnahm, denn ich hatte schon befürchtet, er würde mich nicht empfangen und sofort wieder an die Luft setzen. Deshalb war meine Freude riesengroß, als das nicht der Fall war. Denn ich hätte ihm sofort wieder zu Diensten gestanden."

„Mein Sohn, durch Dein Verhalten warst Du heute der Verführer, derjenige, der die Tugend eines Gottesdieners auf die Probe gestellt hat. Dem konnte der Pater nicht widerstehen. Du hast Dich heute einer der schrecklichsten Passionen hingegeben, der Eifersucht. So hat Gott Dich nicht für das Priesteramt auserkoren. Beichte Deine Schuld, bevor Du wieder an der Heiligen Kommunionfeier teilnimmst."

Der Bischof fuhr im Flüsterton fort, fast wie in einem Selbstgespräch, ohne darauf zu achten, dass für Pablo jedes Wort deutlich zu verstehen war:

„Häufig ist das vermeintliche Opfer der eigentliche Täter, derjenige, der die Sünde heraufbeschwört."

Er bat Marcial erneut herein und ließ Pablo mit seinem Vater allein:

„Papa, ist es denn wahr, dass ich dem Teufel diente und gesündigt habe, nur weil ich einen Heiligen verführt habe?“, schluchzte der Junge vor sich hin.

Müsste er diese Sünde auch beichten? Denn die Absolution, die ihn Marcial Maciel gewährte, sollte ihn ja nur von der ersten Sünde, dem Genießen sexueller Wonnen befreien. Wenn er durch die Verführung des Paters gesündigt hätte, wer wüsste das nicht besser als der Ordengründer selbst? Warum hatte der Pater ihn nicht schon darauf hingewiesen, als er Pablo die Beichte abnahm?

Der Erzbischof erteilte Maciel einen strengen Verweis und drohte ihm mit dem Entzug der *a divinis*[2]). Als Oberhirte einer Diözese fürchte er nichts mehr, als wenn dieses Vergehen ans Tageslicht käme. Natürlich würde dadurch den Gläubigen eine völlig falsche Vorstellung vom Wirken eines Priesters vermittelt, ein kaum wieder gutzumachender Schaden, ein Schandfleck, der dem Heiligen Priesteramt noch lange anhaften würde, gab er dem Pater zu verstehen.

Der Bischof wiederholte noch einmal den Satz, den er eben leise vor sich hingestammelt hatte. Doch jetzt wandte er sich damit voller Mitleid an den Ordensgründer und sprach ihn an wie niemals zuvor:

„Mein Sohn, häufig ist das vermeintliche Opfer der eigentliche Täter, derjenige, der zum Sündigen anstiftet. Manchmal sind es Frauen, die durch aufreizende Kleidung und lasziven Gang die Männer nahezu auf-

2) Kirchenrecht: für einen Geistlichen der Entzug der Befugnisse, die Sakramente zu spenden

fordern sich ihrer zu bemächtigen und dann behaupten, ihnen würde Gewalt angetan. Eine von ihnen hat in der Gestalt des Teufels Adam im Paradies zur Sünde verführt. Du hast jetzt selbst erfahren, was Eifersucht ist. Ja, Du bist dieser Leidenschaft erlegen. Einer Passion, die Du leichtfertig heraufbeschworen hast. Diese Versuchung, der Du erlegen bist, ging weit über Deine Kräfte hinaus. Deshalb musst du Dich jetzt mit größter Hingabe dem Gebet widmen und Dir Deiner Verantwortung vor Gott und der Kirche bewusst werden. Ich hoffe, dass Dir dieses eine Lehre war, dass Du fortan die allergrößte Demut zeigst, damit Du die Gnade des Herrn, mit der er Dich reichlich beschenkt, wirklich verdient hast. Erweise Dich der Aufgabe, die Dir der Herrgott auf Erden anvertraut hat, als würdig.

Mein Sohn, möchtest Du, dass ich Dir die Beichte abnehme? Dann betrachten wir die Sache als erledigt."

„Ja, mein Vater", antwortete ihm Marcial und küsste den Bischofsring.

Im Vorzimmer erläuterte der Erzbischof dann dem Vater und Pablo die mildernden Umstände, die er nach der Anhörung des Jungen und des Paters für den Ordensgründer erkannt habe. Völlig verwirrt lauschte Don Wenceslao Monsignores Ausführungen, ohne ihn im Geringsten zu verstehen. Herz und Verstand widersetzten sich gänzlich den erklärenden Worten. Aber er musste akzeptieren, dass hier zwei Gottesmänner vor ihm standen, die das Verhalten seines Sohnes einmütig verurteilten.

Er hatte es hier eben nicht mit einer weltlichen Instanz zu tun, sondern mit der Amtsgewalt zweier von Gott Auserwählten. Keine weltliche Macht sollte sich deshalb jemals in ihre Angelegenheiten einmischen. Er kam zu der Einsicht, dass man in diesem Fall wohl alles der Gerichtsbarkeit Gottes überlassen müsse.

Der Erzbischof wandte sich erneut in ernstem Ton Marcial zu und fuhr fort:

„Pater Maciel, als Buße entziehe ich Dir bis auf Weiteres die Erlaubnis ad audiendas confessiones. In meiner Diözese wirst Du keine Beichte mehr abnehmen. Besuch mich wieder in einem Monat und dann werden wir die Angelegenheit erneut betrachten. Bis dahin gib Dich dem Gebet und der Buße hin."

Die Worte des Erzbischofs versetzten Marcial in Erstaunen. Zum Glück hatte niemand das Bußsakrament erwähnt, das er Pablo, seinem dienenden Helfer gewährt hatte. Das Heilige Sakrament der Buße, das der Pater zwischen zwei sexuellen Handlungen mit einem Minderjährigen vollzog, wäre für sich schon ein Grund für die Exkommunikation des Beichtvaters. De facto gehörte Maciel der katholischen Kirche bereits nicht mehr an, obwohl er sich dessen vielleicht gar nicht bewusst war.

Vielmehr blieben die folgenden Worte in seinem Gedächtnis haften, Worte, die er sein Leben lang nicht mehr vergessen sollte:

„Wie Du jetzt weißt, war es die Passion der Eifersucht, der Du erlegen bist; eine Versuchung, die weit über Deine Kräfte hinausging."

Die Passion der Eifersucht … wiederholte er ein ums andere Mal. Was für ein fabelhafter Verbündeter! Und wie leicht zu provozieren! Wie einfach ist es, Spuren zu verwischen und Verantwortung zu unterdrücken.

Eines jedoch konnte der Ordensgründer nicht verstehen: die unerhörte Nachtsicht von Don Wenceslao. Ein gestandener Wirtschaftsprofessor unterwirft sich voll und ganz den göttlichen Gesetzen. Der erzürnte Vater vermochte nicht einmal den göttlichen Plänen, die seine Familie betrafen, zu widersprechen. Trotz dieses unerhörten Vorfalls beließ er seinen zweiten Sohn Marco weiter in der Obhut des Paters Marcial. Nur Pablo, der völlig verwirrt in einer Ecke hockte und immer noch so vor sich hinweinte, als wollte er an seinen Tränen ertrinken, nahm er mit nach Hause.

ACHTES KAPITEL

Unseren Vater sah man recht selten, denn er war damit beschäftigt, der Welt die gute Nachricht von der Geburt der Legion Christi mitzuteilen und um Unterstützung für die angezeigte Aufgabe nachzusuchen. Die Sache kam ins Rollen, wenn auch sehr langsam. Die apostolische Laienbewegung Regnum Christi half mit, die Kongregationsgründung unter den katholischen Jugendorganisationen und der Priesterschaft zu verbreiten. Immer mehr einflussreiche Leute erhielten Kenntnis von der neuen Kongregation und unterstützten sie, von Papst Pius XII bis zu namhaften Unternehmern in Mexiko und Spanien, denn Unser Vater erwies sich für die großen Wohltäter schnell als vertrauenswürdig. So wurde der neue Orden sowohl finanziell unterstützt, als auch in Zeiten der Lebensmittelknappheit mit Naturalien versorgt.

Mit Erstaunen wurde in Mexiko zur Kenntnis genommen, wie mühelos es der Kongregation gelang, in den Medien präsent zu werden. Der Navarrese Emilio Azcárraga Vidaurreta, einflussreicher Chef der Mediengruppe «Televisa», war von der besonderen Ausstrahlung Marcial Marciels völlig ergriffen, ebenso Galas Arce aus Santander. Mit seiner großzügigen Spende baute man die Kapelle der Apostolischen Schule in Tlalpan und später, gemeinsam mit anderen, ließ er in Mexiko die erste Schule der Legion Christi errichten, das Institut Cumbres. Pater Pereira fand immer wieder großen Gefallen daran, seinen Freunden die vertrauliche Geschichte zu erzählen, wie man in Besitz der Villa Pacelli kam.

Die Legionäre organisierten ein Wohltätigkeitsfest, auf dem der einflussreiche Textilunternehmer Guillermo Barroso für alle sichtbar einen Scheck über 50 000 Pesos an Pater Pereira übergab, um damit die übrigen Gäste zu einer ebenso großzügigen Spende zu animieren. Was jedoch die Anwesenden nicht wussten, war, dass Pater Pereira sich schriftlich verpflichtet hatte, einen Großteil der Spende Barroso zurückzuerstatten, nachdem der zu erwartende Effekt eingetreten war.

Während der Predigten in der Kapelle oder bei zwanglosen Gesprächen am Teich der Villa Pacelli berichtete Marcial von Zeit zu Zeit «seinen Engelchen», wie er die Jungen gern nannte, von den Wundern, die ihn hier auf Erden begleiteten.

Heute war einer dieser seltenen Tage, an dem sich Unser Vater wirklich für einige Stunden den

«Engelchen» widmete. Der Schauplatz am Gewässer der Villa Pacelli erinnerte Pater Pereira an Jesus mit seinen Jüngern auf dem See Genezareth und später erwähnte er diese Geschichte immer wieder.

Unser Vater hatte sich in ein kleines Ruderboot gesetzt und ließ seine Schüler am Ufer zurück. Mit wenigen, aber für alle sichtbar kräftigen Schlägen drehte er wortlos einige Runden um den Teich, um seine ausgezeichneten Ruderqualitäten zu demonstrieren. Schließlich brachte er das Boot vor den Kindern zum Stehen, legte die gekreuzten Paddel geschickt am Bug ab und setzte sich ins Heck des Bootes. Er begann eine interessante Geschichte über die Ordensgründung des Heiligen Herz Jesu und der Schmerzhaften Jungfrau, der erste Name der Legion Christi, zum Besten zu geben. Wie üblich, berichtete er auch noch von anderen Erlebnissen, doch alle wussten, dass das sein Lieblingsthema war. Geschichten über seine wundersamen Taten gehörten in der ersten Zeit immer dazu.

„Erzählt das euren Eltern und Freunden, wenn ihr ihnen schreibt, damit alle den Segen Gottes für unser großes Werk erkennen, und vielleicht fühlen sich dadurch noch weitere berufen. Das zarte Pflänzchen der Legion Christi benötigt die Unterstützung aller", schloss er seine Ausführungen.

Die Kinder hörten die ungewöhnlichen Geschichten aus erster Quelle vom Hauptakteur selbst. Dabei führte er ganz gewichtige Zeugen an. Einen Erzbischof in Rom, eine Äbtissin in Venta de Baños und einen

Generalvikar in Durango, sie hatten ihn an diesen so weit auseinander liegenden Orten zur gleichen Zeit gesehen. Wie Jesus bei der Hochzeit zu Kanaan, hatte er mehr als einmal Wasser in Wein verwandelt und mit nur drei Hostien im Kelch, ohne sie zu zerteilen, die Kommunion an die gesamte Ordensgemeinschaft und Schülerschar ausgeteilt.

Doch das für ihn herausragendste Wunder war, dass er zwei Mal bewaffnete Überfälle der Kommunisten überlebt hatte. Zum Glück blieb es das eine Mal durch seine rechtzeitigen Schutzvorkehrungen bei einer Bedrohung, doch beim zweiten Mal war es bitterernst, davon zeugten die Einschusslöcher in seinem Hut, den er trug. Er wurde später in einer verschlossenen Vitrine im Foyer der Villa Pacelli ausgestellt, allerdings ohne Kommentar.

„Wenn Ihr mal mit Bruder Mena sprecht, dann lasst euch von ihm die ganze Geschichte erzählen. Bei beiden Attentaten war er Zeuge und in gewisser Weise sogar selbst betroffen", wies er noch einmal nachdrücklich auf die Geschichte hin.

Das alles ließ vermuten, dass in jenen Zeiten Marcial Maciel für den gottlosen Kommunismus eine ernste Gefahr bedeutete. Deshalb war eine der Aufgaben der Streitmacht der neu gegründeten Legion Christi, die ja im Wesentlichen aus seinen Kindern bestand, die Ausbreitung des Kommunismus auf lateinamerikanischem Boden zu verhindern. Die Folge waren die beiden Attentate auf den Ordensgründer.

Als sich im Zweiten Weltkrieg der Sieg der Alliierten abzeichnete, verstärkte die Katholische Kirche in Mexiko die Angriffe auf die Kommunisten, die sie des Landesverrats bezichtigte. Zu der Ablehnung des Kommunismus, deren Ursprung man in Moskau sah, kam eine ebenso deutliche Opposition gegen die Vereinigten Staaten hinzu, denen man den Vorwurf übel nahm, das Land würde immer mehr moralisch verfallen. Die geistigen Eliten Mexikos in den vierziger Jahren lehnten sowohl den sowjetischen Kommunismus als auch den nordamerikanischen Imperialismus ab. Bildung und Ausbildung im Land dürfe nicht fremdartigen, exotischen Einflüssen ausgesetzt werden und nicht nationalen Traditionen entgegenwirken. Am Attentat gegen Maciel zeigte sich sehr deutlich, dass eine religiöse Kongregation, die in den Medien große Aufmerksamkeit erhielt, und ein Ordensgründer, der selbstbewusst das Bildungswesen beeinflussen wollte, entgegengesetzte Ziele wie den Kommunismus verfolgen musste.

Dann berichtete er von einem weiteren Wunder, das unglaublichste von allen. Während eines Fluges über die schneebedeckten Alpen hatte er das Flugzeug dazu überredet, es möge nicht abstürzen.

„Wie haben sie das geschafft, Mon Père? Waren Sie im Cockpit, um mit dem Piloten zu sprechen?“, fragten die Kinder interessiert nach.

„Nein“, war die Antwort, „es hatte nichts mit dem Piloten zu tun. Der war sich nicht einmal der Gefahr bewusst. Ich sprach direkt das Flugzeug an, denn ich hatte eine Vorahnung, es plage sich mit Selbstmordabsichten. Ich musste lange mit ihm reden und habe dabei ständig um göttlichen Beistand gebeten, denn es widersetzte sich heftig. Ich wies auf das Leben der Passagiere hin und erzählte ihm von meiner Mission auf Erden. Schließlich begann das Flugzeug wieder, sich anständig zu benehmen und es wurde ihm klar, dass mein Leben dort nicht so enden könne."

„Glaubt nicht, Unser Vater hätte übertrieben. Wenn Franz von Assisi sich mit Tieren, sich sogar mit dem Wolf von Gubbio unterhalten konnte, dann ist es auch nichts Besonderes, wenn Gott seinen Dienern die Fähigkeit gewährt, mit leblosen Gegenständen wie zum Beispiel mit einem Transatlantik-Jet in Kontakt zu treten. Und wenn dieser leblose Gegenstand ihm dann auch noch gehorcht, dann geschieht das alles, um Gottes Herrlichkeit zu preisen. Haben es die Heerscharen Israels nicht vermocht, die Mauern von Jericho nur durch den Klang der Trompeten zum Einsturz zu bringen, wie es in der Heiligen Schrift geschrieben steht?", gab ihnen Pater Pereira zu verstehen, als er versuchte diese Taten glaubhaft zu machen. Denn alle diese Ereignisse waren auch Gegenstand, wenn der Seelsorger der Kongregation sich ihnen von der Kanzel zuwandte.

Wenn Pereira dabei von der Demut sprach, dauerte es nicht lange, bis er hervorhob, dass sie, obwohl sie ein Wert an sich sei, sie in dem Moment an Wichtigkeit verliere und zweitrangig würde, in dem sie der großen Herrlichkeit Gottes gegenüberstehe.

„Das beste Beispiel ist Unser Vater", betonte er nochmals. „All die Wunder, deren einziger Zeuge er war, trug er, ohne daran zu zweifeln, in die Welt hinaus. Trotz seiner tiefen Demut fühlte er sich vor allem verpflichtet, als Werkzeug Gottes dessen Herrlichkeit zu verkünden."

An jenem Morgen wendete sich der Ordensgründer aus dem Boot erneut an die Kinder. Es war die schönste Geschichte von allen. Und jene Geschichte erzählte er mit einer Anmut, wie sie noch nie zuvor aus seinem Munde vernommen wurde.

„Ja, meine lieben Kindchen, es war ein Traum, der unmittelbar dafür verantwortlich war, mit der Arbeit unseres Werkes zu beginnen. Im Traum offenbarte mir der Herr, dass mit der Gründung der Kongregation des Heiligen Herz Jesu und der Schmerzhaften Jungfrau unverzüglich an jenem Sonntag begonnen werden musste, am 13. Juni und nicht erst am 29., wie es ursprünglich vorgesehen war. Die innere Stimme, die ich schon im Schlaf gehört hatte, wiederholte dann die Aufforderung zu früher Stunde während der Messfeier. Das war um 3 Uhr, kurz nachdem ich, nein, es war fast gleichzeitig, die himmlische Nachricht durch einen Anruf aus Rom erhalten hatte. Dort war es ja bereits 10 Uhr vormittags."

„War das hier in Tlalpan?", traute sich Arnulfo den Pater zu unterbrechen.

„Ja", antwortete Unser Vater, „hier in Tlalpan, jedoch nicht in diesem Gebäude, denn das war uns ja noch nicht überlassen worden. Nein, es war in dem ersten Haus, einem viel kleineren als diesem, in der Madero Strasse Nr. 12. Wir waren noch nicht so viele" und er zog das Wort «viele» in die Länge. Dabei breitete er seine Arme aus, führte sie dann wieder zusammen und faltete schließlich die Hände. Es war eine Geste der väterlichen Umarmung, so, als würde er die ganze Welt umschließen, die anwesenden Kinder als auch alle Abwesenden.

„Durch den schrillen Ton", fuhr er fort, „wurden auch die beiden Brüder geweckt, die in der Nähe des Telefons schliefen. Und die göttliche Vorsehung wollte, dass ich durch das Läuten just in dem Augenblick aufwachte, als Gott zu mir im Traum sprach. Ich erinnere mich noch ganz genau an jede Einzelheit, sogar an den Tonfall, in dem mir der Allerhöchste den Auftrag erteilte. Es schien mir, als ob er jemand in Rom aufgegeben hätte, mich genau in diesem Moment anzurufen. Dort war es ja schon 10 Uhr vormittags und niemandem fiel ein, dass es zu dieser Zeit in Mexiko erst 3 Uhr früh am Morgen war. Aber natürlich wusste Gott genau Bescheid." Dabei richtete er einen verstohlenen Blick gen Himmel.

Die beiden Brüder Alberto Flores und Gabriel Mena wurden um 3 Uhr von Marcial aus dem Tiefschlaf geweckt. Sie waren die ersten Mönche des Ordens, obwohl sie sich noch nicht einmal im Noviziat befanden und noch keine Anleitung zur Vorbereitung der Gewissensprüfung erhalten hatten. Mit ihnen fuhr der Ordensgründer an diesem Sonntag, es war der 13. Juni

1948, in halsbrecherischem Tempo in seinem Auto von Tlalpan nach Cuernavaca.

Während er am Steuer saß, teilte er ihnen wieder mit, dass sie die zwei ersten Ordensmitglieder der acies ordinata seien, von der der Papst Pius XII gesprochen hatte, der Streitmacht unter dem Banner der gerade entstandenen Kongregation, die sich später ‚Legion Christi' nennen sollte. Er und die zwei, welch Ehre für ihre Seelen!

Gott hätte sie für diese Aufgabe auserkoren, um gemeinsam mit ihm am heutigen Tag die neue religiöse Gemeinschaft zu gründen. Daher könne er ihnen für das Noviziat keine Zeit mehr zugestehen. Der Allmächtige hätte ihm diese Dringlichkeit zwei Mal übermittelt, das erste Mal im Traum und dann, noch eindringlicher, während der Feier der Heiligen Messe.

„Ja, Mon Père", bestätigte ihm Flores, „das Zeichen hatte ich schon ganz deutlich während der Messfeier erkannt, an der Art und Weise, wie Sie bei der Wandlung die Heilige Hostie erhoben haben."

„Und das Gleiche bei der Wandlung des Weines", pflichtete ihm Bruder Mena bei, „es kam mir so vor, als wollten Sie den Kelch niemals mehr absetzen."

Bei dieser Geschwindigkeit schien Marcial ihnen gar nicht zuzuhören. Ein Schlagloch in der Strasse sorgte dafür, dass alle drei mit dem Kopf gegen die Decke stießen. Dann überholte er, dabei das Leben aller aufs Spiel setzend, in einem riskanten Manöver einen mit Eisenträgern beladenen Lkw, der in langsamer Fahrt vor ihnen herfuhr. Dabei übersah er ein entgegenkommendes Auto, das ebenso schnell unterwegs war wie er. Es war bereits zu spät, um den Überholvorgang durch eine Vollbremsung abzubrechen. Er wäre dabei unweigerlich mit dem Lkw kollidiert. Deshalb versuchte er, auf der dritten Spur, zwischen beiden Fahrzeugen durchzukommen.

Die riskante Fahrweise Marcials zwang den entgegenkommenden Fahrer durch ein abruptes Manöver auf den äußersten rechten Fahrbandrand auszuweichen. Wie mit einem Mähbalken geschnitten, wurde das dort wuchernde Gestrüpp durch die Stoßstange des Fahrzeuges auf Radhöhe gestutzt.

„Gott ist bei uns. Wie durch ein Wunder hat er uns vor Schlimmerem bewahrt“, rief er den anderen mit ruhiger Stimme zu.

In der Tat, der göttliche Beistand war unübersehbar. Während der Fahrt erläuterte er den beiden Kandidaten die Verpflichtungen, die sie bei Ordenseintritt eingehen müssten, nicht nur das Gelübde der Armut, der Keuschheit und des Gehorsams zu befolgen, sondern auch noch ein viertes Gelübde. Das war allein seine Idee und bisher in keinem anderen religiösen Orden bekannt.

„Der Grund ist, dass die anderen Orden keine Feinde haben, wir jedoch sehr wohl. Ein Werk wie das unsrige, das ganz am Anfang steht, ist wie ein junges Pflänzchen, noch ohne Wurzeln, das bisher kaum im Erdreich Fuß gefasst hat. Deshalb muss man es mit allen Mittel vor den inneren und äußeren Feinden schützen. Die äußeren Feinde sind stark, sehr gut aufgestellt und arbeiten äußerst effizient. Die international agierenden

Gottesleugner und der Kommunismus wollen unser Lateinamerika mit ihren Krallen in die Zange nehmen. Das ist eine große Herausforderung für den weltweiten Katholizismus. Ständig suchen sie Überläufer und Helfershelfer in unseren Reihen. Sie werden nicht Ruhe geben, bis sie unsere Gegenwehr neutralisiert und uns damit ausgeschaltet haben. Denn sie wissen, das Gott uns gerufen hat, sie zu bekämpfen.“

„Ihr zwei werdet ein Ordensgelübde ablegen, das nur für Euch bestimmt ist“, lächelte er, während der Wagen in einer engen Kurve durch seine rücksichtslose Fahrweise noch einmal ratternde Geräusche von sich gab. Auch dem folgenden Schlagloch konnte er nicht mehr ausweichen. Er vertraute einzig und allein nur noch der Hilfe des Allerhöchsten.

Der Ordengründer kam noch einmal auf das vierte Gelübde zurück. Dieses bestünde darin, niemals und aus keinem Anlass mit jemandem innerhalb oder außerhalb des Ordens über die Schwächen eines Ordensvorstehers zu sprechen, ausgenommen davon sei nur der Ordensgründer:

„Es ist ein Gelübde, das nur Untergebene betrifft“, machte er das noch einmal ganz ungeniert deutlich. „Als Ordensgründer und General habe ich keinen Vorgesetzten, ich bin nur unmittelbar einzig und allein dem Herrgott unterstellt“, war seine Erklärung.

Auf dem See in Tlalpan fuhr Marcial Maciel mit dem Erzählen fort. Durch eine leichte Brise wiegte das Boot jetzt sanft hin und her:

„Der Bischof von Cuernavaca, Don Alfonso Espino y Silva, staunte nicht schlecht, als wir ihn bei Tagesanbruch weckten."

„Monsignore, wir wollten unbedingt vor dem Beginn der Heiligen Messe eintreffen, die Euere Exzellenz gleich zelebrieren. Denn während der Messfeier möchten wir offiziell unsere Ordensgelübde ablegen", und küsste bei den Worten den Bischofsring.

Der Ordensgründer erinnerte sich an alle Einzelheiten. Als er mit dem Bischof allein war, erläuterte er ihm die göttlichen Erscheinungen, die ihm gekommen waren, und die erhaltenen himmlischen Nachrichten, zuerst im Traum und dann in der Frühmesse. Hingegen hielt er es nicht für geboten, den Anruf aus Rom zu erwähnen, denn er meinte, der wäre nicht so wichtig gewesen.

Aufgrund der göttlichen Dringlichkeit stimmte der Bischof dem Gesuch zu.

An jenem Tag legte der Ordengründer vor dem Bischof feierlich das Versprechen ab, allezeit die drei Gelübde Armut, Keuschheit und Gehorsam zu befolgen. Der Bischof, als Repräsentant Gottes auf Erden, empfing den neuen Ordensgeneral am Altar. Da er nun eingeführt war, nahm er den Kelch mit der Hostie, um Alberto Flores und Gabriel Mena auf seine vier Gelübde einzuschwören. Nun würde beiden Bewerbern auch noch genügend Zeit für das zweijährige Noviziat bleiben, in dem sie die während der Fahrt unter großem Zeitdruck erhaltenen Anweisungen, die die vier

Gelübde betrafen, in Ruhe durch weitere Studien vervollständigen konnten.

„Wir schauten zum Himmel, wo zwischen den Wolken mehr und mehr die Sonne zum Vorschein kam. Jene zweistündige Autofahrt war eine Art von Intensiv-, ja Blitznoviziat, das sie für die feierlichen Gelübde vorbereitete“, berichtete der Ordensgründer den am Ufer sitzenden Kindern.

In seinem Leben geschahen weitere wundersame Dinge. Von denen sprach Mon Père jedoch nie. Aber Kinder hatten gehört, wie Pater Pereira und einige Ältere sich darüber unterhielten.

Die ganze Gemeinschaft wurde Zeuge der unmittelbaren Angriffe des Satans, denen sich der Ordensgründer ausgesetzt sah. Mehr als einmal hatte man vernommen, wie Möbel in seinem Zimmer der Krankenstation lärmend gegeneinander stießen, so als würden sie durch die Luft fliegen. Man hörte mit heiserer Stimme ausgestoßene Schimpfkanonaden in unbekannter Sprache, schreckliche, äußerst anstößige Beleidigungen gegenüber Gott und der Heiligen Jungfrau und Horrorschreie. Schließlich vernahm man ganz deutlich die keuchende Stimme Marcials:

„Schau den Gekreuzigten an, du Niederträchtiger! Schau ihn dir gut an, lobpreise ihn und scher dich zur Hölle, von wo du gekommen bist!“

Die völlig erschrockenen Kinder klopften unaufhörlich an die Tür, um Hilfe anzubieten. Als der Teufel endlich sein nutzloses Treiben einsah und wieder verschwunden war, zeigte sich der Heilige mit blutendem Mund, Schnittwunden am Arm und weiteren Schäden an Kopf und Körper.

Die Ursache hierfür waren diabolische Kräfte, wie in den Briefen von Marcial zu lesen war, die gewöhnlich im Speisesaal vorgetragen wurden. Die teuflischen Mächte ahnten wohl schon den bevorstehenden Sieg der Legionäre Christi und trachteten deshalb dem Ordensgründer nach dem Leben. Man erzählte sich, dass diese Angriffe und die strenge Lebensweise für schmerzhafte Spuren im Leib des Paters verantwortlich wären, und dass er dadurch genötigt sei, ein zurückgezogenes Leben in der Krankenstation zu führen, wo er auch stets die Mahlzeiten einnahm. Diese Magen- und Darmkoliken wären nur durch ganz besondere Massagen zu lindern.

„Trotz der Leiden habe ich mich entschlossen, Jesus nachzueifern und in der kommenden vorösterlichen Bußzeit vierzig Tage zu fasten und mich in Abgeschiedenheit dem Gebete zu widmen. Dabei will ich nicht auf meinen Hausarzt hören, der mir das verbieten will, was er Ausschweifungen nennt“, versicherte er den Kindern aus dem Boot. Außerdem machte unter den Schülern die Runde, dass Mon Père während der Zeit der Exerzitien, die er einmal im Jahr durchführte, und ebenso in seinen langen Fastenzeiten im Sarg nächtigte, um so die irdische Vergänglichkeit besser vor Augen zu haben. Für ihn war es wichtig, sein Leben allein nur Jesus Christus zu widmen, seiner einzigen Liebe.

Den Kindern war es erlaubt, einmal pro Monat nach Hause zu schreiben. Die noch nicht verschlossenen Briefe wurden dem Ordensvorsteher übergeben und von Pater Danilo Pereira oder vom Ordensgründer selbst gelesen. Bevor sie verschlossen und im Postamt aufgegeben wurden, las der Pater manchmal einen Brief der ganzen Gemeinschaft vor, sozusagen als ‚Modell'. In diesem berichtete ein Kind seinen Eltern oder der ganzen Familie von den Wundern des Ordensgründers.

„So schön wie Du das erzählt hast, könnte ich das ja selbst nicht einmal, Pepito", lobte Unser Vater die geistigen Fähigkeiten von Bruder Lanza. Dir steckt das Schreiben im Blut. Wenn Du so weitermachst, wirst Du eines Tages meine Biographie schreiben."

Das Kind hatte niemand um Einverständnis gefragt, Teile seines Briefes der Öffentlichkeit bekanntzumachen. Niemand in der Apostolischen Schule stellte die Rechtmäßigkeit dieser oder jeder anderen Handlung des Ordensgründers je in Frage. Im Gegenteil, sein Leben und seine Taten waren die glaubhafte Basis für die einzig und allein gültigen Normen der Einrichtung. Fehlverhalten oder Sünden hatten darin keinen Platz. Er war in jeder Weise vorbildlich.

Deshalb musste sich der Urheber der Zeilen auch stolz fühlen, der Bescheidenheit des Paters dienen zu dürfen, um dadurch die ganze Herrlichkeit Gottes in ihm sichtbar werden zu lassen.

NEUNTES KAPITEL

Seit dem ersten Treffen mit dem Erzbischof war ein Monat vergangen und Marcial war der Ansicht, dass er ihn wieder empfangen würde, so wie es vereinbart war. Doch einige Tage vor dem anberaumten Termin erhielt der Pater von Monsignore eine Eilzustellung, in der es hieß, er müsse sich noch einmal dreißig Tage gedulden.

Es gab keinerlei Hinweis, aus welchem Grund das Treffen verschoben wurde und das beunruhigte den Ordensgründer.

„Ich muss mich erst weiter beratschlagen, denn der Fall übersteigt alles, was ich bisher als Bischof erlebt habe“, hieß es knapp und ohne Kommentar in dem Schreiben.

Der Kirchenfürst hatte sich erhoben und Marcial küsste den Bischofsring mit höchster Ehrerbietung. Dabei machte er Anzeichen eines Kniefalls, ließ sich jedoch nur auf einem Knie nieder. Der Bischof reichte ihm sofort die Hand und gab ihm zu verstehen, sich zu erheben.

„Ich habe in zwei *Dikasterien*[1]) des Heiligen Stuhls in Rom um Rat nachgesucht. Erst seit vier Tagen habe ich die schriftliche Antwort vorliegen. In meinem Brief habe ich mich an die Kongregation für die Glaubenslehre gewandt. Die hat ihn unmittelbar an den Obersten Gerichtshof der Apostolischen Signatur weitergeleitet. Da unsere Regierung keine Beziehungen zum Vatikan unterhält, war es uns nicht möglich, die diplomatischen Kanäle der Apostolischen Nuntiatur in Anspruch zu nehmen, und das war der Grund, dass sich die Bearbeitung meiner Eingabe derart verzögerte.

Der Ordensgründer saß dem Bischof gegenüber und traute sich nicht, ihn zu unterbrechen. Den Blick starr auf den Boden gerichtet, wagte er es nur ab und zu, seiner Exzellenz flüchtig in die Augen zu schauen, um ihm mit dieser schüchternen Art zu zeigen, dass er kein Wort verpassen würde.

Er hatte sich auf dieses Gespräch sehr sorgfältig vorbereitet, denn er wusste, dass davon seine Zukunft abhängen würde. Ihm war bewusst, wie wichtig gute Umgangsformen sind, mit denen man bei Mitmenschen Sympathie, aber auch Ablehnung hervorrufen kann. Dafür wurde er von allen beneidet. Selbst den Jüngsten seiner Schüler hatte er diese Haltung schon beigebracht, denn auch sie wussten sich in der Öffentlichkeit gut zu benehmen.

In diesem Fall hatte er sich ganz bewusst an den Leitsätzen der Demut von Ignatius von Loyola orientiert, dessen Anleitungen ihm auch Richtschnur für die eige-

1) die einzelnen Ämter der römischen Kurie im Vatikan, wie z.B. Staatssekretäre, Kongregationen und päpstlichen Räte

nen Ordensregeln waren. Der Gründer der ‚Gesellschaft Jesu' hatte mit größter Genauigkeit beschrieben, wie man sich gegenüber einer Respektsperson, wie die eines Erzbischofs, zu verhalten hat. ‚Der Blick ist im Allgemeinen nach unten gerichtet, weder lässt man ihn unruhig hin- und herschweifen, noch schaut man übermäßig auf. Besonders Würdenträgern sieht man nicht tief in die Augen, sondern blickt hinab.'

„Schauen Sie Hochwürden, die Antwort der Heiligen Kongregation ist sehr knapp gehalten." Der Erzbischof machte es sich in seinem Sessel bequem, nahm bedeutungsschwer das Schreiben mit dem roten Vatikansiegel zur Hand und wandte sich an Marcial: „Es ist nur die Vorderseite beschrieben. Aus dem Brief geht hervor, den Fall mit der gebotenen Diskretion zu behandeln, so wie es mir die Statuten, aber auch meine Erfahrung als Seelsorger aufgeben. Des Weiteren soll ich mich zu jeder Zeit von zwei unverrückbaren Grundsätzen leiten lassen. Diese lese ich Ihnen wörtlich vor. Meiner Ansicht nach ist hieraus die immerwährende Weisheit unserer Heiligen Mutter Kirche zu erkennen. Im ersten heißt es, «alles zu vermeiden, dass der Fall an die Öffentlichkeit gelangt. Auch darf man nicht zulassen, dass er vor einem Zivilgericht landet. Denn durch diesen Skandal würde die Glaubenstreue der gesamten Gemeinde auf das Äußerste auf die Probe gestellt. Die erlösende Botschaft des Evangeliums erreicht die Seelen der Gläubigen leichter, wenn der Priester vom göttlichen Glanz umgeben und als Heiliger betrachtet wird.» Der zweite Grundsatz:

«Es ist das Für und Wider abzuwägen. Das heißt, die Herrlichkeit Gottes, die unsere neue Einrichtung weltweit ausstrahlen soll, ist ins Verhältnis zu setzen, in wieweit bestimmte Personen mögliche Schäden davongetragen haben. Es ist einleuchtend, dass der Herrlichkeit Gottes immer der Vorzug zu geben ist, ohne dass andere Motive, nicht einmal ursprüngliche, christliche Werte wie Wahrheit oder Gerechtigkeit, die Priesterschaft von diesen vorrangigen Zielen ablenken darf.»

Soweit die Weisheit und die Erfahrungen der Amtskirche. Am Schluss des Briefes teilt man mir mit, dass seine Heiligkeit der Papst mit besonderer Gnadenbezeugung auf Pater Marcial schaut und mit väterlichem Interesse das Wohlergehen seiner neuen religiösen Einrichtung verfolgt. Vorsorglich habe ich vorgestern von meinem Amtszimmer Don Wenceslao angerufen", fuhr er fort. „Er ist mit mir völlig einer Meinung, dass das Geschehene weder an die Öffentlichkeit dringen und schon gar nicht vor einem zivilen Gericht enden darf. Es wäre eine Schande für seine Familie, wenn ein Priester und Gottesdiener angeklagt würde, die Heilige Tugend der Keuschheit verletzt zu haben und er dazu womöglich von seinem Sohn angestiftet, ja vielleicht sogar provoziert worden sei. Die Medien würden sich an Euer Ehren und seiner unglücklichen Familie weiden. Deshalb hat er mich gebeten, ihnen beizustehen, wo es nur möglich ist. Vorausgesetzt, Euer Ehren sind damit einverstanden, dass dadurch jeder Skandal vermieden wird. Der würde den Frieden in seinem Leben und seinen guten Ruf empfindlich stören. Ich habe ihn im Namen der Kirche für seine noble Geste gedankt. Nun, mein Sohn, es gibt keine Gründe, die uns beunruhigen müssen. Dank der Göttlichen Vorsehung bleibt die Ehre der Kirche und des Priesterstandes davon ausgenommen."

Obwohl Marcial dazu einige Fragen einfielen, wollte er immer noch nicht die Rede Seiner Exzellent unterbrechen. Er biss sich auf die Zunge, um ja nicht ein Interesse an Pablos Schicksal zu bekunden. Er hatte für sich entschieden, seinen Zögling nur zu erwähnen, falls der Erzbischof sich in irgendeiner Weise für das Kind interessierte. Er würde weiterhin dem Ansinnen des Prälaten mit einer doppelten Strategie begegnen. Seinem Ankläger und möglichen Verführer großzügig zu verzeihen, aber ohne auf Einzelheiten des Geschehenen einzugehen. Die großzügige Geste seiner Vergebung würde seinen Vorgesetzten veranlassen, nicht weiter in so einer edlen Seele nachzuforschen.

Er beabsichtigte, weiterhin geschickt die Rolle des Opfers zu spielen, die ihm der Erzbischof offensichtlich zubilligte. Er wollte standhaft bleiben und nicht auf die Für- und Wider-Argumente des Monsignore eingehen, in die sich dieser anscheinend verfangen hatte.

Weiterhin bemühte er sich, sein bescheidenes Äußeres beizubehalten. Das würde ihm als sicheres Auftreten und feste Geisteshaltung ausgelegt. Dabei erinnerte er sich an einen weiteren Leitsatz der Demut von Ignatius von Loyola: «Wirksame Handlungen und

Gesten sind solche, die Demut erkennen lassen und somit die Zuneigung derer hervorrufen, die davon betroffen sind.»

Der Erzbischof schien tief beeindruckt von der Unbekümmertheit und der scheinbaren Gelassenheit, die Marcial an den Tag legte, des Weiteren mit welch kindlicher Hingabe er den pastoralen Fürsorgepflichten nachkam.

„Ich habe den Fall mit einem Kollegen bei der Bischofskonferenz beratschlagt", fuhr er fort. „Es ist der Erzbischof der Diözese von Guadalajara, der ist in solchen Sachen sehr erfahren. Sie wissen, dass es dort für ganz Mexiko die größten Umtriebe der Sekte gibt, die sich «Das Licht der Welt» nennt. In dieser Gemeinschaft wird ein Religionsführer, wie Sie es sind, beschuldigt, angeblich sexuelle Beziehungen zu Mitgliedern dieser religiösen Familie zu unterhalten.

Mein Bruder Erzbischof hat mich vor allen darauf hingewiesen, dass unser Fall doch sehr verschieden von dem ist, der sich in dieser Sekte abspielt, da es sich bei uns um ein Kind handelt, das allen unseren Institutionen gehorsam und treu ergeben ist und sich auf der Suche nach der Herrlichkeit Gottes und dem Guten der Kirche befindet. Mein Kollege beschränkte sich ganz schlicht auf die Mitteilung, dass man schmutzige Wäsche besser im eigenen Haus wäscht, und dass ich mich Kraft meiner Amtsgewalt der Sache annehmen solle, ohne die Öffentlichkeit und natürlich ohne ein ziviles Gericht einzuschalten.

Geliebter Pater, jetzt möchte ich Euer Hochwürden doch noch eine Frage stellen, eine Frage, die ich mir in den letzten Wochen wiederholt selbst gestellt habe. Ohne Sie mit dem Fall des Eusebio Joaquín González und seiner Sekte «Das Licht der Welt» zu vergleichen, wie es ja auch schon der Erzbischof von Guadalajara vermieden hat, so kommt mir doch der Verdacht, ob es sich in Ihrem Falle nicht um einen wie auch immer gearteten Trugschluss, um eine falsche Wahrnehmung oder um einen Missbrauch der Macht handelt, das heißt, um ein falsches Verständnis von priesterlicher Würde. Einer Würde, die uns Priester hohes Ansehen verleiht, die Sie aber durch Ihr Verhalten in Frage gestellt haben. Seitdem der Herr Erzbischof von Guadalajara das ganz offen als «schmutzige Wäsche» bezeichnet hat, mache ich mir große Sorgen. Erlauben Sie mir deshalb die unmissverständliche Frage: Meinen Sie in Ihrem Inneren, dass das, was mit Pablo geschah, im Bereich «schmutzige Wäsche» einzuordnen ist, etwas, was man tunlichst verschweigen sollte?"

„Seine Exzellenz hat meine Gedanken gelesen. Mein Vater, als hätten Sie in meine Seele geschaut", bemühte sich Marcial um eine schnelle Antwort. „Ich muss Ihnen einige Vertraulichkeiten gestehen. Seit mehreren Jahren habe ich ein sehr schweres Kreuz zu tragen. Es handelt sich um ein recht ungewöhnliches Leiden, wie mir die Ärzte zu verstehen gaben.

Sie bezeichnen es als «Samenstau» und führen es auf das Keuschheitsgelübde zurück. Ein Gelübde, dass ich natürlich um nichts in der Welt brechen möchte, denn dieses Versprechen zu halten bedeutet für mich die größte Ergebenheit.

Seine Heiligkeit Papst Pius XII, der mir wohlgefällig während einer Privataudienz die Beichte abnahm, gab mir das Gleiche zu verstehen, wie das, was in dem Brief aus Rom an Ihre Exzellenz geschrieben steht, den sie mir gerade vorgelesen haben. Dass Gott mich dazu auserwählt hat, eine neue religiöse Kongregation ins Lebens zu rufen, die sich zur allergrößten Ehre Gottes weiter entfalten soll.

«Die Kirche braucht Führer! Ja, Führer, Pater Maciel! Um Deine Ziele als Ordensgründer zu erreichen, benötigst Du eine eiserne Gesundheit und die Schaffenskraft eines Titans», beteuerte der Papst. «Wenn Gott Dir dieses Kreuz auferlegt hat, so möchte ich Dir als sein Statthalter versichern, dass ich Dich fortan in diesem konkreten Fall vom Keuschheitsgelübde befreie. Um Dir Deine Schmerzen zu erleichtern, erlaube ich Dir ausdrücklich, das zu tun, was jeder Mann macht, um den angestauten Samen auszustoßen. Wenn es Dir hilft, kannst Du ohne Bedenken eine Frau nehmen. Trage dem Herrn dieses neue Opfer an, das Dir nie in den Sinn gekommen wäre. Widme ihm ebenfalls Deine übergroße Hingabe, den Keuschheitsverzicht, um Deiner körperlichen Gesundheit willen, denn dieses Opfer ist ebenso wichtig wie die Vorhaben Gottes auf Erden. Wenn Du es nur in dieser erhabenen Absicht vollziehst, wirst Du niemals gegen die religiösen Gelübde verstoßen.»

„Können Sie sich vorstellen, mein Vater, wie erstaunt und mit welchem Seelentrost ich diese Worte aus dem Munde des Stellvertreters Gottes auf Erden vernahm?“

Der Erzbischof konnte nicht glauben, was er gerade vernommen hatte. „Mein Sohn, das ist etwas, mit dem ich überhaupt nicht gerechnet hatte“, antwortete er bewegt.

Er konnte seinen Ohren kaum Glauben schenken, aber er vertraute seinen Augen. Einmal mehr bewunderte er das äußere Erscheinungsbild des Priesters und das, was er damit ausstrahlte. In Demut und mit Selbstbeherrschung und dabei völlig emotionslos berichtete er dem Bischof von der unglaublichen Erlaubnis des Heiligen Vaters. Als wenn Marcial selbst durch soviel unerklärliche Gnadenbezeugung des Statthalters Christi auf Erden verunsichert worden wäre.

„Wenn das stimmt, dann steht der Fall durch das Wort des Heiligen Vaters in einem völlig anderen Licht dar“, fügte der Prälat hinzu.

„Mein Vater, glauben Sie mir, dass alles, was ich berichtet habe, die reine Wahrheit ist. Aber der Papst gab mir bereits während der Beichte zu verstehen, dass es hierüber kein Schriftstück geben kann. Die Bestätigung ist mein bescheidenes Wort.“

„Mein Sohn, ich glaube Dir. Es genügt das Wort eines Gottesdieners. Ein treuer Sohn der Kirche würde sich nie trauen, dem höchsten Repräsentanten Christi zuzuschreiben, er würde falsches Zeugnis ablegen. Ich bin erstaunt und freue mich mit Dir über die

Zustimmung und das Vertrauen des Statthalters Christi auf Erden. Auch ich sehe Dich jetzt in einem anderen Licht. Hast Du schon einmal den Versuch gemacht, körperliche Entspannung durch den Beischlaf mit einer Frau zu erreichen?“

„Das habe ich mehrfach versucht, Monsignore, in meinem Umfeld mangelt es nicht an Damen, die versucht haben, mich zu verführen. Aber eine Frau vermag mich nicht körperlich zu reizen. Deshalb habe ich Kontakte zum weiblichen Geschlecht aus meinem Leben verbannt. Denn keine Frau kann mich derart erregen, dass es bei mir zum Samenerguss kommt.“

„Ich glaube Dir, mein Sohn. Wenn man über viele Jahre hinweg immer wieder von der weiblichen Versuchung gegenüber unserem Keuschheitsgelübde hört, erhebt sich in uns irgendwann eine Wand, die es unmöglich macht, Frauen zu lieben. Etwas, was nicht einmal verschwindet, selbst wenn der Papst einem dafür die Absolution erteilt. Wenn ich Dir das noch sagen darf, nach meinem bescheidenen Verständnis deutet das stillschweigende Einverständnis Seiner Heiligkeit darauf hin, dass Du Dir selbst die körperliche Erleichterung verschaffst, ohne die Mitwirkung einer anderen Person?“

„Mein Vater, ich habe mich wirklich bemüht und alles Menschenmögliche versucht, mit dem Resultat, dass sich dadurch meine Schmerzen und Koliken nur noch verschlimmerten. Und so habe ich gemerkt, dass meine Sexualität nur durch junge, unschuldige Knaben angeregt wird, und zwar nachdem meine Liebe von ihnen erwidert wurde. Denn es muss dabei Liebe im Spiel sein. Nur sie, ihre Hände und ihre Körper machen mich verliebt und erregen mich. Ich gebe ihnen zu verstehen, dass ich sie wirklich liebe und warte darauf, dass meine Liebe erwidert wird. Denn wenn es diese Antwort gibt, geschieht ja alles aus freien Stücken und mein Gesuch ist nichts anderes als die Erwiderung meiner Liebe. Aus Gehorsam kommen sie zu mir ins Bett, um auf diese Weise Gottes Willen nachzukommen. Immer, wenn ich sie rufe, denke ich, dass die Zustimmung Seiner Heiligkeit auch das wirksamste Mittel zur Bekämpfung meiner Leiden einschließt, so wie es Ihre Exzellenz ebenfalls gerade angedeutet haben, und das ist ohne Zweifel der Kontakt mit den Kindern."

„Glauben Euer Ehren, dass diese Rückschlüsse ebenfalls auf Pablo zu ziehen sind?", fragte der Erzbischof tiefsinnig. „Glauben Sie nicht, dass Sie es hier übertrieben haben?"

Soeben war der Name gefallen, auf den der Ordensgründer wartete.

„Der Fall Pablo ist der Bedeutsamste.", beeilte sich Marcial zu antworten. „Denn es war er, der aufgezehrt durch seine Eifersucht in mein Bett kam. Ich weiß sehr gut, das dieser Junge mich liebt. Und noch mehr, ich bin mir völlig sicher, dass er nie aufhören wird, mich zu lieben."

Der Erzbischof hüllte sich in Schweigen. Er fand es abstoßend, sich in Details der von Marcial verübten

Vergewaltigung, die er als Liebesakt bezeichnete, zu verlieren. Er traute sich nicht einmal, sie als solche anzusprechen. Das vielleicht übermäßige Auftreten des Erwachsenen, der durch das Kind die körperliche Erleichterung sucht, die ihm Papst Pius XII erlaubt hatte, lässt sie als außergewöhnlich leidenschaftliche Antwort auf die übermäßige Liebe des Kindes erscheinen. Monsignore blickte zuerst auf Marcial und dann auf das Kreuz, das unübersehbar an der Stirnwand des Raumes hing.

Der Ordensgründer bemerkte, dass Seine Exzellenz bleich wurde und ihm die Hände zitterten. Als er zudem noch von merkwürdigen Schweißausbrüchen auf der Stirn heimgesucht wurde, begann der Pater um seine Gesundheit zu fürchten. Der Erzbischof war schon in die Jahre gekommen und war anscheinend nicht mehr völlig in der Lage, diese schwierige Situation, die sich nun ergeben hatte, durchzustehen. Die Verantwortung, in diesem Fall eine Entscheidung herbeiführen zu müssen, überstieg alle seine bisherige pastorale Erfahrung.

„Pater, entschuldigen Sie mich für einige Minuten, ich muss jetzt ganz allein mit Gott sein. Bitte kehren Sie in den Wartesaal zurück. Ich werde Sie wieder rufen, wenn es mir gelungen ist, meine Gedanken neu zu fassen."

Marcial küsste ehrerbietig seine Hand und verließ den Raum.

Der Erzbischof benötigte lange Zeit, um seine Seele zu besänftigen. Er hatte nie gedacht, sich einmal so nah am Abgrund wieder zu finden. Angesichts der Dringlichkeit dieser schwierigen Entscheidungsfindung, überkam ihn eine schreckliche Angst. Aufgrund dieser völlig neuen, unerhörten Situation in seinem Leben fühlte er sich wie benommen und hörte sein Herz so wild klopfen wie nie zuvor. Er spürte kalten Schweiß an den Schläfen und eine Eiseskälte in seiner armen Seele, die so voller Sorge war.

«Vor dir steht der Gründer eines religiösen Ordens», sagte er sich. «Dieses Werkzeug hat Gott ausgesucht, um sein Reich in der Welt zu vergrößern. Der Allmächtige hat verfügt, dass dir dieser Fall und eben diese Person begegnet sind. Gott hat dir diesen außergewöhnlichen Menschen, der ein so wenig alltägliches Leben führt, in den Weg gestellt. Was für eine ärmliche Erscheinung gibst du an seiner Seite ab. Du bist nur ein Erzbischof, wie so viele auf der Welt, mit den alltäglichen Verpflichtungen und einem überschaubaren Revier, in dem du dich ohne Probleme bewegen kannst. Wer bist du, armer Erzbischof, im Vergleich zu ihm, der die Segnungen des Heiligen Vaters erhalten hat, der ihm die Beichte abgenommen und ihn geistig aufgebaut hat und der ihm vertrauensvoll diese unerhörten Handlungen gewährt. So etwas kann nur einer verleihen, der dem Himmel so nahe steht. Wie kannst du dir anmaßen, Hochmut an den Tag zu legen und einzuschreiten, dich in göttliche Pläne und in seine Vorhaben einzumischen, auf welche Art er die Welt erlösen will? Wenn der Herr ihm dieses Kreuz aufgibt und ihm gleichzeitig die Last aufbürdet, einen religiösen

Orden zu gründen, dann muss er ihm auch die Mittel zugestehen, und zwar ohne Ausnahme, die sein Leiden soweit erleichtern, dass er in der Lage ist, diese Aufgabe durchzuführen, die Gott ihm anvertraut hat.

Jetzt hab ich es!»

Monsignore hatte eine Lösung gefunden. Sie war dem Sohn eines Bauern aus Chihuahua angemessen. Denn er hatte seit seiner Kindheit unmittelbaren Kontakt zur Natur, hatte von Kind auf an mit Tieren und Pflanzen zusammengelebt. Weder das lange Theologiestudium noch die erlangte Bischofswürde konnten die Weisheiten seiner bäuerlichen Vorfahren beeinflussen, die über Jahrhunderte weitergegeben wurden. Sie waren fest in seiner Seele verwurzelt.

«Gott hat unseren Leib mit einem Magen ausgestattet», sagte er sich, «dessen einzige Aufgabe es ist, uns am Leben zu erhalten. Uns ist dadurch das Recht gegeben, ein natürliches Recht, wie es heißt, die notwendigen Nahrungsmittel zu beschaffen, um somit unseren Hunger zu stillen und uns am Leben zu erhalten. Ein Leben, das nicht uns gehört, sondern dem Herrgott. Und der gesteht uns sogar zu, wenn wir Gefahr laufen zu verhungern, die Nahrungsmittel denen wegzunehmen, die sie besitzen.

Nicht alle Gebote des Herrn sind gleichwertig. Dem fünften kommt mehr Wichtigkeit zu wie dem siebten Gebot, in dem es heißt 'Du sollst nicht stehlen', da es im fünften Gebot um den Schutz des Lebens geht, und das hat mehr Gewicht als das Eigentum. Über fremdes Eigentum zu verfügen, um an Nahrung zu gelangen, kann man deshalb nicht als Raub bezeichnen, sondern es ist die logische Schlussfolgerung der Anwendung des natürlichen Rechts, das Recht auf Leben, das von Gott eingesetzt worden ist.

Wenn der Allmächtige diesem Gottesdiener ein derartiges Kreuz auferlegt und ihn gleichzeitig durch eine göttliche Berufung für eine Aufgabe auserwählt, die eine eiserne Gesundheit erfordert, dann muss er ihm auch alle Mittel zugestehen, die ihm helfen, diese Aufgabe zu erfüllen.

Unser Heiliger Vater Papst Pius XII hat dieses Recht, denn ihm steht im besonderen Maße der Heilige Geist bei. Der Papst hat nichts anderes getan, als ein von Gott gemachtes Naturgesetzt auszulegen. Und ich armer kleiner Erzbischof werde nicht derjenige sein, der sich traut, Gottes Pläne zu ändern.

Es bleibt nur noch eine Frage zu klären? Hat der Papst Kenntnis davon, dass dieser Priester auf die Mitwirkung von Kindern angewiesen ist, um seine Leiden zu lindern? Was würde er sagen, wenn er es wüsste?

Der Erzbischof hatte auch hier die angemessene Antwort gefunden, denn er glaubte zu wissen, was der Papst von Marcial Maciel erwartete, dass heißt die Auswirkungen, die man aus dieser Ausnahmegenehmigung ableiten konnte. Deshalb wollte er jetzt im Namen von Pius XII mit Marcial reden.

Entschieden öffnete er die Tür, blieb stehen und mit einer kurzen Handbewegung rief er Marcial zu sich.

„Mein Sohn, wir wollen Gott danken, denn er hat mich erleuchtet. Ich bin mir sicher, dass Du ebenfalls durch Deine Gebete dazu beigetragen hast, dass ich den Seelenfrieden wieder gefunden habe. Lass uns beide vereint im Geiste des Herrn niederknien. Das wird mir helfen, mit meinen kraftlosen Händen den Pfad Deines zukünftigen Lebens zu ebnen.“

Er und der Ordensgründer knieten sich für einige Minuten nieder, bis der Erzbischof wieder Platz nahm und Marcial ein Zeichen gab, das gleiche zu tun.

„Mein lieber Sohn, wir wollen Gottes Willen achten, den er durch den Stellvertreter auf Erden so weise auszulegen vermocht hat. Sowohl die Aufgabe eines Ordensgründers als auch die schreckliche Krankheit sind zwei ganz deutliche Zeichen, dass Gott Dich auserwählt hat. Denn die er auserwählt, hilft er, sein Kreuz mitzutragen.

Der Herrgott und der Höchste Repräsentant auf Erden gestehen Dir ohne jeden Zweifel alles zu, was Deine Seele und Dein Körper für notwendig erachten, um die Aufgabe, mit der Gott Dich betraut hat, zu einem guten Ende zu führen.

Andere tugendhafte Eigenschaften wie Keuschheit oder Gerechtigkeit werden deshalb in Deinem Leben zweitrangig sein. Gott hat Dich aufgefordert, Tag für Tag die ganze Kraft und Aufmerksamkeit für die Aufgabe einzusetzen, die er Dir vorgegeben hat, ohne Dich davon durch irgendetwas ablenken zu lassen. Es kann sein, dass Du in dem Fall, der uns beschäftigt, übers Ziel hinausgeschossen bist. Das kann man vielleicht mit der außergewöhnlichen Leidenschaft dieses Treffens erklären. Das soll Dir jedoch eine Warnung sein, nicht noch einmal bis zum Äußersten zu gehen. Deshalb rate ich Dir, dem durch Gebete und den Bund mit Gott vorzubeugen."

Und er schloss, indem er wieder in einen feierlicheren Tonfall wechselte:

„Ich möchte Ihnen noch einmal Gottes Willen erläutern, der Ihnen durch den Statthalter Christi auf Erden übermittelt worden ist, und Sie bitten, die große Verpflichtung anzuerkennen, die diese Befreiung enthält. In Gottes Namen bitte ich Sie, den Kindern zukünftig eingehend diese Erlaubnis, die der Papst ausgesprochen hat, zu erläutern, damit sie ein reines Gewissen behalten.

Zur Entlastung meines eigenen Gewissens verlange ich von Ihnen, dass Sie niemals, aus welchem Grunde auch immer, diesen Kindern Gewalt antun. Zuvor müssen diese Ihnen ihren freien Willen und ihre volle Zustimmung bekunden. Außerdem sollte den Kindern bewusst sein, welche Rolle der Herrgott ihnen für das Erreichen seiner unergründlichen Vorhaben zugewiesen hat.

Die Verpflichtung, die ich Ihnen auferlegt habe, können Sie ohne vorherige Gewissenprüfung nicht erfüllen. Die Frage ist, ob der Papst wissen muss, dass die, die Ihnen von nun an helfen, dieses Leiden zu ertragen, Ihre Untergebenen sind, Menschen, die Ihnen zu Gehorsam verpflichtet sind? Das wird eine ihrer wichtigsten Aufgaben sein. Vergessen Sie das niemals."

Der Erzbischof wusste, dass das die eigentliche Botschaft war, die er ihm mitteilen wollte, und sprach diesen Teil mit großen Nachdruck und überhöhter Deutlichkeit aus: „Ich beziehe mich auf diese höchst schwierige Aufgabe, den Kindern ständig klar zu machen, dass dort, wo andere meinen zu sündigen, dieses bei ihnen nicht der Fall ist, da sie in Übereinstimmung mit dem Willen Gottes etwas ausführen, was mit der Tugend des Heiligen Gehorsam in Einklang steht.

Erinnere Dich an die Haltung Abrahams, von der in die Bibel berichtet wird. Auf einem Berg in Morija griff er zum Messer, um Isaak zu töten. Jeder würde sagen, dass das höchst unmoralisch war, ja sogar Mord. Erschwerend kam hinzu, Isaak war sein eigener Sohn. Für Abraham war es das nicht, denn er wollte nur den ausdrücklichen Willen Gottes ausführen, der ihm zu verstehen gab, dass diese Tötung gottgewollt und daher moralisch gerechtfertigt sei." Der Erzbischof griff in einem Bücherbord zur Bibel und schlug sie behutsam auf. „Ich bin mir sicher, dass Sie die Opferdarbringung Abrahams kennen, aber ich möchte, dass wir uns gemeinsam noch einmal daran erinnern. Sie steht geschrieben im Buch Genesis, Kapitel 22." Um diesen Abschnitt zu finden, blätterte Monsignore ein wenig nervös herum. Dann fing er unmittelbar an vorzulesen.

„Einige Zeit später wollte Gott Abraham auf die Probe stellen. «Abraham», rief er. «Ja, hier bin ich», erwiderte dieser. Gott sprach «Nimm deinen einzigen Sohn, deinen einzigen, der dir ans Herz gewachsen ist, Isaak, und gehe mit ihm ins Land Morija. Dort wirst du ihn mir auf einem Berg opfern, den ich dir nennen werde.»

Abraham stand früh auf, sattelte seinen Esel, befahl zwei Knechte, sie mögen ihn und seinen Sohn Isaak begleiten. Er spaltete Holz für sein Opferfeuer und machte sich auf den Weg zu dem Ort, den Gott ihm genannt hatte. Am dritten Tag blickte er auf und sah den Ort in der Ferne. Da sagte er zu den Knechten: «Bleibt hier mit dem Esel, ich gehe mit dem Jungen auf den Berg. Wir werden auf dem Berg beten, dann kommen wir wieder zu euch zurück.» Abraham packte seinem Sohn die Holzscheite für das Opfer auf den Rücken. Er selbst nahm das Becken mit den glühenden Kohlen und das Messer und beide brachen sofort auf. Nach einer Weile sagte Isaak: «Vater!». Er antwortete: «Ja, mein Sohn!». «Feuer und Holz haben wir, aber wo ist das Lamm für das Opfer?». «Gott wird schon für ein Opferlamm sorgen, mein Sohn.»

So gingen beide miteinander weiter. Als sie auf den Berg kamen, den Gott ihnen genannt hatte, baute Abraham einen Altar. Er schichtete das Holz auf, fesselte seinen Sohn Isaak und legte ihn auf den Altar, oben auf den Holzstoß. Er fasste nach dem Messer, um seinen Sohn zu schlachten. Da rief der Engel des Herrn vom Himmel her: «Abraham, halt ein! Tu dem Jungen nichts zuleide! Jetzt weiß ich, dass du Gott fürchtest und dass du bereit bist, deinen einzigen Sohn zu opfern.» Als Abraham aufblickte, sah er einen Schafbock, der sich mit den Hörnern im Gestrüpp verfangen hatte. Er nahm das Tier und opferte es anstelle seines Sohnes. Abraham nannte den Ort «Der Herr sieht.»

Lehren Sie Ihren apostolischen Kindern diesen Gehorsam“, verlieh der Erzbischof seinen Worten Nachdruck, in dem er ihm fest ins Antlitz blickte. Von seinen eigenen Worten und vom Echo seiner Stimme, mit der er aus der Heiligen Schrift las, war er ebenso ergriffen wie Marcial. Der Bischof konnte sich selbst nicht wieder erkennen. Sicher, es war seine Stimme, die er gehört hatte, aber er nahm sie wahr wie aus einem fremden Mund.

Seine klare Aussprache, ganz im Gegensatz zu seiner ländlichen Herkunft, deutete darauf hin, dass er die bisher bekundeten Selbstzweifel und moralischen Rechtfertigungen beiseite schieben wollte. Er beabsichtigte, ganz einfach blindlings und vorbehaltlos der allerhöchsten Instanz in Rom zu folgen. Diese vereinfachte Sicht der Dinge würden ihm später weitere Untersuchungen ersparen.

Zum Abschied reichte ihm der Erzbischof die Hand, die der Ordensgründer, dieses Mal auf den Knien, mit seinen Händen ergriff und küsste.

„Mein Vater, bitte gewähren Sie mir den Segen“, bat nun Marcial voller Demut.

Der Erzbischof sprach ihn auf Latein. In seinem Streben, alles zu vereinfachen, flüchtete er sich erneut in den Segensritus. Damit schob er die schwere Bürde seines Amtes beiseite und war bemüht, mit dem jahrhundertealten Brauch seine fragwürdige Rolle in diesem so entscheidenden Moment zu überspielen. Was für ein Selbstbetrug!

„Benedico te in nomine Patris et Filii et Spiritus Sancti“. Er half dem Ordensgründer sich zu erheben und umarmte ihn wortlos.

Marcial hatte wie immer die Ratschläge des Erzbischofs auf seine Weise aufgenommen. Die Erlaubnis Papst Pius XII konnte nichts anderes sein als seine Erfindung. Doch den Worten des Kirchenführers und den Bibelzitaten konnte er nichts anderes entnehmen, als eine klare Rechtfertigung seines Lebenswandels. Auch die logische Konsequenz, die der Ordensgründer dem Gespräch mit dem Bischof entnahm, war eindeutig. In seiner Einrichtung war er von jungen Menschen umgeben, deren Lebensideal der Gehorsam ist. Das bedeutete für sie die Sicherheit, um vertrauensvoll dem Leben entgegenzublicken, durch klare Anweisungen ohne Ausnahmen, Sklavengehorsam eben.

Mit diesen Auserwählten der gegenwärtigen Generation der Legionäre Christi sollte das erreicht werden, auf das der Erzbischof mit soviel Nachdruck hinwies: eine andere Sichtweise der moralischen Gesinnung.

Seine Aufgabe war es, eine Generation von Jüngern zu formen und ihnen einzuschärfen, um mit den Worten des Erzbischofs zu sprechen, «wo andere eine Sünde sehen, dieses bei ihnen nicht der Fall ist», weil ihr höchster moralischer Leitfaden, für immer felsenfest eingeimpft, in der Zugehörigkeit und im bedingungslosen Gehorsam zum geistigen Führer bestand.

Die Gebote «Du sollst nicht töten» und «Du sollst nicht lügen» ebenso wie Keuschheit und Gerechtigkeit waren fortan in der Legion Christi nur noch zweitrangig, so wie es Monsignore ausgedrückt hatte. Denn Gottes Wille würde nur noch durch den Ordensgeneral ausgelegt.

In diesem Moment hatte er ein ganz genaues Bild davon, mit welchen Qualitäten die Ordensoberen der gerade entstehenden Kongregation ausgestattet sein sollten und welche Begabung die Ausbilder der Novizen mitbringen müssten.

Denn die Braut der ersten Comillaner war jetzt nicht mehr der Tod, sondern der Gehorsam. So war er hocherfreut, diesen schon gefunden zu haben. Er stellte sich vor, wie Agustí den Novizen die Opferdarbringung Abrahams im Sinne der Legion Christi vermitteln würde.

Noch demutsvoll und niedergeschlagen verließ Marcial Maciel, der große Führer der Legionäre Christi, das Amtszimmer des Erzbischofs. Doch je weiter er sich vom Haus des Monsignore entfernte, desto aufrechter und fester wurde sein Gang, bis er zuletzt mit stolzer Brust den Weg fortsetzte.

Jeder, der diesen Menschen an jenem Morgen auf der Straße begegnet wäre, hätte in seinem Antlitz den strahlenden Glanz des Sieges sehen können. Ein selbstbewusster Mensch, der mit sich im Reinen war, denn von diesem Tag an war für ihn alles erlaubt.

ZEHNTES KAPITEL

Pablos Gesundheitszustand besserte sich nicht. Auch Tage nach der waghalsigen Flucht konnte er immer noch nicht richtig gehen, geschweige denn laufen. Zwischen den Beinen verspürte er weiterhin ein Brennen, verbunden mit starken Schmerzen. Sein Vater entschloss sich, einen Arzt zu konsultieren und ging mit ihm zu Doktor Arsenio Sanjurio, einem Internisten, den er seit Studienzeiten kannte und mit dem ihn eine langjährige, enge Freundschaft verband.

„Das mit Pablo ist etwas Ernstes", sagte ihm der Doktor. „Mit dem Medikament, was ich ihm verschreibe, hoffe ich, die Schmerzen innerhalb einer Woche lindern zu können. Ich weiß aber nicht, ob sich seine Seele eben so schnell erholt. Ich glaube, Dein Sohn braucht einen guten Psychiater."

„Das hatte ich befürchtet", antwortete ihm Don Wenceslao. „ihm ist alles gleichgültig und Appetit hat er auch nicht und des Nachts wacht er erschrocken auf. Wir denken noch nicht einmal daran, ihn wieder zur

Schule zu schicken, wenn man sieht, wie schwierig es ihm fällt, sich fortzubewegen. Und er zeigt keinerlei Interesse, die vielen Freunde aus der Zeit vor Tlalpan wiederzusehen."

„Wenn Du erlaubst, möchte ich Dir ganz deutlich sagen", fuhr der Doktor fort, „der in Deinen Sohn eingedrungen ist, war wirklich ein Barbar. Ich möchte Dir die Frage ersparen, ob Du weißt, wer es war und wie so etwas passieren konnte. Ich kann mir diese Brutalität überhaupt nicht erklären, denn ich weiß, dass Deine beiden Söhne gut behütet die Vorklassen eines geistlichen Seminars begonnen haben, um später einmal Priester zu werden. Wie oft haben meine Frau und ich über die besondere Gnade Gottes gesprochen, die er euch zuteil werden ließ, gleich zwei Söhne zu haben, die später einmal das Priesteramt bekleiden werden. Man sagt immer, solche Taten werden selten von unbekannten Kriminellen verübt, sondern von Menschen aus dem sozialen Umfeld des Opfers. Vielfach sind das nahe Verwandte oder ein Freund der Familie, jemand, vor dem die Kinder sich nicht fürchten oder ein Misstrauen verspüren. Das ist das, was ich über solche Fälle in der Literatur gefunden habe. Ich hoffe, Du findest mit Gottes Hilfe einen guten Spezialisten, der Deinem Sohn dabei hilft, dieses Trauma zu verarbeiten."

Niedergeschlagen kam Don Wenceslao nach Hause zurück und berichtete alles Doña Ernestina. Angesichts des Gesundheitszustandes ihres Sohnes konnte die Mutter sich ebenfalls nicht beruhigen.

„Weißt Du, woran ich mich in diesem Augenblick erinnerte, als der Doktor mir sagte, der Täter käme aus dem sozialen Umfeld des Opfers? An den Tag, an dem dieser uns unbekannte Mann Dich überredet hat, unsere beiden Söhne mit ihm davonziehen zu lassen. «Ich werde für sie Vater, Mutter und der geistige Wegweiser, ich werde alles für sie sein.» Und ich half noch mit, Dich zu überzeugen!"

Was Doña Ernestina am wenigsten ertragen konnte, war, dass ihr Sohn keinen Trost mehr in den Sakramenten suchte. Er wollte nicht in die Kirche gehen und zeigte eine völlige Abneigung, die Beichte abzulegen. Er wollte nicht einmal mit einem Priester sprechen.

Der Verdacht, der Erzbischof hätte Pablo fallengelassen, machte ihm Angst. Die Zweifel waren für das Kind wie eine Folter. Hatte er eine Todsünde begangen, indem er das Zimmer des Ordensgründers aufgesucht hatte? Es war das erste Mal, dass er zu ihm gegangen war, ohne gerufen worden zu sein. Es war nicht aus Gehorsam geschehen, sondern aus seinem freien Willen heraus. Er war nicht dem Willen Gottes nachgekommen, der ihm durch die Befehle des Vorgesetzten mitgeteilt wurde, sondern er war durch seine Eifersucht angetrieben worden.

Er hatte einen Priester verführt. Hatte der nicht für seine Handlungen die Erlaubnis Papst Pius XII erhalten? Pablo lebte mit quälenden Zweifeln und wagte nicht, sich jemandem anzuvertrauen. Mit dem Schamgefühl seiner Demütigung kam er sich vor wie ein altes, dreckiges Kleidungsstück, das auf den Müll geworfen worden war.

Seine Mutter konnte ihn schließlich überreden, die Kirche Santo Domingo zu besuchen. Sie sagte ihm, dort wäre für zwei Monate ein spanischer Dominikanermönch auf Urlaub, um Zeit mit seinen Ordensbrüdern zu verbringen.

„Diesen Menschen wirst Du weder noch einmal in Deinem Leben wiedersehen, noch wird er weiteren Einfluss auf Dich ausüben. So wie er in Dein Leben eintritt, wird er auch wieder verschwinden."

In der Tat war dieser ein Pater, der alle zwei, drei Jahre nach Mexiko City kam, um dort einige Monate Urlaub zu verbringen und in dieser Zeit ging er seiner Lieblingsbeschäftigung nach, der Seelsorge in seiner Muttersprache. Was Doña Ernestina nicht einmal erahnen konnte, war, welchen Einfluss dieser Mensch auf das weitere Leben ihres kleinen Sohnes ausüben würde.

Pater Ramiro Arias Argüello war ein Dominikanermönch aus Asturien, geboren im Tal des Lena-Flusses, einer spanischen Region, die im 20. Jahrhundert unerschöpfliche Quelle des Ordens der Wanderprediger war, aus dem mehrere Professoren hervorgegangen sind. Der letzte unter ihnen war in jenen Jahren Pater Manuel Suárez, geboren in dem Dörfchen Herías der Samtgemeinde Pola de Lena. In der Gemeindeschule von La Frecha war er dem etwas jüngeren Pater Ramiro begegnet und dort lernten sie ein ganzes Schuljahr gemeinsam.

Zu dieser Zeit hatte Ramiro Arias Argüello einen Lehrstuhl am Collegium Angelicum in Rom inne. Die ersten Monate nach Ordenseintritt hatte er in Mexiko verbracht. Dorthin wurde er kurz nach seiner Priesterweihe versetzt, die er im Konvikt Sankt Stephanus in Salamanca empfangen hatte. Seine pädagogischen Fähigkeiten veranlassten die Ordensoberen, ihn nach Rom zu senden, mit der Absicht, dass er sich am Collegium Angelicum auf seine Theologische Dissertation vorbereiten solle. Und es dauerte nicht lange, bis er dort einen Lehrstuhl für Moraltheologie besetzte.

Pater Ramiro hatte sich, wie er es ironisch auszudrücken pflegte, «von einem von Gott bestimmten Seelenheiler in einen Universitätsprofessor verwandelt, der von irdischen Menschen dazu gedrängt worden war». Und das nur, fügte er hinzu, «aus Mangel an Vorstellungskraft seiner Vorgesetzten, die seine hervorragende Eignung als Landpfarrer nicht genug gewürdigt hätten.»

In den mexikanischen Sommerferien wechselte er zwischen seinen Lieblingsbeschäftigungen Fußballspielen oder die Beichte hören und Predigen in der Kirche Santo Domingo. Dort war er wieder so richtig in seinem Element, denn er meinte, dass er unmittelbar und ohne Mittelspersonen den Bedürftigen am wirksamsten helfen könne. Im Dominikaner-Konvikt in Mexiko fühlte er sich für zwei Monate als «Mittelstürmer in einer Kirchenmannschaft, als Landpfarrer in der Messe, auf der Kanzel, bei der Bibelauslegung und im Beichtstuhl», wie er es ausdrückte.

In Rom blieb ihm nicht viel Zeit, um diese Sportarten ausüben zu können, mit Ausnahme der täglichen Messe und der wöchentlichen Beichten im Kloster der «Mütter der ewigen Anbetung» im Norden der Via Aurelia unweit des Vatikans, in dem fast nur Spanierinnen lebten. Die Nonnen waren begeistert und alle waren voll des Lobes, dass ein so herausragender Theologe, der sich trotz allem einfach und umgänglich zeigte, ihr Beichtkaplan war. Denn er war nicht nur Universitätsprofessor, sondern übte auch noch eine beratende Funktion in zwei römischen Ministerien der Kurie aus, in der Heiligen Kongregation für die Glaubenslehre und in der Kongregation des Heiligen Offiziums.

Pablo ging äußerst zaghaft zum Beichtstuhl, denn er sah im Grunde genommen in diesem Gespräch wenig Sinn.

„Herr, ich komme eigentlich nicht in der Absicht, die Beichte abzulegen, sondern nur, weil meine Mutter es wollte."

„Wenn Du es nicht möchtest, brauchst Du auch nicht zu beichten", antwortete Ramiro, der Pablos Gesprächsfaden aufnahm. „Da Du jetzt schon mal hier bist, könnten wir die Zeit nutzen. Denn die Mühe, die Du auf Dich genommen hast, kann ja für irgendetwas nützlich sein. Im Moment weiß ich noch nicht wie, denn ich kenne Dich ja noch gar nicht. Aber das kann auch ein Vorteil sein. Nach dem, was Du mir erzählt hast, ist da etwas passiert, was Deine Mutter beunruhigt. Macht es Dir etwas aus, mir darüber zu berichten? Wenn es Dir angenehmer ist, können wir auch im Foyer miteinander sprechen, so als wäre es ein ganz normales Treffen. Dann musst Du nicht die ganze Zeit knien", schlug er vor.

„Nein Vat...Herr", erwiderte Pablo, ohne einen Moment zu zögern. „Das macht mir nichts aus, denn das bin ich gewohnt."

In Wirklichkeit behagte es ihm nicht, sich außerhalb der Kirche mit einem Priester allein zu treffen. Der mit Reliefs verzierte holzvertäfelte Beichtstuhl, doch vor allem das kunstvoll gestaltete Gitter zwischen ihm und dem Priester, ließen ihn diese Nische im Beichtstuhl als einen sicheren Ort erscheinen.

Er hätte ihn fast aus Gewohnheit mit «Vater» angesprochen, doch im letzten Moment konnte er es noch vermeiden. Denn mehr und mehr verabscheute er jetzt dieses Wort, das allenthalben aus den Mündern der Knaben in Tlalpan zu vernehmen war, in dem sie von «Unserem Vater» sprachen. Seitdem er aus der Apostolischen Schule in Tlalpan geflohen war, hatte er das Wort für einen Priester nicht mehr gebraucht.

Pablo erzählte Pater Ramiro die unselige Geschichte, die ihm mit Marcial Maciel widerfahren war. Aufmerksam hörte der Asturianer zu, ohne ihn zu unterbrechen. Als Pablo fertig war, begann er zu schluchzen. Auch jetzt wagte Ramiro nicht, ihn zu unterbrechen. Er wartete, bis sich der Junge beruhigt hatte und sagte ihm nüchtern:

„Hilft Dir außer Deinen Eltern noch jemand, dass Du Deinen Seelenfrieden wieder findest? Denn Du benötigst die Hilfe eines guten Psychiaters. Das heißt nicht, dass Du krank bist, sondern dass Dich jemand verletzt hat. Das ist ein Übel, das einer entsprechenden Behandlung bedarf. Stell Dir vor, bei einem Autounfall trägst Du eine Beinverletzung davon. Dann würde in einem Hospital Dein Bein in Gips gelegt. Du hast eine Verletzung davongetragen, die man von außen nicht erkennen kann. Aber nachdem man Deine Geschichte kennt, kann man sich vorstellen, wie Dich das mitnimmt. Auch die Seele muss man heilen. Zweifle nicht einen Moment daran, dass Du wieder genesen wirst. Aber das erfordert eine ganz besondere Behandlung."

Pablo schwieg. Pater Ramiro sagte ebenfalls kein Wort zu dem sich in Schweigen hüllenden Jungen. Pablo war soviel Respekt nicht gewohnt und merkte, dass es genau diese taktvolle Zurückhaltung war, die nach und nach diesem Unbekannten die Pforte seiner Seele öffnete.

„Herr, ich danke Ihnen für Ihr Interesse."

„Mein Junge, über das, was passiert ist, müssen die da oben in Kenntnis gesetzt werden. Das kann so nicht bleiben. Der Erzbischof von Mexiko City muss es erfahren."

„Der weiß es schon, mein Herr, er war der Erste, der es erfuhr. Schon in derselben Nacht nahm mich mein Vater mit zu ihm. Auch Herr Maciel war dabei."

„Hast Du etwas dagegen, wenn ich Deinen Fall

selbst mal mit dem Erzbischof bespreche? Nachdem ich das alles von Dir gehört habe, fühle ich mich dazu verpflichtet."

Pablo war aus dem Beichtstuhl verschwunden. Als Ramiro den Vorhang beiseite schob, hörte er, wie sich seine Schritte in Richtung Kirchenportal entfernten und sah ihn noch, wie er fast im Trott aus der Kirche lief. Der Pater hatte nicht einmal Zeit gefunden, das Bild des Jungen, dessen Geschichte ihn so bewegt hatte, in seinem Gedächtnis festzuhalten.

Pater Ramiro verließ den Beichtstuhl und begab sich zum Wohnheim der Mönche. Das einzige Telefon befand sich im Lesesaal. Dort traf er jedoch niemanden an. Selbst wenn man das Gespräch mitgehört hätte, wäre niemandem etwas Außergewöhnliches aufgefallen. In dem Telefonat bat er um einen Gesprächstermin mit dem Erzbischof von Mexiko City, was für einen Professor der Moraltheologie und Berater der Kongregation für Glaubenslehre nicht außergewöhnlich war. Das Treffen wurde für den folgenden Tag um fünf Uhr nachmittags vereinbart.

Pablo hatte ihm für dieses Gespräch nicht ausdrücklich seine Zustimmung gegeben, aber das war für den Moraltheologen auch gar nicht notwendig. Denn von Beginn an hatte der Junge ihm zu verstehen gegeben, er sei nicht gekommen, um seine Sünden zu beichten, sondern nur, um dem Willen seiner Mutter nachzukommen. So konnte der Pater auch nicht das

Beichtgeheimnis verletzen. Die Tatsache, dass Pablo vor ihm kniend durch das Gitter des Beichtstuhls zu ihm sprach, verlieh dem Gespräch noch lange keinen sakramentalen Charakter. Ramiro kannte weder seinen Namen, noch wusste er, wie er aussah, und die noch kindliche Stimme ließ auch kaum Rückschlüsse auf sein Alter zu.

Mit innerer Selbstsicherheit küsste am nächsten Tag Pater Ramiro genau zur verabredeten Zeit den Bischofsring des Monsignore. Er erzählte ihm, was ihm vertrauensvoll zugetragen worden war. Dabei war er der Ansicht, dass der Bischof ohne zu zögern einschreiten müsse.

„Das weiß ich schon“, antwortete ihm der Prälat, „denn ich habe mit allen Dreien gesprochen, mit dem Vater, dem Ordensgründer und mit dem Jungen selbst. Dieser fühlte sich schuldig, einen Priester zur Sünde verführt zu haben. Können wir vertrauensvoll miteinander sprechen? Denn das ist notwendig. Dabei möchte ich Sie über einige äußerst merkwürdige Dinge in Kenntnis setzen.“

Pater Ramiro nickte mit dem Kopf und durch sein Schweigen gab er dem Erzbischof zu verstehen, er möge in aller Ungezwungenheit fortfahren.

„Der in diesem Fall involvierte Priester gestand mir“, sprach der Prälat weiter, „er hätte von Papst Pius XII die Erlaubnis erhalten, sich sexuell betätigen zu dürfen, um seinen festsitzenden Samen ausstoßen zu können. Und die notwendige sexuelle Erregung könne er dabei nur durch den Kontakt mit jungen Knaben erreichen.“

Angesichts dieser unglaublichen Torheit konnte Pater Ramiro nur innerlich bitter lächeln. Wie naiv muss ein gestandener Erzbischof sein, um ihm aus Unkenntnis eine so dreiste Lüge als Wahrheit verkaufen zu können? Einen kurzen Augenblick später schon schossen dem Pater drei Worte wie Blitze durch den Kopf: «Nachsicht», «Verschwörung» und «Komplizenschaft».

„Glauben Ihre Exzellenz, ein Papst könnte auch nur irgendjemand so eine Erlaubnis erteilen?“, wagte er zu fragen.

„Natürlich nicht, mein Pater. Aber In dubio pro reo. Sagen Sie mir, wo müsste ich anfangen und aufhören, wenn ich nicht einmal einem Priester, dem der Papst in Freundschaft verbunden ist und der von seiner Heiligkeit unaufhörlich Lobpreisungen erhält, Glauben schenken könnte? So habe ich mich nicht getraut, ihm das völlig zu verbieten. Ich habe ihm jedoch eine Reihe von Auflagen gemacht, die sich besonders auf die Freiwilligkeit und die gründliche Gewissenserforschung seiner Untergebenen beziehen.“

Der Erzbischof hielt es für angebracht, dem Dominikanermönch nur einen Teil der Vereinbarungen mit dem Ordensgründer anzuvertrauen, da er befürchtete, in eine Auseinandersetzung mit dem Moraltheologen hineingezogen zu werden. Und so erwähnte er nicht seine besondere Auslegung der Opferdarbringung Abrahams, die von Gott befohlene Tötung seines eigenen Sohnes, ebenso wenig die entscheidende Schutzklausel Maciels bei der Gewissensüberprüfung der Kinder: «wo andere eine Sünde sehen, dieses bei ihnen nicht der Fall ist.» Diese wesentlichen Details meinte er mit dem harmlosen «gründliche Gewissenserforschung der Kinder» umschrieben zu haben.

„Sind Ihre Exzellenz nicht der Ansicht, dass man dieses Fall der Heiligen Kongregation für die Glaubenslehre vorlegen müsste?"

Monsignore stieß einen Seufzer der Erleichterung aus. Denn mit dieser Äußerung war er einer theologischen Auseinandersetzung mit dem Professor aus Rom entkommen, in der er nur hätte verlieren können.

„Sie haben vollkommen Recht. Das habe ich schon getan. Vor gut als einer Woche erhielt ich die Antwort. In dem Schreiben wird mir nahegelegt, diesen Fall nicht öffentlich werden zu lassen und vor allen Dingen Gottes Ruhm und Ehre im Auge zu behalten, wobei die neu gegründete Einrichtung Maciels ein wertvolles Instrument zur Vermehrung der Herrlichkeit Gottes sei. Ich habe das getan, was mir empfohlen worden ist. Ich habe alle Für und Wider abgewägt und dann entschieden, die Dinge so zu lassen, wie sie sind, und den Fall dem Gottesgericht zu überlassen."

Er nahm aus einer Schublade das ihm aus Rom zugestellte Schreiben und reichte es dem Dominikanermönch.

Der Pater las es und hielt einige Augenblicke inne. Die Unterschrift in dem Schreiben kam ihm bekannt vor. Die Antwort hatte man während seiner Abwesenheit verfasst. Er hätte auch nicht die Empfehlungen des Präfekten der

Heiligen Kongregation für die Glaubenslehre verhindern können, denn er hatte dort als Moraltheologe nur eine beratende Funktion inne. Trotzdem unternahm er einen letzten Versuch:

„Monsignore, erlauben Sie mir wenigstens, mein Gewissen zu erleichtern, denn ich möchte Ihnen sagen, dass ich nicht damit einverstanden bin, mit welcher Untätigkeit Sie diesen Fall abgehandelt haben. Wenn Sie schon dem Ordensgründer die für mich völlig unglaubwürdige Versicherung des Papstes abgenommen haben, so bleibt doch zu bedenken, dass dieser Mensch noch viele weitere Kinder in seiner Obhut hat. Wenn sich der Fall ausweitet, wäre der Skandal für die Kirche noch wesentlich größer, denn dann könnte die Angelegenheit irgendwann hier in Mexiko vor einem Zivilgericht landen."

„Schauen Sie, Pater. Ich habe meine Entscheidung getroffen. Ich kann und ich möchte den Fall nicht noch einmal aufrollen. Nehmen Sie zur Kenntnis, dass ich mich eingehend habe beraten lassen."

Pater Ramiro spielte seinen letzten Trumpf aus.

„Was halten Sie davon, wenn Sie mich in der Absicht aufsuchen, die Beichte abzulegen? Und ich würde Ihnen, da Sie in dem Fall keine disziplinarischen Maßnahmen eingeleitet haben, die Absolution verweigern. Als Moraltheologe sähe ich mich dazu verpflichtet."

Das Antlitz des Erzbischofs ließ eine Mischung aus Missfallen und Überraschung erkennen. Er zog seine Gesichtsmuskeln zu einer Grimasse zusammen, denn ihm war bewusst, dass er hier einen ganz harten Knochen vor sich hatte.

„Was halten Sie davon", warf er dem Pater an den Kopf, „wenn ich Ihnen jetzt gleich die Erlaubnis entziehe, in meiner Diözese das Beichtsakrament zu spenden? Dazu sehe ich mich nun als Erzbischof verpflichtet."

„Das wäre so, als wenn Sie einem Patienten mit Zahnweh einen Kopf kürzer machen würden. Um dem Patienten die Zahnschmerzen zu nehmen, wäre die Methode unfehlbar, sie sagt jedoch wenig über die Fähigkeiten des Zahnarztes aus."

Pater Ramiro lächelte still, als ob ihn das alles nichts anginge. Mit einer leichten Verbeugung bezeugte er dem Erzbischof seine Reverenz und verließ wortlos das Amtszimmer.

Der Erzbischof war wortwörtlich zu Stein erstarrt. Er wusste nicht, wie er darauf reagieren sollte. Aber er hatte eine Ahnung, dass es mit der Seelenruhe jetzt vorbei war. Seine Absicht, Streitereien zu vermeiden und eine verordnete Ruhe einkehren zu lassen, würde von nun an ins Gegenteil verkehrt.

Pater Ramiro sagte sich, dass er auf keinen Fall ein weiterer Helfershelfer in dieser unheilvollen Verschwörung von mexikanischen Kirchenfürsten und der unerklärlich willfährigen Haltung der römischen Kurie sein wolle, deren Berater er war.

Eine Woche später kehrte Pablo zurück, um Pater Ramiro zu besuchen. Dieses Mal fand er sich im Besucherraum ein und sprach lange mit dem Religionsgelehrten, den er weiterhin hartnäckig mit «Herr» anredete. Pater Ramiro zeigte Verständnis dafür, dass dieses Kind genügend Gründe hatte, sich niemandem anzuvertrauen, den er mit «Vater» ansprechen sollte, angefangen bei seinem eigenen Vater.

«Herr» Ramiro Arias wusste, dass sein Vater in seinem Fall so vorgegangen war, wie jeder andere mexikanische Vater in jenen Jahren seine von einem Priester misshandelte Tochter gesehen hätte: sie würde eine Tracht Prügel beziehen, da sie es gewagt hatte, einen Gottesdiener und Heiligen zu verführen. Den Gewalttäter müsse man nicht belangen. Dafür gäbe es ja das allerhöchste Gericht der göttlichen Instanz.

„Mein Freund, Du hast niemanden verführt. Du bist das Opfer. Du warst ihm gehorsam und hast geglaubt, er führe sich auf wie ein Heiliger, wie ein Repräsentant Gottes auf Erden, der in Verbindung zu Gott steht. Er hat ganz bewusst Deine Eifersucht geschürt, in dem er Dich vernachlässigt hat und andere zu sich rief. Das ist eine ganz einfache Strategie. Indem er Dich ignorierte, Dich nicht mehr rief und Dich somit allein ließ, fühltest Du Dich umso mehr gerufen. Das war eine ganz durchtriebene Art, Dich zu ihm zu locken. Etwas, was Dich ebenfalls beruhigen müsste. Maciel hätte Dich wieder fortschicken können, als Du zu ihm kamst. Das hat er jedoch nicht getan. Denn er sah, dass Du ihm völlig ergeben sein würdest, dass er mit Dir anstellen könne, was ihm beliebt, und er nutzte die Gelegenheit weidlich aus. Ganz bewusst hat er Deine Schwäche und Deine sehnsüchtige Erwartung, die Du in diesem Moment hattest, ausgenutzt."

Pater Ramiro schaute den Jungen mit traurigem Blick an, der dazu verurteilt war, mit dieser Wunde allezeit leben zu müssen. Er schwor sich, alles in seiner Macht Stehende zu tun, dass diese kriminelle Tat nicht ungesühnt bliebe.

Während der nächsten zwei Wochen erschien Pablo mehrere Male, um mit «Herrn» Ramiro zu sprechen. Der gelehrte Dominikaner verstand es, die wesentlichen Lehren der Moraltheologie in die Befragung mit einzubeziehen, derart, dass sie für diese unschuldige Seele verständlich wurden.

Pablo war bewusst geworden, dass er als Mensch diese Handlungen zu verantworten hatte, ihn jedoch keine Schuld traf.

„Verantwortung und Schuld ist nicht das Gleiche", hatte ihm der Professor in allen Einzelheiten erklärt. „Du wurdest verführt, durch das Vertrauen in das Heilige Priesteramt, durch den absoluten Gehorsam, dem Du gefolgt bist, um eines Tages die religiösen Gelübde abzulegen, und durch die Bewunderung, dass Gott Marcial Maciel einen Auftrag zur Gründung eines religiösen Ordens erteilt hat. Du bist der absurden Lügengeschichte der päpstlichen Erlaubnis erlegen. Ja, es ist wahr, dass Du Dich dieses Mal in sein Bett begeben hast, doch er hatte Dich zuvor schon zu sich gerufen. Dieses Mal warst Du es, doch Dein Antrieb basierte auf dem Recht, dass er Dir zuvor zugestanden hatte.

Zudem wurdest Du durch eine zügellose Leidenschaft, der Eifersucht, angetrieben. Richtig wäre gewesen, Dir von Anfang an den Zutritt zu verwehren und aufgrund seiner Autorität wäre er dazu in der Lage gewesen. Von Anfang an hat er Deiner unschuldigen Seele etwas vorgespielt, hat Dich getäuscht und belogen. Tag für Tag hat er einen gut durchdachten Plan inszeniert, damit Du glaubtest, seine brutalen sexuellen Übergriffe hätten etwas mit dem göttlichen Vorhaben zu tun.

Etwas konnte der Dominikanerpater Pablo nicht abgewöhnen. Er redete ihn weiterhin hartnäckig mit «Herr» an. Dem Geistlichen wurde bald klar, dass diese Anrede eine respektvolle Ehrerbietung sein sollte, mit dem das Kind seine Dankbarkeit bekunden wollte.

In dem letzten Rest seiner Kindheit, der ihm geblieben war, gebrandmarkt durch die schreckliche Erfahrung von Tlalpan, ließ er von nun an die Gewohnheiten und Schwächen der mexikanischen Gesellschaft, mit denen er aufgewachsen war, hinter sich. Der vorbehaltlose Respekt gegenüber Geistlichen, die sich häufig dem nicht als würdig erwiesen, und die völlige Ergebenheit zu einem Menschen, der von vielen Gläubigen gleichzeitig als Vaterfigur und Heiliger gesehen wurde, waren die beiden wesentlichen Eckpfeiler im katholischen Glauben. Der Junge wollte unbedingt den «Herrn», seinen aufrichtigen Vertrauten, von dem «Vater» trennen, eine Bezeichnung, die viele ungerechterweise und in betrügerischer Absicht führten: sein eigener Erzeuger, der sich als Schwächling zeigte und ihn noch tiefer in den Abgrund der Selbstverachtung stürzte; «Unser Vater», der Vergewaltiger von Tlalpan und sogar der die Wahrheit ignorierende Erzbischof, der alte Mann, der nicht die Weisheit und das Gespür für Rechtschaffenheit besaß, das man in dem Amt und dem Alter erwarten könnte.

Es waren diese drei Menschen, für die der Junge, immer noch ein Kind, doch durch die Geschehnisse zwangsläufig frühzeitig gereift, nur abgrundtiefe Verachtung empfinden konnte.

Zehn Jahre dauerte es, bis Pablo nach und nach sein Lächeln zurück gewann, doch nicht in der gesamten Fülle des inneren Glücks. Das, was zurückblieb, in seinem Antlitz eingebrannt, war ein leicht schmerzhafter Gesichtsausdruck, erkennbar an fein gezogenen Linien des Mundwinkels, durch die seine erlittenen Qualen verdeckt wurden. Es war Ausdruck der Ernüchterung und der bitteren Ironie.

ELFTES KAPITEL

Der Orden blühte auf. Die mexikanische Krake aus Michoacan benötigte nur wenige Jahre, um ihre Fühler sogar bis nach Rom auszustrecken, wo sie, unterstützt von Bischöfen und Kardinälen, im Schatten des Vatikans den neuen Hauptsitz der Legion Christi errichtete. Dort waren auch die meisten Kinder aus Tlalpan untergebracht, denn der mexikanische Sitz spielte fortan nur noch eine untergeordnete Rolle. Zwangsläufig begleiteten den Ordensgründer auch alle Laster in die Ewige Stadt.

Es dauerte nicht lange, bis die Gerüchte über sexuellen Missbrauch erneut den Heiligen Stuhl erreichten. Dieses Mal stießen sie jedoch nicht auf taube Ohren. Um das zu gewährleisten, hatte Pater Ramiro Himmel und Hölle in Bewegung gesetzt. In der Zeit von Pablos Vergewaltigung bis zur Niederlassung Marcials in Rom, gelang es ihm, sich Zeit für eine eingehende, sehr gründliche Untersuchung dieses Ordens zu nehmen, und er glaubte jetzt die Argumente in der Hand zu haben, dass die Angelegenheit weder noch einmal unter den Teppich gekehrt, noch darüber für immer der Mantel des Schweigens ausgebreitet würde, beides typische Verhaltensweisen des Vatikans.

An jenem Morgen verließ Pater Daniel Agustí, ausgestattet mit dreifacher Machtbefugnis im Orden, nämlich Ausbilder der Novizen, Studentenseelsorger und Schatzmeister der Legion, den Sitz der Einrichtung in der Via Aurelia 644. Er war damit beschäftigt, noch bevor die von der Kongregation des Heiligen Offiziums beauftragten Patres eintrafen, die gesamte Dokumentation an einen anderen Ort zu bringen. In der großen Eile fielen ihm unweit der Außentür zwei Schriftstücke auf den Boden, so dass er den Verlust der beiden Blätter überhaupt nicht bemerkte.

Daniel Agustí hätte sich sicherlich tausend Mal lieber zwei Finger der rechten Hand abhacken lassen, als diese beiden Dokumente zu verlieren.

Er stieg in das von Serafín Vázquez Ricondo gesteuerte Auto, das dann mit hoher Geschwindigkeit davonfuhr. Soeben hatte er telefonisch erfahren, dass die beiden Patres, es waren der Ordensgeneral der Unbeschuhten Karmeliter und einer seiner Berater, die mit der Untersuchung unter dem Decknamen «Kanonischer Besuch» betraut worden waren, in höchstens einer Stunde eintreffen würden.

Agustí sollte die Dokumentation, die entlarvende Informationen enthielt, in einem Nonnenkonvikt verstecken, in dem eine – ebenfalls aus Katalonien stammende – Tante von ihm Ordensoberin war. Es lag unweit des Collegio Massimo, ebenfalls an der Via Aurelia.

Stunden zuvor hatte er die Novizen und Studenten in den Versammlungsraum bestellt und sie in einer Rede auf die Befragung vorbereitet. Damit alles echt wirken sollte, hatte er den Ort so hergerichtet, wie man ihn bei der späteren Untersuchung vorfinden würde. Der Saal, in dem alle größeren Versammlungen stattfanden, befand sich im rechten Flügel im ersten Stock des Gebäudes.

Dadurch beabsichtigte Agustí einem möglichen Überraschungseffekt oder einer Sprachlosigkeit der Befragten zuvorzukommen, wenn die Novizen und Studenten später unter der Regie der Untersuchungskommission den Raum betraten. Er wollte, dass ihnen die Herrichtung des Saales für die Untersuchung vertraut erschien und dass dort, wo später die Ermittler sitzen würden, ihnen jetzt der Ordensgeneral, obwohl abwesend, oder der Ausbilder der Novizen, der immer diensthabende Wachmann, erschien.

Eingerahmt durch zwei Kandelaber mit zuvor angezündeten Kerzen lag das Evangeliar. Auf dem Buch würde eine Hand ruhen und mit der anderen Hand an der Brust würden sie vor Gott den Eid ablegen: ich schwöre, die Wahrheit zu sagen, die reine Wahrheit und nichts als die Wahrheit.

Agustí hatte ihnen erläutert, wie sie diesen Eid auffassen sollten. Er machte sie darauf aufmerksam, auch nicht für einen Moment die Opferdarbringung Abrahams aus dem Gedächtnis zu verlieren. Wo andere vielleicht Meineid und Schwindel sähen, wäre es für sie nichts anderes als die Erfüllung von Gottes Willen, so wie er es ihnen gelehrt hätte.

„Die Aufklärer kommen in schlechter Absicht", sprach er zu ihnen. „Die da kommen, sind unsere Feinde und da sie unsere Feinde sind, müssen wir auf der Hut sein, denn sie haben Macht, eine große Macht in der Kirche und über uns. Sie sind es, die unseren über alles geliebten Vater geraubt, die ihn seit Monaten verbannt und ihn dazu verurteilt haben, dass er nicht nach Rom kommen kann. Sie sind es, die jetzt kommen, um uns zu verhören. Es stört sie unsere größte Tugend das was uns am meisten ehrt, der größte Schatz der Legion Christi, der bedingungslose Gehorsam ohne jede Einschränkung gegenüber den Vorgesetzten, die uns den Willen Gottes übermitteln. Unsere Verteidigung sind die abgelegten Gelübde, ganz besonders die spezielle Waffe der Legion Christi, das vierte Versprechen. Jetzt ist der Augenblick gekommen, wo wir diese Waffen benutzen müssen. In unserem Haus ist der Fall eingetreten, den unser Ordensgründer und General hat kommen sehen. Seien wir heute, mehr als jemals zuvor, unserem Versprechen treu und so vereint, als sprächen wir mit einer Stimme. Diese Einigkeit ist unsere Stärke.

Wenn ihr auf die betrügerische List unserer Feinde hereinfallt, kann es sein, dass unser über alles geliebter Vater nie mehr wieder dieses Haus betreten kann. Wenn ihr nicht auf die Stimme eures Gewissens achtet, die uns vor allem dazu ermahnt, Unserem Vater und der Legion Christi treu zu dienen, die uns durch die Ergebenheit zu Jesus Christus und der Kirche zugleich Heimstätte und Mutter sind, weiß man nicht, was aus uns und unserem großen Werk werden wird. Sie wollen es auflösen und uns trennen und wir müssten uns für immer von unseren Idealen verabschieden.

Das wäre der totale Triumph der Feinde Gottes, die uns nie unsere Treue zum Wort Gottes und die bedingungslose Loyalität zum Statthalter auf Erden verziehen haben. Die Feinde Gottes wollen uns vernichten, um sicher zu sein, dass in Lateinamerika der Atheismus und der internationale Kommunismus siegen wird."

Agustí hatte nie als brillanter Redner beeindruckt, doch dieses Mal war er über sich hinausgewachsen. Tief bewegt hörten ihm die Jugendlichen zu. Sie waren bereit, die Heilige Sache zu verteidigen. Das, was er aus ihren Herzen entnehmen konnte, war, dass niemand, auch nicht ein einziger, sich dem verschließen würde. Die Abwesenheit des Ordensgründers schmerzte alle. Marcial Maciel war gezwungen worden, in einer einfachen Bleibe, der Villa Linda, einer christlichen Herberge außerhalb Roms um Unterkunft nachzusuchen.

Niemand hatte den jungen Legionären erklärt, weshalb Unser Vater angeklagt worden war. Die Vorgesetzten waren der Ansicht, es wäre nicht notwendig, sie darüber zu informieren. Es reichte, wenn sie wüssten, dass die da kommen, ihre Feinde seien, und dass sie aus diesem Grunde mehr als je zuvor absoluten Gehorsam leisten müssten.

Kardinal Alfredo Ottaviani, der Präfekt der Kongregation des Heiligen Offiziums, sah sich wegen der Anklage gegen die Legion Christi von verschiedenen Seiten einem Proteststurm ausgesetzt, vor allem von der Apostolischen Schule Ontaneda in Spanien. Angeklagt waren der Ordensgründer und einige seiner Ordensoberen wegen Päderastie, sexuellem Missbrauch und der Einnahme von Drogen.

Ottaviani hatte zwei Karmelitermönche benannt, die alle Novizen und Studenten des Ordenssitzes in Rom befragen sollten. Auf der Basis der Untersuchungsergebnisse wollte er dann in seinem Kurienamt eine Anklageschrift verfassen. Das Heilige Offizium hatte bis auf weiteres den Ordensgründer aller Funktionen enthoben und ihm untersagt, sich in Rom aufzuhalten.

Um weiter Einfluss ausüben zu können und bei besonderem Anlass kam Marcial Maciel mit einem schwarzen Citroën in die Stadt und parkte einen Steinwurf vom Ordenssitz entfernt neben einer Tankstelle an der Kreuzung Via Aurelia – Via Remo Pauvan. Zuvor benannte er immer telefonisch zwei Brüder, denen Pater Agustí mitteilen musste, in das besagte Auto zuzusteigen. Marcial steuerte den Wagen selbst und versuchte durch Sonnenbrille und breitkrempigem Hut unerkannt zu bleiben. Ohne das Gefährt zu verlassen, begrüßte er die von ihm bestimmten Brüder und lud sie zu einem Gelato ein. Das ein oder andere Mal ließ er sich zu dem immer gleichen Scherz hinreißen:

„Sie haben nur gesagt, ich darf Rom nicht betreten! Sagt nicht, ich würde den Anordnungen des Heiligen Offiziums nicht Folge leisten."

Mehr als jeder andere war es Agustí selbst, der zum Ordensgründer in den Wagen stieg. Er begleitete ihn zum Essen und erhielt die notwendigen Instruktionen.

Der Heilige Stuhl hatte verfügt, dass während der Abwesenheit von Marcial Maciel Monsignore Alfredo Bontempi die Gesamtleitung der Legion Christi übernahm. Das einflussreiche Kurienmitglied beschränkte sich jedoch nur auf gelegentliche Besuche im Hauptsitz, ohne dort zu nächtigen. Innerhalb des Ordens hatte man die Funktion des Generals Pater Danilo Pereira übertragen, der deshalb von Mexiko nach Rom gekommen war. Ihm wurde auferlegt, täglich der Heiligen Kongregation für die Glaubenslehre Bericht zu erstatten. Doch meistens war er dazu nicht imstande, denn er war oft durch Bauchweh den ganzen Tag zur Bettruhe mit häufigen Toilettenbesuchen gezwungen.

Marcial Maciel hatte in der Verbannung von seinem fahrbaren Hauptquartier aus verfügt, dass vorsorglich einige führende Mitglieder, die sich noch im Philosophiestudium befanden, außerhalb Roms untergebracht werden sollten, denn weder er noch Pater Agustí hatten zu ihnen vollstes Vertrauen. Die zeitweilige Verschickung nach Salamanca oder auf die Kanarischen

Inseln war im Orden nichts Ungewöhnliches und erregte deshalb nicht das geringste Aufsehen. Der Ordensgründer vertraute in ungewöhnlichen Zeiten wie diesen auf seinen genialen Einfall des vierten Gelübdes, die alle in der Legion Christi, die das Versprechen abgelegt hatten, dazu verpflichtete, mit niemandem über Interna im Orden zu sprechen und noch viel weniger Kritik am Ordensgeneral zu üben. Es war ein Versprechen, das eine besondere Vorsichtsmaßnahme des Ordensgründers darstellte und in keinem der Statuten irgendeiner anderen religiösen Einrichtung zu finden war.

Würden die jungen Legionäre ausdrücklich die Unwahrheit sagen? Wenn, dann würde es aufgrund des Heiligen Gehorsams geschehen, auf Befehl eines Führers, der ihnen diesen erhabenen Willen Gottes überbracht hatte, ohne irgendeinen Zweifel aufkommen zu lassen. Widersinnigerweise sollten sie durch ein Gelübde gezwungen werden, die Unwahrheit zu sagen. Wo andere eine Lüge erkannten, würden sie eine solche nicht einmal vermuten. In der Eingangsrede hatte es Agustí jedoch unterlassen, sie darauf aufmerksam zu machen, dass sie in diesem Fall auch von dem Schweigerecht Gebrauch machen könnten, obwohl ihm das natürlich bekannt war, denn der Angeklagte war dem Heiligen Stuhl als übergeordnete Instanz unmittelbar verpflichtet.

Kurz vor dem Eintreffen der Mönche sollten die beiden Novizen Luanco und Raúl, ausgestattet mit

Besen, Schrubber und Wischlappen, die Eingangshalle und den Versammlungsraum putzen. Ihre Arbeit, als «demutsvolle Aufgabe» bezeichnet, schloss auch die Reinigung der Kloschüsseln der Toiletten mit ein.

Auf dem Boden fanden sie die mit einer Heftklammer zusammengefügten zwei Seiten, die Pater Agustí verloren hatte. Die Neugier siegte über das Verbot. Der gefräßige Wurm des Zweifelns, der seit Monaten im Stillen immer wieder ihr Gewissen angeknabbert hatte, war es, der sie jetzt über alle Hindernisse der aufgestellten Verbotstafeln springen ließ. Noch ein wenig konfus erahnten sie instinktiv, dass für sie die Öffnung der Pforten für ihre Bedenken der Beginn des Weges der Befreiung sein könnte. Wie alle Jugendliche reizte sie zudem das Abenteuer, die Geborgenheit der sicheren Häfen und Buchten hinter sich zu lassen, sich in die Wogen hoher See zu begeben und durch unbekanntes Terrain zu fahren.

Natürlich wollten sie die Dokumente lesen, doch sie befürchteten verraten zu werden. Deshalb schlossen sie sich in einer der Toiletten ein, die einzige Möglichkeit, die ein junger Legionär hatte, sich vor neugierigen Augen zu schützen. Dieser Ort war völlig sicher, denn es gab keine Verbindung zu anderen Toiletten und die Decke war vollständig geschlossen. Ohne ein Wort miteinander zu sprechen, lasen sie die Papiere, die dem Ausbilder auf den Boden gefallen waren.

Es handelte sich um eine Kopie des Schreibens, das jüngst der jetzt die Ordensleitung in Rom innehabende Pater Danilo Pereira noch aus Tlalpan abgesandt hatte.

Es war nicht ersichtlich, an wen das Schreiben gerichtet war, da man die Anschrift unkenntlich gemacht hatte. In dem Schreiben war zu lesen, dass Agustí Pater Pereira nach Rom beordert hatte und das «aufgrund des bedenklichen Gesundheitszustandes Unseres Vaters durch übermäßigen Drogenkonsum.»

Dem Schreiben war weiter zu entnehmen, dass der Ordensgründer «Agustí aufgetragen hatte, ein Schreiben zu verfassen, aus dem hervorging, dass er selbst als Ordensgeneral zurücktreten wolle.» Und weiter hieß es, der Ordensgründer schlage vor, Pereira die Ordensleitung zu übertragen.

Zudem ging aus dem Brief hervor, dass Agustí Pater Pereira die Geschehnisse eines genau genannten Tages beschrieben hatte, der wenige Monate zurücklag.

«An diesem Tag, es war der 7. Januar 1956, stand Unser Vater morgens um 11 Uhr auf. Noch völlig unter Drogeneinfluss begann er, unter den Patres und Brüdern die Nachricht zu verbreiten, dass der Heilige Stuhl mich beauftragt hätte, die Leitung des Kollegs zu übernehmen, was überhaupt nicht der Wahrheit entsprach. Diese Meldung löste besonders bei Pater Ambrosio Balboa eine große Unruhe aus, denn er war, wie so viele Mönche, von der scheinbaren Aura Pater Maciels völlig hingerissen.»

Die Zeit danach, während des ersten Trimesters bis März, konnte man weiter lesen, war eine endlose Odyssee, «Marcial Maciel dazu zu bewegen, sich zur Entgiftung in ein Hospital zu begeben», was nur zum Teil gelang, da er mehrere Male das Weite suchte, indem er die Aufsicht habenden Krankenpfleger hinters Licht führte.

«Zu jener Zeit hatte ich mich dazu entschlossen», schrieb Pater Pereira dem anonymen Empfänger weiter, «ihn in ein Hospital in Manhattan zu verlegen. Dorthin sollten ihn Pater Gabriel Mena und Mario Méndez, Pablos Bruder, begleiten. Der letztere war besonders besorgt und ihm war an der Genesung Maciels sehr gelegen, da er, wie auch Mena, häufig die Morphium-Spritzen für den Pater beschafft hatte. Doch trotz der negativen Verlautbarungen der behandelnden Ärzte trat augenscheinlich innerhalb von acht Tagen eine Besserung ein und Maciel konnte Pater Mena und Bruder Mario dazu bewegen, ihn aus diesem «gemeinen Ort» wieder abzuholen, um ihm schließlich wieder zur Möglichkeit von Sonderbehandlungen zu verhelfen. Indem er seinen Samen auf normalem Wege ausstoßen konnte, beugte der Leidende einer Entzündung seiner Genitalien vor.

Die beiden Novizen wollten nicht glauben, was in dem Schreiben geschrieben stand. Das plötzlich helle Licht drohte sie zu erblinden und sie verloren dadurch die Orientierung. Der tiefschwarze Schatten, den dieses neue Licht projizierte, drohte sie niederzuschmettern. Die Finsternis in ihrem Leben bekam Risse, durch die sich jetzt jener schrecklich drohende Schatten zeigte und sich unlösbar an ihre Füße heftete.

Für sie waren es nun Wahrheiten. Sie hatten Verdacht gehegt, der vielleicht mehr oder weniger begründet war. Aber jetzt nahm dieser plötzlich Gestalt an: das scheinbar «heilige Leben Pater Maciel», die «zwielichtige Faszination», die er auf sie ausstrahlte, der Drogenkonsum, der später durchaus gefahrvolle Situationen entstehen ließ und die Mittäterschaft von herausragenden Mitgliedern im Orden.

Sie schauten sich völlig bestürzt an und versprachen sich, wirklich niemandem etwas mitzuteilen. Mit größter Verschwiegenheit bewahrten sie das Schreiben zwischen ihren privaten Papieren auf, überzeugt davon, dass man es dort nicht suchen würde.

Ohne sich voll darüber im Klaren zu sein, hatten sie das heiligste Gesetz der Legion Christi gebrochen. Sie hatten kein reines Gewissen dabei und glaubten sogar zu sündigen. Diese Sünde war ein weiterer Mühlstein der gewaltigen Last, die sie ertragen mussten. Und diese Last wurde umso schwerer, je mehr die kindliche Unbekümmertheit der ersten Jahre von Tlalpan zurücklag.

Durch diese Unruhe kamen ihnen Erinnerungen und innere Einstellungen wieder in den Sinn und jetzt kam auch die verbotene Frucht dazu. Das alles veranlasste sie zu diesem weit reichenden Schritt, ein Dokument zu verstecken und damit das schärfste Gebot mit der höchsten Strafe im Orden zu ignorieren.

Deshalb wollten sie ihre Seele durch Ablegen der Beichte vom Geruch der Sünde befreien.

In dem Nonnenkonvikt der Mütter der Ewigen Anbetung, das auf halben Wege zwischen dem Vatikan und dem Collegio Massimo lag, verließ Pater Ramiro Arias Argüello gerade den Speiseraum, der dem Kaplan zum Frühstücken vorbehalten war, nachdem er die Frühmesse gelesen hatte. Er wollte sich auf einen langen seelsorgerischen Arbeitstag vorbereiten. Einen ganzen Tag für den Professor des Collegium Angelicum im Orden der Wanderprediger und geschätzter Berater in zwei römischen Dikasterien, der vom Moraltheologen zum einfachen Pfarrer herabgestuft worden war, «heruntergekommen», wie er es wohlgefällig zu nennen pflegte. An diesem Tag würden die Nonnen des Hauses und weitere Novizinnen, unter anderem auch aus anderen Häusern, ihr Gewissen entlasten, indem sich eine nach der anderen zu ihm in den Beichtstuhl der geräumigen, hellen Kapelle des Konvikts begeben würde.

In der Eingangshalle wäre er fast mit zwei Männern mit Soutane zusammengestoßen, die eiligen Schrittes dort hineingekommen waren. Und draußen hörte man einen laufenden Motor, als wären zwei Bankräuber bei der Arbeit.

Aber es war genau das Gegenteil, sie wollten überhaupt nichts mitnehmen, sondern eher etwas loswerden. Jeder von ihnen trug auf den Armen einen wahren Aktenberg vor sich her, der auf den Boden zu fallen drohte. Und in der Tat, ein Aktenordner glitt einem Träger aus den Händen und fiel herunter. Mit dem Rest des Aktenberges noch immer auf den Armen sah sich der Träger außer Stande, den verlorenen Ordner wieder aufzuheben.

„Seien Sie unbesorgt, ich helfe Ihnen.“ Pater Ramiro hob den Ordner auf und legte ihn wieder oben auf den Stapel, den der Priester vor sich hertrug. Ohne dass er es wollte, blieben seine Augen an dem roten Etikett am Rücken des Ordners hängen. Dort stand in gut lesbarer Schrift:

LEGION CHRISTI
Relig. Kongreg. 1952

„Wer waren die zwei Priester mit derart vielen Dokumenten, die es so eilig hatten?“, fragte Pater Ramiro die Äbtissin und versuchte, keine besondere Neugier zu erwecken.

„Der eine war Pater Agustí, der Ordensvorsteher des Noviziates der Legion Christi, und der andere muss einer seiner Novizen gewesen sein. Eine unsere Nonnen ist seine Tante, die wie er aus Katalonien kommt. Sie fragte mich im Namen ihres Neffen, ob ich für einige Tage eine Anzahl wichtiger Dokumente der Legion aufbewahren und er dadurch ganz beruhigt eine lange Reise antreten könne. Der Grund dafür sei die defekte Heizung, und die Installateure müssten notwendigerweise auch im Zentralarchiv Arbeiten verrichten.“

Pater Ramiro ging ein Licht auf, und er konnte sich die wahren Gründe dieser überhasteten Aktenüberstellung vorstellen. Denn er wusste, dass just in diesen Augenblicken die zwei Karmeliter das Collegio Massimo der Legion Christi aufsuchen würden, um jeden einzelnen Ordensbewohner zu befragen. Pater Ramiro hatte mit großem Aufwand an Zeit und Energie an den Vorbereitungen der Untersuchung durch den Heiligen Stuhl mitgewirkt.

Er selbst hatte vor etwas mehr als zwei Wochen in der Sache interveniert, nicht gegen die vom Heiligen Stuhl angeordnete Untersuchung selbst, sondern gegen die Auswahl der beiden Patres, die die Befragung vornehmen sollte. Sie schienen ihm nicht die allererste Wahl zu sein. Er hatte sich bemüht, die restlichen Mitglieder des Gremiums (der Präfekt und seine Abteilungsleiter, die einzigen mit Stimme und Rederecht) davon zu überzeugen, dass eine Untersuchung von dieser Tragweite gemäß der strengen «Anweisungen für eine Befragung» durchgeführt werden müsse, die in den letzten Jahrzehnten exakt ausgearbeitet und definiert worden war und bereits einen eigenständigen Teilbereich in der Soziologie darstellte.

„Die Kongregation des Heiligen Offiziums laufe Gefahr, zuzulassen", bekräftigte er, „dass die Antworten nicht in vollem Umfang die eigene Meinung der Befragten wiedergeben würden, da diese bereits ganz oder teilweise in der Frage enthalten sein könnten. Ebenso könnte die Antwort durch die Art der Fragestellung beeinflusst werden. Ohne eine fundierte Einweisung der Ermittelnden bestehe die Möglichkeit, dass die Antwort, für den ungeschulten Fragesteller kaum zu erkennen, bereits eine positive oder negative Abwandlung der Frage enthält."

Daraufhin bat das Gremium um eine detaillierte

Erläuterung dieses Problems, das sie zu beunruhigen schien.

„Das Ziel der Untersuchung ist es, zwei Sachen in Erfahrung zu bringen: erstens, unterhielt Marcial Maciel sexuelle Kontakte zu Untergebenen, und zweitens, ist er drogenabhängig?", und Pater Ramiro erinnerte sich noch gut an Pablos anfängliches Schweigen. „Nun, dabei muss man berücksichtigen, dass ein Knabe, dem Gewalt zugefügt worden ist, niemals in der Lage sein wird, einem ihm unbekannten Fragesteller diesbezüglich zu antworten. Der Junge sei der Ansicht, er müsse etwas preisgeben, was für ihn die größte Scham und Demütigung in seinem Leben bedeutete. Weil ein sexueller Missbrauch das tiefste Innere eines Menschen berührt, einen Teil der Seele, der argwöhnisch wie ein Augapfel von ihm behütet wird. Missbrauchte Jugendliche benötigen Jahre, nicht nur um zu vergessen, sondern auch um aus ihrem Gewissen die Schuldgefühle und das vermeintliche Vergehen zu vertreiben, sie hätten einen Priester, der durch Gott in den Heiligenstand berufen worden war, zur Sünde verführt. Sie fühlen sich schuldig und die Patres, die den Fall aufklären sollen, werden niemals auf direktem Wege auf Basis des Evangeliums die Wahrheit erfahren."

Unglücklicherweise hatten weder der Präfekt der Heiligen Kongregation noch seine Abteilungsleiter, noch die anderen Mitglieder des Gremiums in dieser Hinsicht eine wissenschaftliche Ausbildung genossen, um die Bedenken Pater Ramiros zu verstehen und gutzuheißen. Seine Überlegungen waren die eines einsamen Rufers in der Wüste. Die anderen Teilnehmer hielten es eher für angebracht, die Unterstützung des Heiligen Geistes zu erbitten, seine Gnade und das immerwährende Vertrauen in ihn zu lobpreisen, damit die beiden mit dem Fall betrauten Ermittler erleuchtet würden.

Zu dieser Zeit erschienen die beiden Mönche, versehen mit heiligen Weihen, auf die Hilfe des Heiligen Geistes bauend und in allerbester Absicht, am Sitz der Legion Christi. Die wissenschaftlichen Techniken, um in einer Befragung zur Wahrheit zu gelangen, waren ihnen völlig fremd. Sie sahen sich Heranwachsenden gegenüber, die gegenüber den «schlechten Absichten» der Mönche eine große Voreingenommenheit hegten. Zudem beklagten sie, dass man ihnen den Ordengründer geraubt hatte.

Pater Ramiro hatte den Augenblick der Befragung mit ganzer Seele herbeigesehnt. In den letzten zwei Jahren, seit seinem letzten Mexikobesuch, hatten sich die Anklagen auf Vergewaltigung Minderjähriger und Drogenmissbrauch gegenüber dem Ordensgründer und General der Legion Christi vervielfacht. Es waren jetzt nicht nur einzelne Beweise angeführt von den Jesuiten Lucio Rodrigo und Fancisco Javier Baeza von der Apostolischen Universität in Comillas in Spanien und auch nicht nur Vermutungen, die von scharfen Augen der Trappisten in Cóbreces entdeckt, jedoch unter der Mönchskutte gehalten wurden. Cóbreces war einer der

Orte, an denen Marcial Maciel mit seinen Kindern Zuflucht auf dem Weg von Comillas nach Rom gesucht hatte. Jetzt gab es zudem Anschuldigungen aus Mexiko, Salamanca und Ontaneda. Dabei entstand der Eindruck, dass sogar einige der Ordensoberen und Rektoren, einschließlich des Ausbilders der Novizen, der die Dokumente beiseite schaffte, ebenfalls sexuellen Missbrauch an Untergebenen begangen hätten.

Pater Ramiro fragte sich, welche Konsequenzen dieser Fall auslösen würde. Er stand vor dem Tisch, auf dem sich die Aktenordner türmten, die alle mit dem Roten Etikett LEGION CHRISTI auf dem Rücken versehen waren. Er konnte sich vorstellen, was darin festgehalten war. Ihn trieb jedoch mehr die Sorge an, die Jugendlichen im Orden könnten die Unwahrheit sagen, sodass sich in der Untersuchung nicht die erhofften Ergebnisse einstellen würden. Es war sehr schwer, die Auswirkungen dieser Befragung vorauszusagen, die genau in diesen Minuten beginnen würde, weder für einen positiven noch für einen negativen Ausgang. Auch für Kirchenrechtler war es einer der schwierigsten Untersuchungen in der gesamten Geschichte der Kirche.

Wenn Beweise für die Straftaten erbracht würden, konnte die logische Konsequenz nur die unmittelbare Ablösung des Ordensgenerals und seine Laisierung sein, die Rückversetzung in den zivilen Stand, außerdem die Ausweisung weiterer Verantwortlicher aus dem Orden und vielleicht sogar die völlige Auflösung der Legion

Christi, und das in weniger als zehn Jahren nach deren Gründung! Das alles würde einen Riesenskandal in der gesamten Christenheit hervorrufen. Aber das Aufsehen wäre noch viel größer, wenn man jetzt nicht das Übel bei der Wurzel packen würde. Diese Möglichkeit des Ausgangs der Untersuchung stellte für Pater Ramiro die eigentliche Gefahr dar. Je länger man damit wartete das Problem anzugehen, desto größer wäre der Schaden für die missbrauchten Jugendlichen (man schätzte deren Zahl bereits auf etwa zwei Dutzend) und desto größer das Entsetzen der Gläubigen. Die ganze Welt würde sich die Frage stellen, seit wann Rom von diesen Straftaten wusste und warum man nicht schon früher etwas dagegen unternommen hatte.

Manchmal gibt es keine Gewissensentscheidungen zwischen Gut und Böse, sann der Dominikanermönch nach, sondern nur die Wahl zwischen einem Übel und einem noch größeren Übel. Die gleiche Alternative bot sich den Deutschen am Ende des zweiten Weltkriegs. Wie oft hatte er die Auswirkungen des Weltkriegs in seinen Vorlesungen der Moraltheologie behandelt.

„Wenn der Nazismus siegt“, hatte Pater Ramiro erläutert, „wäre das eine Katastrophe ungeahnten Ausmaßes für die zivilisierte Welt und für das deutsche Volk selbst. Würden die Nazis besiegt, dann wolle die halbe Welt an Deutschland die verdiente Rache üben, für die Millionen Toten in der Sowjetunion und den Konzentrationslagern. Das Ergebnis wäre die völlige Demolierung der Industrieanlagen und die Umwandlung in einen reinen Agrarstaat. Übrig bliebe eine «Bananenrepublik», so wie es der Morgenthau-Plan vorgesehen hatte. Die Rechtschaffenden, ihr Vaterland liebenden Deutschen mussten sich damals zwischen diesen beiden Extremen entscheiden, mit gleichermaßen tragischem Ausgang", war sein Kommentar zu diesem Thema.

Pater Ramiro war völlig klar, dass im Fall der Legion Christi sowohl der Triumph der Wahrheit als auch der der Lüge schmerzhafte Konsequenzen für die Amtskirche zur Folge hätte. Ließe man alles beim Alten, würden die Probleme ganz offensichtlich nur noch größer. Trotz der Unzulänglichkeit der Ermittler wünschte sich Pater Ramiro nichts mehr, als dass die Jugendlichen wahrheitsgemäß aussagen, dass die Opfer sexuellen Missbrauchs die Abneigung aufgeben und ihre Scham und ihre Demütigung akzeptieren und vom Wunsch beseelt sein mögen, ihre unglückselige Vergangenheit hinter sich zu lassen und dass die Amtskirche, die die Untersuchung eingeleitet hatte, die Mittel ergreifen würde, um Gerechtigkeit walten zu lassen, damit die Opfer in ihrem Leben einen Neuanfang wagen könnten.

Pater Ramiro wusste natürlich nicht, dass ein wichtiges Dokument aus einem dieser Aktenordner verloren gegangen war und dass zwei der Jugendlichen, die ebenfalls befragt wurden, es gelesen hatten und der Inhalt in ihren Seelen ganz langsam eine Revolte entfachte. Vielleicht würde das die Keimzelle des Widerstandes werden, der sich jedoch noch festigen musste.

Fast verzweifelt flehte Pater Ramiro Gott an, er möge ihm die richtige Vorgehensweise aufzeigen. Vielleicht würde ihm nie mehr eine so günstige Gelegenheit geboten. Unaufhaltsam ging die Zeit weiter. Ihm blieben höchsten zwei oder drei Tage, um die Pablo zugefügten Demütigungen als aufgedeckt und gerichtet abzuschließen. Dies war die Bedenkzeit, die ihnen die Kirche gewährte, um sich für das kleinere der beiden Übel zu entscheiden.

«Ein Ende mit Schrecken oder ein Schrecken ohne Ende», sagte er sich, und erinnerten sich an Karl Marx.

ZWÖLFTES KAPITEL

Der Ausbilder der Novizen, der augenscheinlich an diesem Morgen keinen Grund hatte, wirklich zufrieden zu sein, hatte sie gerade kommen sehen. Er war soeben aus dem Konvikt der Mütter der Ewigen Anbetung zurückgekehrt und fand nicht einmal mehr die notwendige Zeit, sich ein wenig herzurichten, um die beiden Mönche der Unbeschuhten Karmeliter in der Vorhalle des Collegio Massimo zu empfangen. Er erinnerte sich nicht daran, ihnen jemals begegnet zu sein, weder einzeln noch zusammen. Doch schon der Anblick verriet ihm, dass die beiden Mönche eine gewisse Sympathie ausstrahlten. Seinem mürrischen Antlitz war nun sogar ein aufgesetztes Lächeln zu entnehmen.

Der Großprior und sein Ordensrat für den Mittelmeerraum waren in Rom höchstrespektierte Persönlichkeiten. Sie waren nahezu von der Aura eines Heiligen umgeben. In ihrem Hauptsitz bezeichnete man sie *sotto voce con un curioso mote*[1]). Sie strahlten

1) etwa: leise Stimme mit Neugier ausgestattet

eher Ernsthaftigkeit aus. Das war auch dem Ausbilder der Legion Christi in den Sinn gekommen, als er sie sah. Die beiden Mönche gaben ein Bild ab, das für alle Römer und darüber hinaus weltweit bekannt und das tausendfach in Öl und Kreide festgehalten worden war, darunter ein berühmtes Gemälde von Pablo Picasso: Don Quijote und Sancho Panza.

Die beiden Ordensbrüder waren sehr gut miteinander befreundet. Oftmals sah man sie gemeinsam am rechten Ufer des Tiber spazieren gehen. Alle Menschen, die ihnen zufällig begegneten, gaben ihnen die gleichen Namen, wie die, die sich die Mönche auf der Corso d'Italia ins Ohr flüsterten, wenn sie die beiden sahen, wie sie andächtig die Psalmen aus dem Römischen Gebetbuch sprachen. Das war zum Beispiel der Fall, wenn sie auf der Dachterrasse ihres Klosters Domus Carmelitana umherspazierten, das gleichzeitig als Gästehaus diente. Das Gebäude war mit einer einzigartigen Fassade ausgestattet. Jede Mönchszelle war versetzt, praktisch im Zick-Zack angeordnet, sodass dort optimale Lichtverhältnisse vorherrschten. Doch es waren keine vergitterten, kerkerähnlichen Räume, die mit einer mittelalterlichen Mauerzinne versehen waren, sondern das Haus war völlig neu hergerichtet. Die Dachterrasse war es wirklich wert, genauer betrachtet zu werden. An den Seiten wurde sie von einem Gitter begrenzt, dessen Enden in kühnen Arabesken zusammen liefen, als seien die Stäbe der Balustrade eine Königskrone, die man der Klosterresidenz auf das Haupt gesetzt hätte. Den anderen Mönchen, die die beiden gemäß ihres Alters würdevollen Schrittes im Rhythmus des Sprechgesangs der Psalmen umherwandeln sahen, kam immer der gleiche Kommentar über die Lippen: «Seht nur, die beiden großen Heiligen, Sancho Panza und Don Quijote».

Der Großprior der Unbeschuhten Karmeliter und sein Ordensrat wussten zur Genüge, dass mit ihnen diese heimlichen Späße getrieben wurden. Es gefiel ihnen sogar, dass ihre Ordensbrüder immer neue Versionen erfanden. Es waren Späße, die einerseits den Mönchen als Ventil dienten, andererseits aber auch den großen Respekt vor den beiden bezeugte und sie, entgegen dem offiziellen Umgang miteinander, in eine Art Heiligenstand erhob. Nur, dass alle Mönche des Domus Carmelitana aufgrund ihrer Statur und Gestik in der umgekehrten Reihenfolge wie im Roman von Cervantes von ihnen sprachen: Sancho Panza und Don Quijote. Denn der von der Statur rundlich und kleine Mönch mit den spärlichen Haaren, die ihm auf dem kahlen Schädel widerspenstig zu Berge standen, und dazu ein Gesicht, das einem Carmina Burana-Plattencover entnommen schien, war der Ordensprior, also der Figur Sancho Panzas sehr ähnlich. Wogegen der hoch aufgewachsene, magere und immer mürrisch dreinblickende und der Besonnenheit und Frömmigkeit ausstrahlende «Don Quijote» einer seiner vielen Berater war, zuständig für die Betreuung der Karmeliterkloster im Mittelmeerraum.

Wenn die Gläubigen die beiden auf Roms Straßen antrafen, eingezwängt in ihre nicht mehr ganz in die

Zeit passende, schlichte Mönchskutte, barfuß auch im Winter, aber selbst zu Maria Himmelfahrt in diesem dickem Tuch unterwegs, blickten sie voller Verehrung zu ihnen auf, zuerst auf die einem Junker ähnelnden Gestalt des Ordenrates und dann erst auf den untersetzten Ordensgeneral mit dem Aussehen eines einfachen Knappen. Sogar die Bettler auf den Straßen streckten ihre Hilfe erbittende Hand lieber der knochigen Gestalt des Beraters entgegen. Dem kleinen, dicklichen Mönch, der aufgrund seiner geistigen Belesenheit Jahre zuvor zum Erzbischof und Kardinal von Turin ernannt worden war und später auf der CXXXVI Generalversammlung der Karmeliter wegen seiner spirituellen Weisheit und seinen allseits bekannten Tugenden zum Ordensgeneral gewählt wurde, störte seine offenkundige Ähnlichkeit zu Sancho Panza nicht, denn die zuerst ins Auge fallenden Eigenschaften dieses Gottesmannes waren Liebenswürdigkeit und eine erkennbare Hingabe an sein Amt.

Die beiden wurden im Collegio Massimo von zwei Priestern des Hauses empfangen, die von Marcial Maciel an der Päpstlichen Universität in Comillas für den Orden rekrutiert worden waren. Es waren der Rektor Ambrosio Balboa, ein Galizier aus Betanzos, und Daniel Agustí, der gleichzeitig mit geistlichen und weltlichen Aufgaben betraut war, übte er doch die Funktion des leitenden Ausbilders und Schatzmeisters der Einrichtung aus.

Die beiden ehemaligen Studenten aus Comillas entschuldigten den Ordensgeneral Pater Danilo Pereira, der nach der Verbannung von Marcial Maciel kommissarisch mit dieser Aufgabe betraut worden war.

„Bedauerlicherweise ist unser Ordensgeneral gezwungen, das Bett zu hüten“, berichtete Rektor Balboa den beiden. „Wir befürchten sogar, dass er nach Mexiko zurückkehren muss, denn man findet keine Heilmittel gegen seine hartnäckigen Verdauungsbeschwerden. Ich möchte Ihnen im Namen Unseres Vaters, dem Ordensgründer, meine Ehrerbietung erweisen und hoffe, dass Sie sich in unserem Hause wohlfühlen“.

„Dann vermute ich, dass Pater Pereira Mexikaner ist, nicht wahr?“, ließ sich der Ordensrat für das Mittelmeer auf die Frage ein. „Sie sollten einen Arzt alter Schule zurate ziehen. Vor Jahrhunderten versuchten die Mediziner nicht kurierbare Krankheiten dadurch zu heilen, indem man den Leidenden wieder in seine Heimatgefilde zurückschickte. Es war damals die meist gebräuchliche medizinische Therapie, das letzte Mittel.“

Mit diesem Beweis an historischem Detailwissen übertraf der Mönch augenscheinlich die medizinischen Kenntnisse der beiden leitenden Legionäre, die sich darauf beschränkten, mit einem schüchternen Lächeln zu antworten. In ganz Rom war diese Geste als «Lächeln der Legionäre» bekannt, indem man Ahnungslosigkeit vortäuschte, ohne dass Schamesröte ins Gesicht stieg.

„Auf jeden Fall würden wir gern Pater Pereira einen kurzen Besuch abstatten, bevor er die Rückreise in sein Heimatland antritt. Uns würde es sehr gefallen, wenn wir ihn am Abend vor der Rückkehr zum Domus

Carmelitana mit einem kurzen Höflichkeitsbesuch beehren könnten“, fügte der Ordensrat noch hinzu.

Der Prior der Karmeliter warf seinem Berater einen unverständlichen Blick zu. Doch im Grunde genommen hatte er gegen diese Anregung nichts einzuwenden, stand sie doch mit dem Evangelium im Einklang, wo es heißt, man solle kranken Menschen einen Besuch abstatten.

„Ich werde veranlassen, dass man Sie zur Krankenstation begleitet“, sagte Balboa, „nachdem Sie Ihre Arbeit hier zu einem guten Ende geführt haben“.

Unmittelbar danach führte Balboa die Karmeliter hinauf in den ersten Stock und begleitete sie in den Versammlungsraum. Der viel zu große Saal machte auf die Mönche einen trostlosen Eindruck und in der Leere des Raumes hallten die Stimmen wider wie in einem ägyptischen Mausoleum.

„Ich habe veranlasst, einen Tisch aufzubauen, auf dem ein Evangeliar liegt, dass von zwei Kandelabern eingerahmt wird, da Sie wünschen, dass die Zeugen mit dem Wort Gottes den Eid ablegen, bevor sie Ihnen antworten.“ Balboa bekräftigte diese Worte mit einem leichten Kopfnicken, indem er sich von der Gruppe den mit langen, charakteristischen Schritten eines Befehlsempfängers entfernte.

Ohne, dass die Karmeliter jemand rufen ließen, erschien nach fünf Minuten der erste Schüler.

Es war Abelardo, der in der Gruppe von Marcial Maciels Lieblingen eine Ausnahme darstellte. Die

Natur hatte ihn mit keinen der arischen Wesenszüge ausgestattet, die den Ordensgründer so faszinierten. Sein junger Körper wirkte athletisch und nicht zierlich und schlank. Dabei schien es jedoch, dass sich jedes Gramm seines Körpergewichtes am rechten Platz befand. Mit schwarzen Haaren und tiefdunklen Augen, die Nase leicht nach oben gerichtet, mit feiner Haut und dunklem, noch bartlosem Gesicht und einem Anzeichen von Hochmut war er in allem ein Prototyp der aztekischen Rasse.

Als in der Grundschule, die einzige Schulform, die er besuchen konnte, im Geschichtsunterricht Mexiko und dabei Cuauhtémoc, der letzte Aztekenherrscher, behandelt wurde, rief der Lehrer Abelardo nach vorn, so als wäre er die anschauliche Erklärung für das, was er den Schülern vermitteln wollte. Aber das war nicht ganz genau das, was er beabsichtigte:

„Abelardo, stell Dich mal gerade hin hier an meine Seite und schau Deine Kameraden genau an. Könnt Ihr es erkennen?“ Langsam, fast feierlich sprach er: „So etwa muss Cuauhtémoc ausgesehen haben, als er in Deinem Alter war.“

Dann boxte der Lehrer gleichzeitig mit beiden Fäusten freundschaftlich vor seine Brust und stieß ihn dadurch nach hinten. Und ohne dem Jungen Zeit zu geben, sein Gleichgewicht wieder zu finden, fügte er hinzu:

„Ich wünsche Dir nur, dass Dir im Leben mehr Glück als ihm beschieden ist, denn eine falsche Anschuldigung führte dazu, dass Hernán Cortés Cuauhtémoc zum Tod durch den Strang verurteilte."

Vielleicht hatte sich der Wunsch seines Lehrers aus früher Schulzeit nicht vollends erfüllt, da Abelardo zu seinem Unglück der Liebling Marcial Maciels war, sowohl im Bett als auch im Austausch von Vertraulichkeiten. Einmal gestand ihm der Ordensgründer ganz unverhohlen:

„Abelardo, ich liebe Dich mehr als meine Mutter, so, als wärest Du mein eigener Sohn. Als ich einmal auf dem Weg nach Cotija de la Paz Dein Dorf Clarinda passierte, sah ich, wie Du auf ein Pferd stiegst und zum Hoftor galoppiert bist, um mich zu begrüßen. Dir folgten zu Pferd einige Landpächter, Tagelöhner Deines Vaters. Das ist mein Geheimnis: niemanden auf der Welt hasse ich derart, gegen niemanden habe ich eine so abgrundtiefe Abneigung wie gegen diese Leute. Das sind verrohte Menschen. Neidisch schauen sie zu, wenn sich Tiere paaren, aus Mangel an Frauen besteigen sie Rinder und Stuten. Das sind Naturburschen, Bastarde. Auf dem Pferd sah ich Dich kommen", fuhr er fort, „jung, schlank und unschuldig, und ich schwor, Dich aus dieser Umgebung, aus dieser Gesellschaft herauszuholen. Mir schmerzte die Seele, Dich in dieser Gefahr zu sehen, denn Du erinnertest mich an etwas, was meinem Leben grundsätzlich eine andere Richtung gab. Wenn ich daran denke, fange ich heute noch an zu zittern. Ich spürte die Stimme Gottes, wie er Dich rief, damit Du einer meiner Wegbegleiter würdest, die

Legion Christi zu gründen, mit der ich für Gott die Welt erobern möchte. Wenn Du ein wenig älter bist, erzähle ich Dir eines Tages die Geschichte, warum ich diese Tagelöhner so hasse", beendete er seine unergründliche Erzählung.

Mehr als zehn Jahre war Abelardo sein Vertrauter. Nein, diese Geschichte aus seiner frühesten Jugendzeit hat er nicht noch einmal erwähnt, hat sie weder Abelardo noch sonst jemandem erzählt. Nicht einmal seiner Mutter hat er sie offenbart. Es war sein bestgehütetes Geheimnis, verwahrt im hintersten Winkel seiner Seele. Es war die Schmach seines Lebens, eine Luftblase in dem Stützpfeiler seiner Existenz, und er wusste, dass die Narben dieser Wunde niemals ganz verheilen würden. Er wollte es vergessen machen, in dem er von seiner Berufung auf Erden träumte, doch immer wieder kamen ihm diese Gedanken und Gefühle in den Sinn. Immer, in allen und jeder seiner Handlungen und Versäumnissen hatte er es wieder vor Augen, als ob das folgende Leben nichts anderes wäre als die logische Konsequenz dieses vergangenen Teils seines Lebens, der mit einer nächtlichen Flucht auf dem Rücken eines Pferdes endete.

Mit väterlicher Güte, mit dem unschuldigen Blick einer Taube und nicht mit der Hinterlist einer Schlange, wie es bei Matthäus heißt, begannen die Mönche die Befragung. Sie hielten sich nicht einmal zur Hälfte an die Ratschläge Jesus Christi, der seinen Jüngern sehr genaue Anweisungen für eine doppelte Vorgehensweise hinterließ. Im Inneren fühlten sie eher Mitleid mit den Knaben, die mit kirchlicher Anordnung als Waisen aufwuchsen. Mit ganzem Herzen wünschten sie sich, dass die Befragung keine weitere Veranlassung dazu geben würde, ihnen ihren Ordengründer weiter vorenthalten zu müssen.

„Wissen Sie, warum der Heilige Stuhl angeordnet hat, Ihnen einen Besuch abzustatten?"

„Nein."

Er konnte es sich wohl vorstellen, doch Balboa und Agustí hatten ihnen aufgetragen, nur in ganz knappen Worten zu antworten.

Die Mönche behandelten Abelardo mit fürsorglicher Liebenswürdigkeit. Sie bekamen nicht den Eindruck, dass irgendeine Antwort der jungen Legionäre den Ordensgründer in Bedrängnis bringen könnte. Sie hatten nur undeutliche Vorstellungen von dieser Person, die mit diesen schweren Anschuldigungen belastet wurde. Sie hatten ihn auf der Synode der Ordensoberen in Rom als einen schüchternen, elegant gekleideten Menschen mit sittsamen Manieren kennengelernt. Es war schwierig, sich mit ihm zu unterhalten, weil er nur über geringe Italienischkenntnisse verfügte und «lateinlienisch», wie in Rom der besondere Dialekt hieß, in dem sich Kleriker wunderbar verständigen konnten, wenn sie das klassische Latein aus früheren Studienzeiten wieder aktivierten, beherrschte er auch nicht. Priester aus der ganzen Welt, mit mehr oder weniger guten Lateinkenntnissen nutzten dabei, ohne das Risiko einzugehen, sich zu blamieren, den gemeinsamen Ursprung des Italienischen und des Lateinischen in Grammatik und Wortschatz. Auch die Versuche, mit dem mexikanischen Ordensgeneral im reinsten Latein ins Gespräch zu kommen, eine weitere Art der Kommunikation in der weltweiten Amtskirche, wurden von dem obersten Legionär mit dem schon erwähnten Lächeln und der aufgesetzten Schüchternheit quittiert. Natürlich gaben alle diese Schwächen keinen Anlass, ihn der Verführung Minderjähriger oder des Drogenmissbrauchs anzuklagen.

„Der Besuch hat etwas mit der angeschlagenen Gesundheit Pater Maciels zu tun", fuhr der Ordensgeneral der Karmeliter fort. „Ist Ihnen diesbezüglich etwas aufgefallen, was Sie uns berichten sollten?"

Für Abelardo war das eine provozierende Frage. Seit wann ist der Direktor eines Bettelordens so fürsorglich um den Gesundheitszustand des Generals eines modernen Ordens bemüht? Es war nicht zu glauben, aber konnte es sein, dass sie der Teufel geschickt hatte, um ein Werk des Ruhmes und der Ehre Gottes zu zerstören? Konnte es sein, dass sie in schlechter Absicht gekommen waren?

Er antwortete erneut mit «Nein».

Obwohl er wirklich gern etwas zu diesem Thema gesagt hätte: der immerwährende Aufenthalt Marcials in der Krankenstation, die Genitalmassagen, die Sonderbehandlung mit vier Händen (manchmal sogar mit sechs, das hätte er bestätigen können!) und die Erlaubnis von Papst Pius XII ausschließlich für

Ordensgründer mit erhabenen Aufgaben auf Erden. Doch Abelardo wollte keine üblen Gedanken aufkommen lassen und deshalb sein schlichtes «Nein». Dabei versuchte er, so gut er dazu in der Lage war, das schüchterne Lächeln der Legionäre aufzusetzen, mit dem man die Herzen erweichen konnte. Es gelang ihm nicht ganz.

Die Heilige Kongregation für die Glaubenslehre hatte sich nur auf zwei Bereiche beschränkt, in denen die mit dem Fall Beauftragten ermitteln sollten: die Verführung Minderjähriger und Drogenmissbrauch. Ihnen wurden weder beweislastige Dokumente noch Schriftverkehr oder handfeste Anklagepunkte an die Hand gegeben, denn schließlich sollten die Fragen so gestellt werden, dass die Antwort der mutmaßlichen Opfer nicht beeinflusst werden sollte.

Aber noch gab sich der Karmeliter nicht geschlagen. Er stellte dem Jungen eine weitere, dieses Mal weit gewagtere Frage:

„Bruder, bitte nennen Sie uns Ihre Vorstellungen, wie man das begonnene Werk der Legion Christi zu mehr Erfolg führen könnte."

„Ehrwürdiger Pater, ohne Zweifel wäre das Beste für die Legion, wenn Unser Vater unverzüglich hierher in sein Führungsamt zurückkehren würde. Wir vermissen ihn alle so sehr!"

Die ermittelnden Patres bemerkten trotz der ihnen durch die Taufe mitgegebenen Treuherzigkeit bei dem jungen Legionär ein leichtes Unbehagen. In der Tat, es kostete ihn einige Überwindung, die Unwahrheit zu sagen, und das merkte man ihm an. Wie Blitze schossen ihm immer wieder die Erlebnisse im Bett des Ordensgründers durch den Kopf, seine Ruhe- und Luststätte, die er so häufig mit ihm geteilt hatte. Würden sie ihn auch zum Drogenkonsum befragen?

Die Frage kam bald. Der Prior übergab jetzt das Wort an den Ordensrat für den Mittelmeerraum, da er wusste, dass dieser den Schülern vertrauenswürdiger erschien und mehr Verschwiegenheit ausstrahlte. Dem Blick des Ordensvorstehers entnahm er, dass ihm jetzt die Aufgabe übertragen worden war, der Sache auf den Grund zu gehen. «Don Quijote» stellte dazu die zweckmäßige Frage:

„Hat der Ordensgründer gesundheitliche Probleme?"

Mit dieser unschuldigen Formulierung kamen Abelardo wieder die Massagen, der Drogenkonsum und die Drogenbeschaffung in den Apotheken des halben Erdkreises zu allen unmöglichen Zeiten in den Sinn. Er musste auch diese Frage schnell verneinen, bevor sich der Ordensrat für den Mittelmeerraum mit diesem Thema weiter auseinandersetzen würde. Doch dieses «Nein» war eher ein unsicheres Gestammel, das in seinen Zweifeln ertränkt wurde.

Keinem der beiden Mönche gelang es, die Ängste dieses Jungen zu erkennen. Für Abelardo war es eine innere Auseinandersetzung zwischen der Loyalität zu Marcial Maciel einerseits und dem nicht fassbaren

Gefühl, die Wahrheit zu verraten andererseits. Bei niemand anderem hatte Marcial diese vollkommene Bewusstseinsbildung mit dem Leitspruch «wo andere eine Sünde sehen, dieses bei ihm nicht der Fall ist» so ausgeprägt, wie es der Erzbischof empfohlen hatte. Die Verbindung zu diesem Menschen hatte dazu geführt, die Wahrheit zu ignorieren. Er liebte ihn mehr, als er sich selbst eingestehen wollte. Er liebte ihn auch in diesem Augenklick vor den beiden Mönchen im Zeugenstand. Rational konnte er diese Zuneigung nicht erklären, sie war wie die Liebe eines Süchtigen zu seiner Droge, obwohl er weiß, dass sie ihn abhängig macht. Marcial hatte in all den Jahren seinem Leben nicht nur einen Sinn gegeben, sondern er hatte ihn auch davon überzeugt, dass das die ideale Lebensform war. Marcial Maciel zu verlieren, würde für ihn gleichzeitig den Verlust seiner eigenen Persönlichkeit bedeuten. Er konnte sich ein Leben ohne diesen Mann gar nicht vorstellen, der über so viele Jahre sein Liebhaber war.

Dieses Leben brachte zudem ein außergewöhnliches Privileg mit sich. Er war damit der engste Vertraute Unseres Vaters. Um diese Vorrechte nicht zu verlieren, hatte er aufgehört, der Stimme seines Gewissen zu folgen. Abelardo unterschied nicht mehr zwischen Gut und Böse und auch nicht mehr zwischen Lüge und Wahrheit.

Diese beiden Herren schafften es nicht, auch nicht durch geschickteste Fragestellungen, bis in den hintersten Winkel seiner Seele vorzudringen und schon gar nicht durch die Anrufung des Heiligen Geistes.

Mehr oder weniger zehn weitere Jünglinge nahmen an diesem Nachmittag im Versammlungsraum vor den beiden Mönchen Platz, in der Regel nur für sehr kurze Zeit. Die Antworten erschienen den Ermittlern abgesprochen, als wenn sie diese auswendig gelernt hätten.

Keine zwei Stunden nach der Befragung wurde Marcial Maciel in der Villa Linda bereits durch Abelardo informiert. Er berichtete über die Fragen der Mönche und den vereinbarten, genau dem Verhör entsprechenden Antworten, dem Dialog zwischen Taube und Schlange, dem fortlaufenden Triumph der hinterlistigen Schlange über die treuherzige Taube.

Es sollten die unheilvollen Folgen einer Fehleinschätzung sein, zwischen diesen beiden Fronten das zu verteilen, was der Meister von Nazareth nur für eine Seite vorgesehen hatte.

Durch Abelardos Bericht wurde Marcial Maciel ein wenig die Unruhe genommen, die ihn ergriffen hatte, nachdem er erfahren hatte, dass die beiden Mönche darauf bestanden hatten, dem kommissarischen Leiter der Legion Christi, Pater Pereira, am Krankenbett einen Besuch abzustatten.

„Mon Pére, das ist einen reiner Höflichkeitsbesuch“, hatte Pater Agustí ihn beruhigt.

Der Ordensgründer fühlte sich nun, nach Abelardos Bericht, vollkommen sicher. Er war in der Hochstimmung seines Triumphes. Es war jetzt klar, dass ihm die erste Generation der Legion Christi völlig ergeben war. Den ganzen Tag über wurde ihm von der

Befragung Bericht erstattet. Alle drei Stunden hielt der schwarze Citroën an der Ecke der Via Reno Pauvan, ohne jedoch in die Via Aurelia einzubiegen. Jedes Mal stiegen die zuletzt Befragten zu ihm ins Auto und berichteten, wie einfach es für sie gewesen sei, ihm treu ergeben zu sein und zu gehorchen. Diesen Beweis hätten sie jetzt erbracht. Niemals fiel das Wort verhängnisvoll und niemals sprach man von Lüge. Denn die Braut dieser Legionäre war der Gehorsam und nicht der Tod. Mit dieser Tugend glaubten sie, sich dem erhabenen Willen Gottes nähern zu können.

Der Bericht einer seiner treuen Konkubinen über das Nachspielen der Cuauhtemóc-Geschichte mit dem traurigen Ausgang berührte Unseren Vater, doch er vertraute darauf, dass diese Szene keine unangenehmen Folgen mit sich bringen würde. Er verabschiedete sich im schwarzen Citroën von Abelardo mit einem langen Kuss.

Es war wie immer eindeutig ein Liebeskuss. In all den Jahren hatte er gelernt, diesen von einem Abschiedskuss zu unterscheiden.

Inzwischen wurden die beiden Karmeliter von einem Novizen mit einem Auto zur Krankenstation gebracht, wo sie den derzeitigen Ordensgeneral der Legion Christi, der krank zu Bett lag, einen Besuch abstatten wollten. Sie trafen ihn in einem Zustand extremer Schwäche an. Es war völlig abgemagert, mit eingefallenen Augenhöhlen und ausgetrockneten Wangen, so als wäre er dehydriert. Zudem konnte man ihn kaum verstehen. Nach kurzer Zeit sah er sich genötigt, sein

Bett zu verlassen, um vom Krankenpflegedienst versorgt zu werden, dessen Station sich gleich nebenan befand, nur durch eine Zwischentür getrennt.

Es dauerte recht lange, bis er zurückkehrte. In dieser Zeit näherte sich «Don Quijote» dem Krankenbett und begann, sich das Bettlaken näher zu betrachten. Er nahm einen Zipfel und hielt ihn sich unter die Nase.

„Was machen Sie da?", fragte ihn neugierig der Ordensprior.

„Entschuldigung, mein Vater, aber ich rieche etwas... Irgendwie kommt mir der Geruch bekannt vor. Ich weiß nur nicht warum. Ich erinnere mich an ein Mittel, mit dem ich als Theologiestudent selbst einmal therapiert wurde. Das ist zwar schon lange her, doch solche Gerüche vergisst man nicht. Ich musste damals etwas einnehmen. Mein Zustand war so ernst, dass man mich in Ostia in ein Hospital einlieferte. Seltsam, damals litt ich an Verstopfung, genau das Gegenteil von dem, mit dem sich jetzt der gute Pater herumplagen muss. Ich werde heute Nacht das Kopfkissen befragen, doch vor allen werde ich bei Ludwig von Pastor nachschlagen, der mir immer gute Ratschläge gab.

Im Domus Carmelitana war bekannt, dass der Ordensrat für das Mittelmeer als Bettlektüre keine Kriminalromane benutzte, wie so viele andere zölibatär lebende Heilige im Orden.

„Die Geschichte der Päpste seit dem Ausgang des Mittelalters von Ludwig von Pastor reicht mir und damit kann man sich im Überfluss beschäftigen. Es gibt keinen Kriminalroman, der ihm das Wasser reichen kann“, pflegte er sich zu rechtfertigen. Aus gut informierten Kreisen war zu hören, dass der Ordensberater sich eines der Lesepulte bediente, die für den Gottesdienst bestimmt waren, um über seinen versteckten Bauchansatz den Band des deutschen Gelehrten vor sich haben zu können.

Im Domus Carmelitana angekommen, verabschiedete er sich vom Prior und der Ordenrat für das Mittelmeer begab sich unmittelbar in den Lesesaal der häuslichen Bibliothek, in dem sich das einzige Telefon befand, zu dem die Mönche Zugang hatten. Er wählte die Nummer einer Apotheke, die sich neben dem Haupthaus befand.

„Entschuldigen Sie, Doktor Mantovani, dass ich sie telefonisch anspreche. Doch wenn ich Sie besuchen würde, wäre ich in ständiger Begleitung und ich habe eine Frage, die ich absolut vertrauensvoll behandeln möchte. Am Krankenbett von Pater Danilo Pereira habe ich einen Geruch erkannt. Es war der gleiche, wie damals bei mir im Hospital in Ostia. Der mit der kommissarischen Leitung beauftragte Ordensgeneral der Legion Christi leidet jedoch an einem hartnäckigen Magen-Darm-Katarrh und nicht an Verstopfung, wie es damals bei mir der Fall war.“

Nach der Gesprächsdauer zu schließen und der Art und Weise, wie sich «Don Quijote» bedankte, muss der Apotheker ihm eine erschöpfende Auskunft gegeben haben: „Vielen Dank, Doktor. Ich glaube, ich habe die Vorgehensweise verstanden, die Sie mir empfohlen haben. Ich werde Sie Schritt für Schritt befolgen.“

Er wollte es erst einmal allein versuchen und beabsichtigte im Moment noch nicht, den Ordensprior mit einzubeziehen, denn er fürchtete, dass dieser Einwände gegen die Vorgehensweise erheben und die Zusammenarbeit stören könnte.

Mit dem Lächeln eines alten Fuchses begab er sich in sein Quartier, um sich das Gepäck für den folgenden Tag bereitzulegen. Zusätzlich benötigte er noch einige Utensilien, die er ebenfalls vorsichtig in einen Rucksack verstaute, und hoffte, dafür von Doktor Mantovani die letzten Anweisungen zu erhalten.

DREIZEHNTES KAPITEL

Der zweite Tag des apostolischen Besuches im Haus an der Via Aurelia war angebrochen.

Als Pater Ramiro aufwachte, kam ihm sofort in den Sinn, dass er von Alpträumen geplagt worden war. Er konnte sich jedoch nicht an den Traum erinnern und das machte ihm Angst. Er fühlte sich völlig wehrlos, so als wäre er plötzlich in ein Flugzeug mit verschlossenen Türen verfrachtet worden. Nun befand er sich in der Luft, ohne Aussicht zu entkommen. Er konnte weder die Richtung noch die Höhe oder die Geschwindigkeit des Fluges beeinflussen. Er war dem Piloten völlig ausgeliefert und hatte sein Leben in dessen Hände gelegt.

Er kleidete sich an und hastet die Treppe hinunter. Er war in großer Eile, um in den Palast der Kongregationen zu gelangen, der dort zu finden ist, wo die Prachtstrasse Via della Concilliazione auf den Petersplatz mündet. Das Gebäude war noch nicht ganz vollendet, aber die nüchterne Strenge ist schon zu erkennen. Dem Bau fehlten nur noch Gitter vor den Fenstern und man könnte meinen, es wäre ein Gefängnis. Er musste unbedingt ins Archiv, um dort etwas ganz Bestimmtes zu finden.

Er wollte eine Reihe von genauestens katalogisierten Aktenordnern durchsehen. Mit dem Instinkt eines Spürhundes musste er einen Brief mit einem ganz bestimmten Anfangsbuchstaben finden. Er kannte sich in dem Archiv aus wie in seiner Westentasche, aber es war noch nicht einmal sechs Uhr dreißig am Morgen und auf das Objekt seiner Begierde musste er noch drei Stunden warten.

Mit immer noch geschwollenen Augen und dem unruhigen Traum im Sinn begab er sich in das Konvikt der Mütter der Ewigen Anbetung. Das, was heute an diesem Mittwoch folgt, wird sicherlich «interessanter als eine Heilige Messe» sein, sagte er sich und lachte über seinen gottlosen Gedanken. Er suchte für sein Sonderrecht nach einer Entschuldigung und fand sie in einem Zitat des ersten Bourbonen Frankreichs. Denn nach der Mittwochsmesse bereitete ihm immer die gleiche wortkarge Nonne ein derart königliches Frühstück, wie es nur die Gottesdienerinnen vermögen.

Der Aktenberg, den die zwei Legionäre hierher gebracht hatten, lag noch immer auf dem Tisch. Es schien, als hätte niemand es für nötig befunden, diesen an einem sichereren Ort aufzubewahren. Das einzig Wichtige war nur, dass die Dokumente nicht den zwei mit der Untersuchung beauftragten Mönchen vor die Augen kommen sollten. Er war überrascht, wie unachtsam die Legion Christi zu Werke ging. Aber eben dieser Ruf ging ihnen voraus.

Als er frühstückte – es gab die Spezialität des Hauses, Kaffee mit Spritzgebäck, ganz so wie in Spanien – legte sich seine Anspannung. Es war zum Glück Mittwoch, in der Tat der Tag, an dem es immer Spritzgebäck gab. Den Duft hatte er bereits am Altar bemerkt. Pater Ramiro hatte sich tausend Mal gefragt, wie man es mit Fingerspitzengefühl und Unterstützung des Heiligen Geistes geschafft hatte, seine Vorlieben in Erfahrung zu bringen. In jedem Stehcafé von Madrid gab es dieses Spritzgebäck den ganzen Morgen, selbst in den Vororten, doch in der Ewigen Stadt noch nicht einmal, wenn man die Rechnung mit Tausend Halleluja bezahlen würde.

Der Hunger war gestillt. Jetzt hoffte er, auf dem Tisch, auf dem die beiden Legionäre die Dokumente abgelegt hatten, den Brief zu finden, den er suchte.

Eine rasche Durchsicht ließ ihn das Gegenteil erahnen. Die Katalogisierung auf den Rücken der Ordner reichte nur bis 1955. Jetzt musste er sich noch bis neun Uhr dreißig gedulden, dann öffnete das Archiv im Palast der Kongregationen.

Als er den Petersplatz erreichte, fehlte immer noch eine dreiviertel Stunde, bis sich die Türen des Dikasterien-gebäudes öffnen würden. Dieses wurde auf Veranlassung von Papst Pius XII kurz nach seiner glücklichen Berufung errichtet. Das helle Gelb bildet sozusagen den Abschluss von Berninis Kolonnaden, die nur durch die wenige Meter breite Straße Largo del Colonnato vom Palast getrennt sind. Über die Prachtstrasse Via della Conciliazione gelangt man auf den Petersplatz, in dessen Zentrum sich der große Obelisk erhebt, der sich nach oben hin verjüngt und in einer pyramidenförmigen Spitze endet, auf der ein Kreuz angebracht worden war. Das Monument ist sechsundzwanzig Meter hoch, es wurde am Ende des 16. Jahrhunderts aus einem einzigen Steinblock in Handarbeit gefertigt und steht auf einem Sockel, dessen Höhe fünfzehn Meter beträgt.

Er beschloss, sich das Monument bis zur Öffnung des Archivs einmal genauer anzusehen. Seit zehn Jahren lebte er nun schon in Rom und hatte sich bisher nie Zeit genommen, die lateinischen Inschriften zu betrachten, die die vier Seiten des Sockels zieren. Während er sie las, ging er langsam um die Säule herum und erinnerte sich der ungewöhnlichen Geschichte des Obelisken. Möglicherweise wurde die Spitzsäule den Ägyptern geraubt. Danach ließ sie Kaiser Augustus, wahrscheinlich im Jahr 30 v. Chr., in Alexandria aufstellen. In der Regierungszeit des Caligula wurde der Obelisk nach Rom gebracht und schmückte den Circus von Nero, der sich auf dem Gebiet des heutigen Vatikans befand. Dort war er dem Sonnengott und Neros gottgleichen Vorfahren Augustus und Tiberius gewidmet. Auf der ersten Seite weisen zwei frühe Inschriften, noch wenig gottesfürchtig, fast wie unentschuldbare Jugendsünden auf die ersten beiden Stationen des Obelisken hin. Die eine lautet: «Im Dienst des unreinen Aberglaubens des Heidentums» und die andere «Den heidnischen Göttern in ungläubigem Kult geweiht». Beide Inschriften hatte Papst Sixtus V korrigiert, in dem er auf der nächsten Seite verkünden ließ und dies heute noch dort zu lesen ist: «auf eine gerechtere und glücklichere Weise» im Dienste des «unbesiegbaren Kreuzes». Auf der Ostseite des Sockels findet sich die letzte Inschrift. Sie lautet: «Gesiegt hat der Löwe aus dem Stamm Juda».

Pater Ramiro fiel auf, dass diese Inschrift voller Widersprüche war. Ein siegender Löwe, der oben auf der Spitze am Kreuz hängt, wie merkwürdig. Da fragt man sich, wem hat er gedient?

Er wurde in einem Landstrich geboren, in dem das Ja und das Nein immer noch der Wahrheit entsprach. Wie verträgt sich das mit dem irrwitzigen Triumph der Unbesiegbarkeit des Gekreuzigten, mit den schmachvollen Qualen, zugefügt durch Sklaven?

Mit welcher Anmaßung wird den heidnischen Bräuchen Aberglaube und Gottlosigkeit vorgeworfen, und das noch an diesem Ort, an dem wenige Meter weiter Verkaufstische voll mit Fotos einer Gestalt mit Heiligenschein, Reliquien, Reliefs, Statuen, Auswüchsen des königlichen Papstkultes und übernatürlichen Dinge zum Verkauf angeboten werden, alles Exzesse einer maßlosen Papstverherrlichung – ähnlich der Vergötterung der römischen Kaiser Augustus und Caligula?

Pater Ramiro wurde bewusst, wie gefahrvoll es sein kann, ab und zu unterwegs zu verweilen und sich eine kleine Pause zu gönnen, die täglichen Verpflichtungen für kurze Zeit zu vergessen, die uns in Anspruch nehmen, abstumpfen und isolieren. Vor dem widersprüchlichen Monument wurde ihm klar, wie lebensnotwendig es für einen Gottesdiener im Vatikan ist, die Fähigkeit des Vergessens zu besitzen, sich wie ein militärischer Befehlsempfänger zu verhalten und sich ein Denkverbot aufzuerlegen, wenn man vor dieser steinerner Masse, die man jeden Tag passiert und der man nicht ausweichen kann, einmal verweilt, um die Säuleninschriften zu studieren.

Die fünfundvierzig Minuten waren vergangen und Pater Ramiro begab sich im Laufschritt in das Gebäude. Er hörte hinter sich noch das Knarren der Eingangstür, als die Flügel sich bis zum Anschlag öffneten. Mit der Behändigkeit seiner Jugendjahre lief er die Treppe hinauf bis zum dritten Stock.

Es fehlte ihm die Zeit, um sich eingehend mit dem Archiv zu beschäftigen. Die Dokumentationen waren nahezu nach dem gleichen System wie die in den Ordnern von Pater Agustí archiviert, doch hier hatte man die Hieroglyphen der Lazio-Sprache verwendet, einem gebräuchlichem Jargon im alten Rom, die man auch für die Inschriften am Obelisken benutzt hatte.

Unter *L* waren viele Einträge enthalten und schon bald stieß er auf das, was er suchte:

ÜBER DIE LEGION CHRISTI
Anfang d. J. 1956

Pater Ramiro besaß geschickte Finger und war ein sachkundiger Kenner im Vatikan. Sogleich fand er das, weshalb er gekommen war. Für ihn war es nicht notwendig, die handgeschriebene Seite zu lesen, er kannte sie in- und auswendig. Er wollte nur wissen, eigentlich im ersten Augenblick unwichtig, wann der Brief geschrieben worden war.

Es war keine Kopie, sondern es handelte sich um das Original und es enthielt einen Vermerk, dass er nicht durch die Post zugestellt worden war. In der Heiligen Kongregation gab es die strenge Anweisung, auch den Umschlag aufzubewahren. Der wurde üblicherweise mit einer Büroklammer an das Dokument geheftet. Auf diesem Umschlag waren weder Briefmarke noch Poststempel zu finden. Zweifellos war er dem Sekretariat von einer Privatperson zugestellt worden, womöglich vom Urheber des Schreibens selbst.

Ihm schien es, als wäre der Brief in der Handschrift eines Kindes verfasst worden, das die vierte Klasse besuchte, ob in einem Unterton des Respekts oder der Verachtung, ging aus dem Schreiben nicht hervor. Es war der Brief des Priesters Gabriel Mena der Legion Christi, der darin den Präfekten der Heiligen Kongregation um die Aufhebung seiner religiösen Gelübde bittet. Der Inhalt interessierte Pater Ramiro nicht, er wollte nur Ort und Datum des Schreibens in Erfahrung bringen:

«Rom, den 14. Oktober 1956»

Wenn Mena diesen Brief am 14. des vergangenen Monats in Rom verfasst hatte, sagte er sich, dann war es wenig wahrscheinlich, dass er sich heute, am 7. November, immer noch hier aufhielt. Vielleicht war Rom sein gewohnheitsmäßiger Wohnsitz. Er versuchte, die Enden zusammenzubringen. Er hatte den Brief in Rom mit der Hand geschrieben, womöglich im Hause des Ordens. Deshalb war es auch nicht notwendig, ihn mit der Post zustellen zu lassen, sondern er selbst hat ihn beim Portier abgegeben.

Er musste Mena so bald als möglich finden. Es schien, als wolle er die Legion Christi verlassen, ja, womöglich war er bereit, die Wahrheit zu sagen. Und es schien wahrscheinlich, dass dabei seine Aufrichtigkeit den Austritt nicht erschweren, sondern beschleunigen könnte.

Mit einem Mena, der bereit ist auszusagen, würde in diesem Verfahren die Wahrheit mit festen Schritten einkehren. Denn Mena war in den ersten Jahren der Ordensgründung so etwas wie der Privatsekretär gewesen, der ständige Begleiter des Ordensgründers in Comillas, Tlalpan, Ontaneda und in Rom.

Unter den Anzeigen, die bei der Heiligen Kongregation eingegangen waren, befand sich ein sehr schwerer Vorwurf. Dort hieß es, dass Mena in Mexiko City die Freundschaft zu Dr. Brunete ausnutzte, um ohne Schwierigkeiten an Morphium für Marcial Maciel heranzukommen.

Es handelte sich um eine anonyme Anzeige, deshalb hatte sie bisher niemand für besonders ernst genommen. Doch im Archiv fand sich dazu ein bisher unbeachteter Hinweis, der vielleicht für die Zukunft interessant sein könnte. In der Heiligen Kongregation wurde niemals etwas achtlos in den Papierkorb geworfen, denn in den Gefängniszellen der Heiligen Kongregation wurde niemals jemand mit Nachsicht behandelt. Der Briefumschlag dieser anonymen Anzeige war mit mexikanischen Briefmarken freigemacht worden und einem Poststempel aus Mexiko City versehen, den man jedoch nicht mehr entziffern konnte.

«Beides Asturianer», hieß es dort. «Sie lernten sich in Mexiko kennen und freundeten sich an. Dr. Brunete lud ihn des Öfteren zu sich nach Hause ein.»

Pater Ramiro konnte sich sehr leicht die Folgen dieser Besuche vorstellen. Dr. Brunetes Ehefrau, wie so viele andere Damen der oberen mexikanischen Gesellschaft, war wahrscheinlich sehr bald der Faszination dieses außergewöhnlichen Mannes erlegen und knüpfte zu ihm freundschaftliche Bande, um die sie viele andere beneidet hätten. Vielleicht wurde Pater Gabriel auch ihr Liebling und konnte die Gastfreundschaft des Hauses auf diese Weise genießen.

Über einen Zeitraum von fast drei Jahren, hieß es im Brief, hatte Dr. Brunete Mena vertraut, der ihm von den Leiden und vom Samenstau des Ordensgründers berichtet hatte. Der Arzt hatte ihm immer wieder Rezepte für Morphium ausgestellt, und zwar so lange, bis ihm klar wurde, dass Marcial Maciel drogensüchtig war. Fortan weigerte er sich, die Drogenbeschaffung auf diese Weise zu ermöglichen. Von dem Zeitpunkt an mussten sowohl Mena als auch Mario und Denis Marañón und weitere Auserwählte Marcials von Apotheke zu Apotheke laufen, um die Droge zu beschaffen. Gewöhnlich ohne Rezept boten sie Apothekern mit zweifelhafter Seriosität große Mengen Geld, um die Droge zu erhalten. Einmal, als man keine Möglichkeit mehr sah, das Mittel in Rom zu beschaffen, musste Denis Marañón ausschließlich zu diesem Zweck nach Madrid reisen, wo er schließlich in einer Spelunke, in der er fast schon Stammgast war, die Droge erhielt.

Dort endete der anonyme Brief. Jetzt sah Pater Ramiro in einigen Punkten klarer. Vielleicht wurde ihm jetzt sogar die Möglichkeit geboten, den Urheber des Briefes zu finden. Die Tatsache, dass dieser bestens informiert war, ließ darauf schließen, dass er in der ersten Reihe der Legion Christi zu finden war.

Auch glaubte Pater Ramiro, dass Gabriel Mena, angesichts des in den ersten Jahren äußerst engen Verhältnisses zu Marcial Maciel, von dem Ordensgründer über seine sexuellen Kontakte zu Kindern der Apostolischen Schule informiert worden war, ja, diesen Treffen vielleicht sogar selbst beigewohnt hatte.

Wenn Pater Ramiro Gabriel Mena dazu bewegen könnte, vor den Mönchen der Karmeliter auszusagen, wäre er ein ganz außergewöhnlicher Zeuge.

Der Dominikanerpater parkte sein Fahrzeug eineinhalb Blocks vom Collegio Massimo in der Via Aurelia entfernt. Er hatte Mena niemals gesehen, aber er konnte sich ihn aufgrund der vielen Beschreibungen, die ihn als sehr männlich darstellten, gut vorstellen. In ihn hatten sich sowohl der Ordensgründers der Legion Christi bei der ersten Begegnung verliebt, als auch später die wohlhabenden mexikanischen Damen, vermögend und liebeshungrig, vom Glück begünstigt und den fabelhaften Offerten geschäftstüchtiger junger Männer erlegen. Doch das Geld ließ sie zu lustlosen Ehegatten werden, immer auf Geschäftsreisen und mit mehr Zahlen im Kopf als mit Gefühlen in den Fingerspitzen und Zärtlichkeit im Herzen.

Die, die er schon am Vortag kennengelernt hatte, waren Daniel Agustí und natürlich Macial Maciel, dem es gefiel, dass häufig über ihn in Tageszeitungen berichtet wurde und der sogar manchmal in der Heiligen Kongregation für die Glaubenslehre auftauchte und sich der Freundschaft mit Papst Pius XII brüstete. In den Fluren der Dikasterie wiederholte er bis zum Überdruss die schon berühmte Geschichte, auf welche Art und Weise sich die beiden kennengelernt hatten. Marcial Maciel, halb verwahrlost und ohne Mittel, sich ein Hotelzimmer leisten zu können, war im Begriff, die brüchige Stiege unweit des Castel Sant'Angelo hinabzugehen, die zum Tiber führt, denn er wollte die Nacht wie ein Clochard unter der Mazzinibrücke verbringen. In diesem Augenblick steuert zufällig ein Kraftfahrzeug des diplomatischen Korps die Uferpromenade an, nur wenige Meter vom Wasser entfernt, denn der Chauffeur beabsichtigte, dort den Wagen abzustellen. Marcial Maciel hörte spanische Stimmen und erkannte den Akzent seines Heimatlandes. Dem Fahrzeug entstieg niemand anderes als der mexikanische Botschafter bei der italienischen Regierung. Der Diplomat «entführte» den vermeintlichen Clochard und bot ihm in seinem Haus ein hergerichtetes Nachtlager an. Am folgenden Morgen, jetzt in der Soutane eines Priesters, musste er nur noch in der Sakristei des Petersdomes ein Chorhemd ergattern, um sich in das päpstliche Gefolge einzuschmuggeln. Das Chorhemd wirkte Wunder. Ohne dass die Schweizer Garde ihn aufhielt, schaffte er es, sich dem Papst zu nähern und begann ihn anzurufen, während das Orchester die Weisen der Päpstlichen Hymne intonierte: «Ich bin ein Priester aus Mexiko und muss unbedingt mit seiner Heiligkeit sprechen.» Pius XII schaute ihn aus der Sänfte von oben bis unten an. Das Charisma Macial Maciels faszinierte in sofort und deshalb gab er seinem Privatsekretär, ohne zu überlegen, eine Anweisung: «Morgen um zwölf.» Das war der Moment, in dem sich ein weiteres Wunder im übernatürlichen Leben von Marcial Maciel ereignete. Denn eine Gruppe Betschwestern hatte behauptet, ihn zur gleichen Zeit ohne Papst in der Sänfte und ohne Freudengeschrei, wie ein Prophet eiligen Schrittes die Turiner Straße herunterlaufen sehen, dort, wo die erste Herberge der mexikanischen Kinder zu finden war.

Pater Ramiro nahm an einem Tisch auf der Terrasse des Cafés Platz. Im Auto hatte sich bereits, frei improvisiert, die unblutige Metamorphose vom Kleriker zum Laien vollzogen. Er hatte sich in einen kaffeebraunen Mantel gehüllt, den er für solche Fälle immer im Auto mit sich führte, und machte in seinem dunkelblauen Hemd mit Sonnenbrille und ohne Krawatte einen sehr jugendlichen Eindruck. Es sah aus wie eine Mischung aus Mafioso und Flamencosänger. Auf seinem graumelierten Haupt trug er eine weit ausladende Baskenmütze, die zu der übrigen Kleidung unpassend erschien. Manchmal gefiel es ihm, ohne kompromittierende Absichten seine Soutane abzulegen, um unerkannt am Tiberufer flanieren zu können, ohne dass jemand ihm als Gottesdiener seine Ehrerbietung erweisen würde oder dass er in einem einfachen Restaurant zu einer Karaffe Wein ein Kalbskotelett genießen könnte, ohne dass der diensthabende Kellner sich bei seinem Anblick bekreuzigen würde.

Immer wenn er incognito war, überkam ihn ein wohliges Gefühl der Freiheit, aber nur deshalb, weil er sich dann der knochenharten Halskrause aus unbeflecktem Plastik entledigen konnte, dieser Teil eines Büßergewandes, der einem die Kehle zuschnürte und das Luftholen erschwerte. Jeden Morgen beim widerwilligen Anlegen kam ihm in den Sinn, dass sich ein Schneider so ein Kleidungsstück nur in der Absicht ausdenken konnte, um Pfaffen quälen zu können.

Die Zeitung, die auf der Terrasse des Cafés vor ihm lag, diente als ein weiteres Mittel zur Tarnung, falls es notwendig wurde. Das alles kam ihm vor, als wäre er ein Polizeiagent in einem drittklassigen Film amerikanischen Zuschnitts. Doch irgendwie machte es ihm Spaß. Er hatte sich unter die Polizei gemischt, wie peinlich.

Immer wieder schaute er von der Zeitung auf und warf einen Blick zum Collegio Massimo. So verging eine lange Stunde, ohne dass sich dort etwas tat. Er hatte jede einzelne Seite und sogar den Sportteil gelesen, den er gewöhnlich unbeachtet ließ, ohne dem Inhalt seine Aufmerksamkeit zu schenken. Als er genug davon hatte, zum x-ten Mal beim Kellner den schon bekannten Milchkaffee mit dem obligaten Glas Wasser zu bestellen, er die Rechnung bezahlt hatte und im Begriff war aufzustehen, bemerkte er vor dem Gebäude eine seltsame Unruhe.

Jetzt stand eine dunkle Gestalt in Soutane vor dem Eingang. Er hatte sie sofort erkannt. Es war die gleiche Person, der am Morgen zuvor im Konvikt der Mütter der Ewigen Anbetung die Aktenordner aus den Händen geglitten waren. Es schaute ständig ohne die geringste Regung in die gleiche Richtung, so als wäre er Wachmann auf einem Schiff, der im dichten Nebel das Festland erspähen will.

Ein fünfsitziger Citroën näherte sich aus Richtung der Tankstelle und hielt für einige Sekunden vor dem Gebäude, sodass die wartende Person zusteigen konnte. Pater Ramiro nahm schnell wieder Platz und schlug von neuem die Zeitung auf. Sekunden später fuhr der schwarze Citroën langsam, keine drei Meter entfernt an ihm vorbei.

Er hatte den Chauffeur sofort erkannt. Es war der Ordensgründer persönlich, den das Heilige Offizium des Amtes als Generaldirektor des Institutes enthoben und ihm ausdrücklich untersagt hatte, non audeat pedem in urbe Romae, die Stadt Rom weiterhin zu betreten.

«Der Erlass des Heiligen Offiziums war nicht genau genug formuliert. Es stand dort nicht geschrieben, dass man sich in Rom nicht auf vier Rädern aufhalten darf», sagte er sich.

Zurückgekehrt zu seinem kleinen Fiat, wechselte Pater Ramiro in großer Eile seine Kleidung Jetzt wieder in der stimmigeren Amtstracht schaffte er es, sein Fahrzeug mit vatikanischem Kennzeichen ganz knapp zwischen zwei Pfeilern vor das Eingangstor des Gebäudes der Legion Christi zu chauffieren. Er stellte es dort ab und begab sich in das Foyer.

Entschieden und ohne zu zögern trat er ein, mit einer Unbefangenheit, als wäre er zu Hause. Er war bereit, Himmel und Hölle in Bewegung zu setzen, um Pater Mena zu finden, und er würde sich nicht eher zufrieden geben, bis er es erreicht hätte. Ihm war nicht bekannt, dass in den Häusern der Legion Christi der Portier strikte Anweisungen hatte, niemanden anzumelden, bevor nicht der Ordensobere, in diesem Fall der Ausbilder der Novizen, über den Besuch informiert war. Doch wenn auf irgendeine unbedarfte Frage mit einem «Nein» geantwortet würde, konnte man die besagte Antwort immer noch halbwegs für sich auslegen. Und wenn das auch nicht möglich wäre, hätte er immer noch das berühmte unterwürfige und arglose Lächeln der Legionäre in der Hinterhand, kam ihm hämisch in den Sinn.

Hinter der Scheibe erblickte er einen Novizen, der mit erstaunlicher Geschicklichkeit zwei Telefonate gleichzeitig führte. Als er sah, dass dieser seine Gespräche für kurze Zeit unterbrach, stellte er sich mit seinem offiziellen Namen vor:

„Ich bin Pater Ramiro Arias Argüello vom Orden der Wanderprediger. Ich bin Berater der Heiligen Kongregation für die Glaubenslehre und beim Heiligen Offizium. Ich komme im Namen des Kardinalpräfektes des Heiligen Offiziums, der dringend mit Pater Gabriel Mena zu sprechen wünscht."

Pater Ramiro war der Ansicht, wenn man jemandem in einem Satz und ohne Unterlass redend, zwei römische Dikasterien an den Kopf wirft, der sollte wissen, was das bedeutet, zumal derjenige mit großer Geschicklichkeit zwei Telefonate gleichzeitig führen kann, ohne dabei die Teilnehmer zu verwechseln.

Der junge Wachhund schaute unruhig und mit forschendem Blick auf die Visitenkarte, die ihm Pater Ramiro überreicht hatte. Es war die gleiche, mit der sich der Dominikaner jedes Mal im Palast der Kongregationen akkreditieren musste. Da der Portier dafür jetzt seine Hände brauchte, klemmte er die beiden Telefonhörer an beiden Seiten zwischen Schulter und Kopf.

„Entschuldigen Sie, Herrschaft", antwortete er, denn er wusste nicht, wie man diese Persönlichkeit mit der entsprechenden Ehrerbietung ansprechen musste, „aber ich habe Anweisung, niemanden anzumelden, ohne dass der Pater Ausbilder zuvor den Besuch genehmigt. Doch der befindet sich zur Zeit außer Haus."

Ja, ich weiß, er befindet sich in Begleitung des abgesetzten Gründers und Ordensgenerals, wollte Pater Ramiro fast schon antworten, aber in all den Jahren als Berater in den römischen Dikasterien hatte er gelernt, dass Reden Silber, aber Schweigen manchmal Gold sein kann.

Im Augenblick war er zufrieden. Die Person die er suchte, befand sich in Rom, ja sogar in diesem Gebäude. Der Novize war in die Falle getappt, sein Erstaunen und sein zweifelnder Blick ließen es die ganze Welt wissen. Mit der ganzen Autorität des Amtes kam er auf die eingangs gestellte Frage zurück:

„Bruder, der Präfekt der Kongregation des Heiligen Offiziums, seine Eminenz, Kardinal Alfredo Ottaviani, kann nicht warten, bis Pater Agustí wieder zurückgekehrt ist. Seine Eminenz befreit Sie in diesem Fall aufgrund seiner apostolischen Amtsgewalt von der Einhaltung der Gehorsamspflicht. Bitte tun Sie mir den Gefallen. Sie können den Pater Ausbilder hierüber informieren, wenn er zurückgekehrt ist."

Obwohl dem Novizen die Zweifel ins Gesicht geschrieben standen, beabsichtigte der Pater, seinen letzten Trumpf auszuspielen, das unverschämte Lächeln des arglosen Dummkopfes. Pater Ramiro ließ nicht nach und vereinigte seine Forderung in einer einzigartigen Technik, in dem er zwei identische Gedanken in leicht verschiedenen Versionen aussprach. Das hatte er sich im Römischen Gebetbuch und in der Bibel abgeschaut, wo die Psalmen und die großspurigen Verheißungen der Propheten nach der gleichen ausgefeilten Rhetorik aufgebaut sind.

Der Pater meinte, dass man in diesem Hause und mit diesen Gesprächspartnern das achte Gebot «Du sollst nicht lügen.» ohne allzu große Skrupel vergessen könnte:

„Der Kardinalpräfekt wünscht Pater Gabriel Mena unverzüglich zu sprechen. Ich habe die strikte Anweisung, ihn zu seiner Eminenz, Kardinal Alfredo Ottaviani zu bringen." Und jetzt der Todesstoß: „Bitte rufen Sie ihn, damit er mich in den Palast der Kongregationen begleiten kann. Ich habe den Auftrag, ihn dort unverzüglich zu übergeben. Man hat mir gesagt, es sei dringend."

Es funktionierte. Das idiotische Lächeln im Antlitz des Novizen wich einer Geste der Ohnmacht.

Am meisten überrascht war Gabriel Mena selbst. Beide Geistliche verließen zusammen das Gebäude und begaben sich in das gleiche Café, in dem zuvor schon Pater Ramiro zu Gast war.

„Ich bin Berater der Heiligen Kongregation für die Glaubenslehre. Ich kenne Sie bereits seit Jahren", gab Pater Ramiro ihm freimütig zu verstehen, der jetzt im Flüsterton weitersprach, damit niemand anderes es hören konnte. „Ich habe Ihren Brief gelesen, in dem Sie um die Aufhebung der religiösen Gelübde bitten. Fangen wir sofort an, damit wir es schnell hinbekommen. Man muss nur mit offenen Karten spielen."

„Offene Karten! Das habe ich versucht! Aber dieses Fach wird in der Legion Christi nicht unterrichtet“, murmelte Mena scherzhaft und in einer Aufrichtigkeit, die man sonst von den Legionären nicht kannte.

Dieses Mal schaute der Kellner den großzügigen Gast erstaunt an, der zuvor eine Unzahl von Milchkaffees bestellt hatte. Erst war er sich nicht ganz sicher, ob es sich um die gleiche Person wie zuvor handelte, da er jetzt eingeengt in einen Halskragen in der Amtstracht eines hohen katholischen Würdenträgers Platz nahm. Begleitet wurde er von einem weiteren, jüngeren Geistlichen, der aussah, als sei er sein Zwillingsbruder.

Um sich vor ungelegenen Blicken zu schützen, hatte man sich dieses Mal in das Innere der Gaststätte begeben.

„Ehrwürdiger Pater“, sprach Pater Ramiro seinen Begleiter an, „Sie können der katholischen Kirche einen großen Dienst erweisen. Sie sind immer noch Mitglied der Legion Christi, aber ich stelle fest, dass Sie die Absicht haben, aus dem Orden auszutreten, denn ich habe Ihren Brief vom 14. Oktober gelesen. Ich nehme an, es sind schwerwiegende Gründe, die Sie dazu veranlassen. Ich habe keine Zweifel, dass Ihnen bekannt ist, dass in diesem Augenblick eine Befragung der jugendlichen Studierenden der Legion Christi über den Drogenmissbrauch und die sexuellen Ausschweifungen des Ordensgründers durchgeführt wird. Wir wissen, dass er trotz des ausgesprochenen Verbotes immer wieder nach Rom kommt. Vor wenigen Minuten habe ich ihn gesehen, wie er den Ausbilder der Novizen in seinem Auto abholte, der gestern einen wahren Aktenberg aus dem Collegio Massimo fortschaffte, so dass dieser den Ermittlern nicht in die Hände fällt."

Mit größter Aufmerksamkeit hörte Mena zu. Sein Gesprächspartner schien sehr gut informiert zu sein.

„Wir wissen es nicht", fuhr Pater Ramiro fort, „doch es besteht die Annahme und es ist zu befürchten, dass der Ausbilder die Schüler beeinflusste, nicht die Wahrheit zu sagen. Wir wissen auch, dass im Orden ein besonderes Gelübde existiert, das Ihnen verbietet, darüber zu sprechen. Falls Sie diesbezüglich Bedenken haben, kann ich Sie im Namen des Präfekten der Heiligen Kongregation für die Glaubenslehre davon befreien." Der Pater liebte es, mit seinem Wissen aufzuschneiden. Es ging ihm darum, zu verdeutlichen, dass die Legion Christi jegliche moralischen Bedenken verloren hatte.

„Erlauben Sie mir eine Frage ...", doch Pater Ramiro unterbrach absichtlich seinen Gesprächspartner, denn, obwohl dieser noch nicht ausgesprochen hatte, wurde Pater Ramiro deutlich, dass die Vielzahl von Fakten Mena fast aus dem Gleichgewicht geworfen hatte. Dieser war auf ein derart direktes Gespräch gar nicht vorbereitet. „Sind Sie auch gefragt worden, vor den Ermittlern auszusagen?"

„Bisher nicht", antwortete Mena. „Ich glaube, in der von Pater Agustí angefertigten Liste darf ich nicht auftauchen."

„Pater, wir dürfen keine Zeit mehr verlieren. Es ist schon der zweite Tag. Es ist jetzt zwingend notwendig, dass Sie den Ermittlern alles sagen, was Sie wissen. Es ist sehr wichtig, dass Sie es heute noch tun. Ich gebe Ihnen hier eine offizielle Karte der Heiligen Kongregation an die Hand, die Ihnen ja vielleicht noch hilfreich sein könnte, wenn Sie das auch so sehen. In den Zeilen weise ich die zwei ermittelnden Karmelitern darauf hin, dass ich es war, der Sie aufgefordert hat, vor ihnen auszusagen. Sagen Sie die Wahrheit. Ich weiß, dass das für Sie nicht einfach ist, da Sie dem Ordensgründer eine zuverlässige Hilfe in den Dingen waren, die ihm jetzt vorgeworfen werden: Päderastie und Drogenmissbrauch. Die einzige Art da herauszukommen ist, die reine Wahrheit zu sagen.

Als Pater Gabriel das vernahm, zuckte er zusammen. Dieser Mönch wusste einfach alles.

„Ich habe noch einen Auftrag für Sie", fuhr Pater Ramiro in ruhigem Ton fort. „Unternehmen Sie alles in Ihrer Macht stehende, um mit den jungen Novizen oder Studenten in Kontakt zu kommen, die am ehesten bereit sind, einen Schritt nach vorn zu tun und vor den beiden Ermittlern alles aussagen wollen, was sie wissen. Ohne Angst, das vierte Gebot zu verletzen, das sie zum Schweigen verpflichtet. Vielleicht ist es möglich, solche Jugendliche dazu zu bewegen, die noch nicht die Ordensgelübde abgelegt haben. Die sind auch nicht dem vierten Gelübde verpflichtet."

Pater Gabriel dachte einige Augenblicke nach:

„Mir fallen zwei oder drei Namen ein. Sie waren damals noch Kinder, als ich ihnen in Tlalpan die

Grundbegriffe der lateinischen Sprache beigebracht habe. Sie sind Novizen, die bisher nur Privatgelübde abgelegt haben, von denen ich sie jedoch als Priester befreien kann. Wir nennen sie Gelübde der Ergebenheit. Ich glaube, mit ihnen ins Gespräch kommen zu können."

Pater Ramiro hielt das für einen guten Anfang, doch wollte er die Schrauben so fest wie möglich anziehen:

„Wir können jetzt keine Spielchen mehr spielen. Man muss sie dazu bringen, dass sie die Wahrheit sagen, und zwar noch heute, dass sie alles aussagen, was sie wissen. Alles, was der Heiligen Kongregation durch Anzeigen zu Ohren gekommen ist. Ich befürchte nur, dass sie nicht wagen, diesen Schritt ohne Unterstützung zu gehen, da sie Angst haben, dadurch Gott untreu zu werden. Dieses verfluchte vierte Gelübde ist wirklich ein Teufelswerk", sagte er, und hoffte darauf, dass das die erwartete Reaktion auslösen würde.

„Pater, Sie irren sich", antwortete Mena fest. „Das, was wir am meisten fürchten, ist weder Gott noch die Hölle. Nein, es ist Pater Maciel selbst, seine Wutausbrüche, seine Abneigung, die er uns zeigt. Sie haben keine Vorstellung davon, was für diesen Menschen die Macht bedeutet, über uns alle zu jeder Zeit voll und ganz verfügen zu können"

„Ich glaube Ihnen, doch diese Macht kann man ihm genauso schnell wieder entziehen, wie man sie ihm gewährt hat. Der Ordensgründer erinnert mich an Schoßhündchen", sagte Pater Ramiro und lächelte.

„Wenn jemand vorbeigeht, machen sie Anstalten, als wollten sie über den Passanten herfallen und ihn in Stücke reißen. Doch sie tun nur so, denn sie wissen, dass sie sich nicht einmal ihrem Beuteobjekt nähern können, weil Herrchen oder Frauchen sie ständig unterdrückt und angeleint hält, damit Passanten unbehelligt passieren können. Doch dem Hündchen geht es dabei nicht schlecht. Denn die Hundeleine ist gleichzeitig die Nabelschnur, die ihn unauflöslich an seinen Herrn bindet, die ihn mit ihm zusammenschweißt. Marcial ist ein armer Köter, der sich sicher fühlt und deshalb kläfft. Mit seinen Wutausbrüchen und Gottes Zorn macht er Angst, denn er fühlt sich sehr gut angeleint. Diese Leine ist das, was ihr ihm selbst darreicht: mit den Gelübden, mit Euerer Angst, ihm untreu zu werden, mit seinem Liebesentzug, mit der Furcht vor seinen Rachegelüsten und mit dem ewigen Angstgefühl vor der Vergeltung Gottes. Kappt diese Verbindung mit einem Schlag und der Köter sucht mit eingezogenem Schwanz das Weite."

Gabriel wollte ihm antworten, doch Pater Ramiro hielt ihn mit einer Handbewegung davon ab. Er war noch nicht fertig. Er hatte nur eine Pause eingelegt, um festzustellen, ob seine Rede bei seinem Gegenüber den gewünschten Effekt erzielt hatte.

„Gott beschütze Sie", schloss Pater Ramiro, „und stellen Sie sich den ermittelnden Mönchen. Falls die Notwendigkeit besteht, können Sie sich auf mich berufen. Teilen Sie ihnen mit, dass Pater Agustí Sie absichtlich nicht auf der Zeugenliste berücksichtigte, weil er befürchtete, dass Sie beabsichtigen, die Wahrheit zu sagen, wenn man Sie von den Gelübden entbindet. Sie müssen dem Großprior der Karmeliter und seinem Berater mitteilen, dass Sie auf normalem Dienstweg den Antrag gestellt haben, die Kongregation verlassen zu dürfen. Auch müssen Sie die Gründe dafür nennen. Berichten Sie ihnen alles, was Sie wissen. Weiterhin müssen Sie noch heute mit den Jugendlichen sprechen, von denen Sie mir erzählt haben. Bringen Sie sie dazu, ebenfalls die Wahrheit zu sagen und hoffen wir darauf, dass die Ermittler morgen noch einmal zurückkehren. Denn ich bin mir sicher, dass Ihre Aussagen einen großen Teil des heutigen Nachmittags einnehmen werden. Sie brauchen sich nicht kurz zu fassen, denn auf keinen Fall können die Mönche ihre Arbeit heute abschließen. Sie müssen morgen noch einmal zurückkommen."

Die Verabschiedung ging mit einem gegenseitigen Schulterklopfen einher.

„Möge Gott Ihnen beistehen. Die Kirche wird es Ihnen danken. Und ich verspreche Ihnen, dass Sie in weniger als vier Wochen die offizielle Befreiung von den Gelübden in der Hand halten."

Gabriel fühlte sich jetzt sicher und stark. Bisher war er immer, um Entscheidungen herbeizuführen, auf die Hilfe anderer angewiesen. Der Berater der Heiligen Kongregation strahlte Beharrlichkeit aus und er vertrat eine feste Position.

Bislang kannte Pater Ramiro diesen Menschen nur durch seine Briefe, doch jetzt hatte er ihn persönlich kennengelernt und sah seine Entschlusskraft. Es musste irgendeine Erklärung für seine Schwäche geben, über so viele Jahre für Marcial Maciels Ziele geworben und ihm gedient zu haben. Hoffentlich wird ihn diese Tatsache in den nächsten sechs Stunden nicht noch einmal vom Gegenteil überzeugen, sagte er sich, als dieser sich auf den Weg machte.

Der Kellner, der soeben die Rechnung präsentiert hatte, sah sich in Gegenwart des Paters genötigt, sich zu bekreuzigen. Er erzählte ihm, er sei gebürtiger Sizilianer und dass die halbe Familie seiner Mutter den Priesterberuf ergriffen hätte.

„Junger Mann, Sie liegen falsch", antwortete ihm Pater Ramiro und lächelte über beide Ohren. „Ich bin Theaterschauspieler und ich bin mir sicher, dass ich nicht mehr rechtzeitig zur Aufführung komme, die mir heute Nachmittag geboten wird", und schaute auf seine Armbanduhr.

VIERZEHNTES KAPITEL

Während Gabriel ins Ordenshaus zurückkehrte, schwirrten einige Namen in seinem Kopf herum.

Der Novize in der Pförtnerloge wunderte sich, wie ungewöhnlich rasch heutzutage in den Römischen Kongregationen dringende Fälle gelöst werden, denn Pater Gabriel war bereits von seinem Besuch des Präfekten des Heiligen Offiziums zurückgekehrt. Vor knapp einer Stunde hatte er ihn fortgehen sehen. Das bedeutete, dass unter der Leitung von Kardinal Alfredo Ottaviani die Dikasterie bedeutende Fortschritte gemacht hatte. So dachte jedenfalls der Novize.

„Pater Mena", sprach ihn der Portier an, immer noch in jeder Hand einen Telefonhörer. Er streckte seinen Kopf durch das kleine Fenster der Pförtnerloge und wich dem Türchen mit dem matten Glas aus. „Pater Agustí ist zurückgekehrt und wünscht Sie unverzüglich zu sprechen", sagte er mit festem Ton. Denn er hatte einmal mehr festgestellt, dass, wenn man eine Weisung zu überbringen hat, es umso mehr Wirkung zeigt, wenn es zur Unzeit geschieht.

„Vielen Dank, Bruder."

Pater Gabriel waren jetzt andere Dinge viel wichtiger. Zum ersten Mal in seinem Ordensleben hatte er für diesen Ausdruck der Dringlichkeit nur noch Verachtung übrig. Dieses sich steigernde, aggressive «un-ver-züg-lich».

Im Augenblick wollte Gabriel niemanden sehen noch sprechen und schon gar nicht mit Beauftragten oder Vertretern des Ordensgründers. Sie könnten ihn von der getroffenen Entscheidung wieder abbringen. Denn er zweifelte an seiner Standhaftigkeit, besonders, wenn Marcial Maciel sich persönlich einschalten würde und ihn in sein Automobil zitierte, sein geschützter Aufenthaltsort in Rom. Pater Agustí Frage und Antwort zu stehen, schien ihm nicht besonders schwierig. Wenn ihm etwas zu Ohren gekommen sein sollte, könnte sich jeder halbwegs gebildete Legionär immer auf das Schweigegelübde berufen. Das Verb schweigen wurde in der Legion Christi stets in drei verschieden Formen konjugiert: rege, dazwischen, teilnahmslos. «Mein geliebter Pater, man hat mir Schweigen auferlegt. Ich bedauere das sehr, aber ich kann nichts sagen.» Nachdem man von niemand anderem als dem Heiligen Offizium gerufen worden war, und zwar durch den Kardinalspräfekten persönlich, würde dieser Satz seine ganze Glaubwürdigkeit bekräftigen.

Wie hatte sich doch Pater Agustí während der Zeit in der Legion Christi verändert, kam ihm in den

Sinn. Mena begann dessen Haltung zu Maciel und zum Orden mit der seinen zu vergleichen. Er hatte ihn bereits in Comillas kennengelernt. Warum hatten sich beide, die so ähnlich zu sein schienen, unter dem Einfluss des Ordensgründers so unterschiedlich entwickelt? Warum war er drauf und dran den Orden zu verlassen, während Agustí jede Gelegenheit genutzt hatte, um innerhalb des Ordens aufzusteigen? Oder hatte Pater Agustí vielleicht ebenfalls die Absicht, den Orden zu verlassen, ohne dass ihm bisher der rechte Augenblick dafür geboten wurde?

Gabriel dachte an die gemeinsame Zeit zurück. Daniel Agustí begann ein Semester später als er, doch beide hatten sehr viel gemein. Wir beide waren nicht hinreichend genug mit intellektuellen Gaben ausgestattet, um alles wirklich Wichtige in Comillas richtig einschätzen zu können. Der Ordensgründer hätte sich niemals in ihn verlieben können, so wie es bei mir der Fall war. Er war nicht einmal besonders attraktiv, zudem verbreitete er einen unangenehmen Geruch. Der Grund, warum Marcial Maciel ihn auswählte, war seine Ergebenheit, so wie es bei mir der Fall war. Wir beide benötigten eine starke Führungsperson. Daniel Agustí war von den acht Comillanern, die nach dem Hauptstudium in die Legion Christi eintraten, der Unterwürfigste. Irgendwann sagte Unser Vater mal, dass Daniel Agustí nach Jesu Christi sein bester Freund wäre, obwohl er das später wieder zurücknahm.

Daniel Agustí selbst war im Schatten von Marcial Maciel stetig gewachsen. Begangene Fehler kamen nicht wieder vor und den Ideen des Ordensgründers stimmte er begeistert zu. Niemals kamen ihm Zweifel, denn er hätte panische Angst gehabt, sich darin zu verlieren oder könnte ohne Orientierung zurückbleiben, oder würde von einem Gefühl der Angst übermannt. Denn ohne das Schiff am Anleger zu vertäuen, wäre es stets den Unbilden der Brandung ausgesetzt. Deshalb sei es besser, so war seine Meinung, unter keinen Umständen den Knoten zu lösen, gleich in welch schmutzigem und trostlosem Zustand sich die Kaimauer auch befindet.

Es lässt auf den großen Weitblick Marcial Maciels schließen, dass er Agustí, der Prinzipientreue aus Überzeugung, zum Ausbilder der Novizen bestimmte, der die Gewissen der ersten Generation der hübschen Kinder im Sinne Marcials erzog. Außerdem war er Schmeichler, Hofnarr und Niederträchtiger in einer Person, doch alle gemeinsam, Schüler und Ausbilder, waren dem Ordensgründer im Gehorsam ergeben. «Wo andere eine Sünde erkennen, sei das bei Ihnen nicht gegeben», hatte ihnen die Kirche klargemacht. Für diese Rolle war niemand anderes besser geeignet als Daniel Agustí, der mit der einfachen Sichtweise, ohne Visionen und ohne Mut alles mit Sklavengehorsam erklären konnte. Seine Hauptaufgabe war es, den Kindern ihre eigene Meinung zu rauben, die Sprache der Ergebenheit zu lehren. So wie der unglückliche Isaak, der sich wehrlos und geduldig zur Schlachtbank führen ließ.

Marcial Maciel hatte sie entmannt, hatte ihnen jegliche moralische Empfindungen genommen. Er wusste sehr gut, dass sich Kastrierte ruhig verhalten. Daniel Agustí hatte sie auf dem Operationstisch fixiert und reichte jetzt dem Ordensgründer das Skalpell. Der Gewissensausbilder vervollständigte seine Arbeit in der Legion Christi, indem er die zukünftigen Mönche lehrte, wie man die Unwahrheit sagt, weil man die Wahrheit mit eigenen Augen nicht mehr erkennt.

In der Antike gab es Tyrannen, die besiegte Könige nicht töteten, sondern ihnen die Augen ausstachen. Bei Tisch hielten sie die königlichen Gefangenen wie Hunde. Sie warfen ihnen Abfälle zum Fraß vor, um die sich die blinden Leibeigenen am Boden liegend stritten. Welch ein Gefühl der Macht! Könige flehen und streiten um Abfallstückchen. Marcial Maciel sah sich an diesem Tisch und war sich sicher, dass er gesiegt hatte. Allen seinen kleinen Prinzen hatte er die Augen ausgestochen, und sie konnten im Jahr 1956 in der Via Aurelia nur noch wie Bettler um Speisereste bitten.

Die Gabe Marcial Maciels, die Schwachstellen seiner Opfer zu erkennen, dort das Messer anzusetzen, um sie zu beherrschen und völlig von ihnen Besitz zu ergreifen, übertrug er auf Daniel Agustí sowie auf Francisco Javier Baeza, Lucio Rodrigo, den Erzbischof und auch auf Gabriel Mena. Sie alle handelten in der gleichen Art und Weise.

Auf dem Weg zu seinem Zimmer, das zum Glück an einen entlegenen Ort verlegt worden war, da man ihn bereits als unerwünschten Gast betrachtete, versuchte Gabriel nachzudenken.

Er benötigte einen, besser wären jedoch zwei oder drei Gleichgesinnte, die das Schweigen brechen würden und sich trauten, die Wahrheit zu sagen. Es würde eine Wahrheit der Schande sein, die imstande war, alle Betroffenen ins Grab zu bringen. Einer allein würde sich das niemals trauen. Die Aufgabe, die er jetzt gleich unverzüglich angehen musste, war, zwei Jugendliche von der Dringlichkeit zu überzeugen, auch nicht einen Tag länger zu warten und in der Aussage nichts zu verheimlichen. Man musste ihnen zu verstehen geben, dass Marcial Maciel sie nicht nur missbraucht, sondern ihnen auch den Kompass der Moral genommen hatte.

Wem konnte man sich nähern, wen ansprechen, ohne eine ablehnende Reaktion hervorzurufen?

Seit Jahren hatte er kaum noch Kontakt zu denen, die er in Tlalpan kennenlernte, als sie noch Kinder waren. Zwei Namen kamen ihm ins Gedächtnis, zu denen er als Lateinlehrer und Ausbilder für das Ordensleben ein sehr gutes Verhältnis hatte: Arnulfo und Luanco. Er konnte sich noch sehr gut an sie erinnern, aber sie auch an ihn?

Es waren die gleichen, die er später in Cóbreces wiedersah, als er mehrere Male Marcial Maciel besuchte, bevor er das Priesterseminar verließ und sich auf die Seereise zu seinem Mexikoabenteuer begab.

Er hatte sich jetzt eingeschlossen und war gewillt, niemandem die Tür zu öffnen. Er musste sich jetzt auf den Auftritt vor der Untersuchungskommission vorbereiten. Das war im Augenblick das Wichtigste.

Er wusste, dass es für ihn gefährlich werden könnte, wenn er auf dem Flur auf Daniel Agustí oder Ambrosio Balboa treffen würde, seine früheren Gefährten aus spanischen Zeiten, während er auf seinen Auftritt vor den Ermittlern wartete. Er fürchtete sich davor, denn er wusste, dass es keine Möglichkeit gab, diese Sache in einem milderen Licht darzustellen. Zum ersten Mal in seinem Leben gab es keinen anderen Ausweg, als in die Arena zu steigen und den Kampf mit den Löwen aufzunehmen. Aber vielleicht waren es keine Löwen, sondern abgerichtete Hunde, die stets ihrem Herrn bis zur Selbstverleugnung treu ergeben sind und deshalb noch gefährlicher waren. Löwen greifen nur an, wenn sie Hunger verspüren, ein treuer Hund jedoch setzt für seinen Herrn das Leben aufs Spiel.

Daniel Agustí war seinem Herrn so eng verbunden wie ein Muttermal, kam ihm in den Sinn. Würde er obendrein noch von seiner Angst geleitet, wäre die Gefahr umso größer. Und jetzt war es eine existentielle Angst, denn er würde nicht irgendetwas, sondern alles verlieren.

Ambrosio Balboa ging in Comillas der Ruf eines andächtigen Menschen voraus, ohne durch irgendwelche anderen Talente aufzufallen. Er konnte weder analytisch denken, noch besaß er Organisationstalent oder Führungsqualitäten. Die alten Gefährten aus den Zeiten in Comillas griffen sich noch Jahre später an den Kopf, als sie hörten, wie viel Verantwortung Marcial Maciel ihm übertragen hatte. Sie stellten sich vor, wie er bei jedem noch so kleinen Problemchen zum Telefon griff, um seinen Ordensgeneral um Rat zu fragen.

Balboa übte in diesem Moment die Funktion des Stellvertreters des Ordensgenerals der Legion Christi aus, da er an Jahren der älteste Geistliche im Orden war. Doch der von der Heiligen Kongregation Eingesetzte war an diesem Morgen nach Mexiko zurückgekehrt. Vom Heiligen Stuhl war Danilo Pereira als kommissarischer Leiter der Kongregation in Abwesenheit von Marcial Maciel eingesetzt worden, obwohl die eigentliche Führungsperson im Orden Daniel Agustí war, zu dem der Ordensgründer das meiste Vertrauen besaß. Ambrosio Balboa und Daniel Agustí waren zu dieser Zeit die höchsten Verantwortlichen der Legion Christi in Italien. Gabriel führte sich noch einmal vor Augen, dass von zwei Löwen nicht soviel Gefahr ausginge als von zwei abgerichteten Hunden, weil diesen bewusst war, dass sie alles Erreichte nur ihrem Herrn zu verdanken hatten, und dass sie ohne dessen Hilfe niemals so weit gekommen wären. Wenn ihr Herr stürzte, würden sie unweigerlich mit ihm zu Grunde gehen.

Nach diesen Überlegungen hatte sich Gabriel Mena noch einmal fest entschlossen, diesen Weg zu gehen, und zwar ohne Umkehr. Der erste Schritt dabei wäre, vor die Untersuchungskommission zu treten.

An der Eingangtür zum Versammlungsraum war ein Zettel angebracht. Auf der Liste sah er die Namen in der Reihenfolge, wie die jungen Zeugen vor der Kommission erscheinen sollten. Die Liste war von Pater

Agustí mit Zustimmung von Macial Maciel erstellt worden.

Zwei junge Legionäre warteten vor der Tür auf den Aufruf in den Zeugenstand. Es waren Luanco und Raúl. Auf ausdrücklichen Befehl Marcial Maciels hatte Agustí sie an das Ende der Liste gesetzt. Der Ordensgründer meinte, sie seien die zwei jungen Legionäre, auf die am meisten Verlass wäre. Pater Agustí hatte Anweisung, sie unmittelbar nach der Befragung zu Marcial zu bringen, denn mit ihrer Zeugenaussage am dritten Tag würde die kirchenrechtliche Untersuchung abgeschlossen sein. Für Marcial Maciel würde dann die Stunde kommen, um Bilanz zu ziehen und den größten Sieg seines Lebens zu verkünden.

„Wie? Jetzt muss man schon zu Zweit in den Zeugenstand treten?", fragte Gabriel die beiden mit vorgetäuschter Selbstsicherheit und deshalb mit Humor. „Legen die Ehrwürdigen Patres so viel Eile an den Tag, um die Befragung möglichst schnell abzuschließen?"

Nach dieser kurzen Vorrede wurde er plötzlich Ernst. Besorgt und fast schon in einem Ton, als wolle er eine Verschwörung anzetteln, sprach er weiter:

„Ich möchte euch um einen großen Gefallen bitten. Lasst mir bitte den Vortritt. Ich muss vor euch aussagen, unbedingt. Ich glaube aber, wenn ich jetzt eintrete, braucht ihr nicht länger zu warten, da meine Befragung sicherlich eine Weile in Anspruch nehmen wird. Und noch etwas. Ich muss unbedingt mit euch sprechen. Es ist dringend."

Er war jetzt doch sehr angespannt. Er fragte sich, warum hatte er sie so unmittelbar, so unvorbereitet angesprochen? Warum war er nur so unvorsichtig? Er musste doch berücksichtigen, dass ihm noch nicht endgültig klar war, welche Jugendlichen am ehesten seine Aussage gegen den Ordensgründer unterstützen würden. Welche Haltung nahmen diesbezüglich Luanco und Raúl ein? Konnte man auf sie bauen? Er hatte sich auf den reinen Zufall verlassen, da er die beiden vor der Tür des Versammlungsraumes antraf, wo sie auf ihren Aufruf warteten.

Nicht immer bestimmt logisches Denken unser Handeln. Manchmal unterliegen wir einer Eingebung, einer Vorahnung, der Angst. Zu seinem Erstaunen bekam er die beste Antwort, die er sich nur wünschen konnte:

„Pater Gabriel, wir haben Sie den ganzen Tag gesucht. Wo haben Sie gesteckt? Wir haben uns nicht getraut, irgendjemand nach ihrem Verbleib zu fragen. Auch wir müssen Ihnen etwas sehr Ernstes mitteilen, aber wir müssen größte Diskretion walten lassen, damit niemand etwas mitbekommt."

Gabriel hatte verstanden. Er war jetzt bereit, alle Behutsamkeit über Bord zu werfen. Der Blick und das ungezwungene Lächeln dieser beiden Jugendlichen bedeuteten für ihn ein einzigartiges, doch auch unerklärliches Signal. Irgendetwas hatte sie ermutigt, jetzt ohne Furcht aufzutreten.

Die Art, wie sie mit ihm sprachen, hatte etwas Verschwörerisches an sich. Es war eine seltsame Mischung aus Überlegungen, Ängsten und Hoffnungen. Die Luft war mit etwas Unbestimmbarem angereichert. Wollten auch diese beiden die Legion Christi verlassen?

Es gibt Anlässe im Leben, wo wir uns wundern, warum wir eine indirekte Anspielung, die wir bisher immer ignoriert hatten, plötzlich erkennen. Wir wissen nicht, was uns dazu ermuntert, die Wahrheit oder unser Wunsch, dass es so und nicht anders sein kann? Wir glauben, die Gedanken unseres Gegenübers lesen zu können und wir fühlen uns mit der Person irgendwie verbunden.

Es ist wie der Augenblick, in dem der Wärter dem gefesselten Häftling den am meisten Erfolg versprechenden Fluchtplan verrät. Kurz vor Ende der Fahrt wagt der Gefangene den Sprung von der Ladefläche des Transporters, genau in einer scharfen Kurve, in der das Fahrzeug die Geschwindigkeit verringern muss. Jetzt! Hatte der Wärter gerufen, der in der einen Hand das Gewehr hielt und mit der anderen die Fesseln löste. Am Wegesrand in der Kurve erblickte der Häftling den Tod und das Leben, beide einträchtig nebeneinander stehend. Er wagte den Sprung ins Ungewisse und landete bäuchlings im Straßengraben, ohne zu wissen, ob die letzten Sekunden seines Lebens angebrochen waren und ohne die Gewähr des Wärters zu haben, dass der jetzt doch nicht einige Gewehrsalven auf ihn abfeuern würde, um später sagen zu können, dass es ein Fluchtversuch war.

Gabriel traute sich, einen Vorschlag zu machen. Während er sprach, hatte er das Gefühl, als würden ihm die Worte im Halse stecken bleiben, als würde nicht er selbst seine Stimmbänder in Schwingungen versetzen, sondern eine seltsame illegale Kraft. Jetzt plötzlich alle Weisungen und hochheiligen Versprechen der Legion Christi zu ignorieren, die für immer unauslöschlich in sein Bewusstsein eingebrannt waren, deren Übertretung mit ewiger Verdammnis bestraft würde, war ein ganz neues, Beklemmung hervorrufendes Gefühl.

„Ich erwarte euch heute Nacht um zwölf in meinem Zimmer. Gebt Acht, dass euch niemand sieht. Wenn es euch nicht geheuer ist, könnt ihr auch nach zwölf kommen. Aber in jedem Fall passt auf, dass euch niemand beobachtet." Er wusste, dass er mit dem Feuer spielte, aber er fuhr fort. „Es ist nicht notwendig zu klopfen, vermeidet jedes Geräusch. Ich erwarte euch, die Tür ist offen. Ihr müsst sie nur leicht aufstoßen. Nicht ihr, sondern ich werde sie wieder schließen. Um keine Aufmerksamkeit zu erzeugen, wird mein Zimmer abgedunkelt sein. Natürlich schlafe ich noch nicht, denn ich warte auf euch". Die beiden Jugendlichen hörten stillschweigend seine Worte und warfen sich vielsagende Blicke zu. „Vor allem führt kein Licht mit euch. Passt jetzt gut auf, denn ihr müsst den Weg in völliger Dunkelheit zurücklegen. Ihr geht von eueren Zimmern los und folgt einfach dem Weg bis zu meiner Zelle."

Er musste das Gespräch beenden. Die Tür öffnete sich und Gabriel begab sich ohne weiter nachzudenken in den Versammlungsraum.

Das, was er sah, erinnerte ihn an ein Glaubensgericht der Inquisition: zwei brennende große Altarkerzen, auf einem Pult die Bibel und ein Betstuhl, um auf Knien den Schwur zu leisten, «die Wahrheit, die ganze Wahrheit und nichts als die Wahrheit» zu sagen.

Es fehlte nur noch der Angeklagte.

FÜNFZEHNTES KAPITEL

Der Ordensrat für das Mittelmeer schaute neugierig auf die vor ihm liegende Liste, während der untersetzte Kommissar von seinen Notizen abließ und die Pause nutzte, um mit großer Hingabe seine Brillengläser zu reinigen. Sie hatten sich der falschen Vorstellung hingegeben, dass laut Liste nur noch zwei Jugendliche aussagen sollten. Sie wussten schon jetzt, was sie zu hören bekamen. Fünf Minuten für jeden einzelnen, noch einmal viele Antworten mit «nein», die Sachen zusammenpacken und aufbrechen zum Domus Carmelitana. Mission erfüllt! Der Ordensgründer ist gerettet!

„Wer sind Sie?“, fragte der Lange erstaunt mit strenger Miene. Die Tatsache, dass er die Frage gestellt hatte und nicht der Prior, gab Pater Gabriel Anlass, in den gleichen Irrtum zu verfallen wie alle Römer.

„Sie sind Geistlicher?“, fuhr «Don Quijote» fort. „Die Liste enthält keine Person in Ihrem Alter“.

Pater Gabriel bat um Entschuldigung, dass er ohne Anmeldung gekommen war: „Ehrwürdige Patres, ich habe einen dringenden Anlass, Sie aufzusuchen. Der Berater der Heiligen Kongregation und des Heiligen Offiziums, Pater Ramiro Arias Argüello hat mir geraten, unverzüglich bei Ihnen vorstellig zu werden."

Es war vier Uhr am Nachmittag, als Pater Gabriel mit seiner Aussage begann und fast sieben Uhr am Abend, als die beiden hohen Persönlichkeiten ihm die Hand drückten. Sie forderten ihn auf, das vierseitige Protokoll zu unterschreiben und bedankten sich für seine Ehrlichkeit.

Auf diesen Seiten gab es hinreichende, unter Eid gemachte Angaben, um Marcial Maciel für viele Jahre hinter Gitter zu bringen. Dazu fehlten nur noch die entsprechenden Aussagen mit den Personalien der Opfer. Sie müssten Gabriels Zeitangaben bestätigen, wann sie mit dem Ordensgründer die Nacht verbracht hatten und wann sie ihm die Drogen zur Injektion überreichten, die Gabriel selbst beschafft hatte. Würden Gabriels Aussagen durch die Opfer nicht bestätigt, blieben seine Hinweise eine unbedeutende Einzelmeinung gegenüber den Aussagen der überwältigenden Mehrheit.

Die beiden Karmeliter sahen sich an. Unablässig verglichen sie die Namen, die Gabriel genannt hatte, mit den eidesstattlichen Aussagen der betreffenden Personen. Alles lag noch auf dem Tisch. War es denn möglich, dass alle – ohne Ausnahme – die Unwahrheit gesagt hatten? Wie konnten sie nur das schändliche Tun vergessen haben, das an ihnen begangen wurde, als sie kaum zehn oder zwölf Jahre alt waren? Welche magische Kraft hatte sie stumm werden lassen?

Gabriel gab den Ermittlern einige Hinweise, um das zu verstehen, was ihnen unmöglich erschien. Er schilderte entwürdigende Einzelheiten, seine Schwäche für diesen Mann, der ihn anfangs faszinierte und in den er sich verliebt hatte und dem er über viele Jahre willenlos ergeben war.

„Was war für Sie das Motiv, den Antrag für den Ordensaustritt zu stellen und den Ordensgründer auf diese Weise anzuzeigen, nachdem Sie neun Jahre mit ihm zusammengelebt und eine derart enge Freundschaft zu ihm hatten?“ Die Frage des Großpriors war die, die in diesem Moment am meisten interessierte. In der Antwort beabsichtigte er, die größte Angst in seinem Leben, die überaus schmerzende Schmach, aber auch den leuchtenden Pfad seiner Befreiung zu offenbaren.

„Ich habe zwei Mal versucht, die Legion Christi zu verlassen“, sagte er nach langem Schweigen, „doch Unser Vater konnte mich immer wieder davon abbringen, mir meine Absichten ausreden, indem er mir versicherte, wie sehr er mich schätzt und welches Vertrauen er zu mir hat. Sie können sich nicht vorstellen, welche Macht er über uns ausübt.“ Zum ersten Mal nannte er ihn jetzt nicht mehr Unseren Vater. „Er hat uneingeschränkt über mich verfügt. Meine Lebensziele waren, so zu sein wie er, ihm ähnlich zu werden, um seine Wertschätzung zu genießen. Er machte mich glauben und durch meine theologische Ausbildung in Comillas wurde ich dafür vorbereitet, dass er mir als Ordensvorsteher den unmittelbaren Willen Gottes übermittelt, den ich durch den absoluten Gehorsam zu erfüllen habe.“

«Don Quijote» nahm aus seiner Aktentasche die Aufzeichnungen des ersten Tages wieder hervor, an dem er bis zu diesem Moment die Rolle des stummen Protokollführers übernommen hatte, und urteilte: „Er hat nur die Macht, die sie ihn alle mit dem völlig überzogenen Personenkult verliehen haben. Dadurch haben sie ihm zum Wunderheiler, Heiligen, Gottesmann und Asketen gemacht. Sie alle haben ihm das Netz geknüpft, in dem er sie jetzt gefangen hält.“

Mit ernster Miene wandte sich der Großprior seinem Kollegen zu und bat um Ruhe, denn der Ordensrat für das Mittelmeer hatte sich in verbotene Gewässer begeben. Er übte Kritik, vertrat seine eigene Meinung gegenüber einem Zeugen und ließ nicht mehr die gebotene Neutralität und die notwendige Distanz walten, die einem einfachen Ermittler zukommt. Da allerdings Gabriel nicht auf der offiziellen Zeugenliste stand, war dieser kurze Kommentar des Ordensrates nicht mehr als eine protokollarische Randnotiz.

Pater Mena hatte erkannt, dass der Ordensrat mit seinen Bemerkungen den Nagel auf den Kopf traf. Er erinnerte ihn noch einmal daran, dass er selbst von sich nicht als Opfer, sondern nur als Mittäter sprechen konnte, auch aufgrund seines Alters. Denn das war er in der Tat.

„Ich bekam Gewissensbisse“, fuhr er fort. „Dann half mir ein Pater des Augustinerordens, ein frommer, gottesfürchtiger Mann. Während er mir die Beichte abnahm, sprach ich mir alles von der Seele und gab mich Exerzitien hin. Ich fühlte, ich war voller Sünden, Sünden der Versäumnis, vieler Versäumnisse, aber auch Sünden der aktiven Mithilfe. Und plötzlich sah ich in meiner Beziehung zu Marcial Maciel das Wort «Sünde» vor mir. Das war die Erkenntnis, dass ich an einem großen Verbrechen mitgewirkt hatte."

„Belastet Sie dieses Gefühl immer noch? Ist das der Grund, warum Sie zu uns gekommen sind?", wollte der Ordensgeneral wissen.

„Ja, Ehrwürdiger Pater, dieses Gefühl hat mich seit dieser Zeit, seit fast eineinhalb Jahren nicht wieder verlassen. Es war die schreckliche Einsicht, dass Marcial Maciel ohne meine Mithilfe bei verschiedenen Anlässen seine große Lüge nicht in aller Welt hätte verbreiten und noch viel weniger aufrecht erhalten können, weder seinen Ruf als Heiliger noch seine Wundertaten, noch die Angst, der Kommunismus würde sein Werk zerstören, und vor allem nicht das Projekt selbst, das er aus der Taufe hob. Das alles hätte niemals ohne Lüge am Leben gehalten werden können. In der ersten Zeit, im Frühling sozusagen, lebte ich mit ihm zusammen. Es war wie ein großes Unternehmen. Ich war von dem Zauber gefangen, wie es ihm gelang, mich zu betören. Ich begann ihn und seine große Lüge aktiv zu unterstützen, nur um mir seine Wertschätzung zu erhalten."

„Was waren denn seine positiven Seiten, dass Sie so von ihm angezogen wurden?"

„Er entdeckte Facetten meiner Persönlichkeit, für die sich in Comillas nie jemand interessierte. Dort war ich einer von vielen. Unter ihm wurde ich zu einer allseits geachteten Persönlichkeit, sowohl in unserem Institut als auch in der mexikanischen Gesellschaft. Er unterjochte mich und ich ließ mich ohne Wenn und Aber unterdrücken. Ich wollte erreichen, dass ich für ihn nützlich bin, ich wollte in sein Leben eintreten, wollte für ihn unentbehrlich sein, sodass er mich niemals verlassen könnte. Seit dem Tag, an dem ich mich bereit erklärte, in Cuernavaca die Gelübde abzulegen, war ich sein Mitstreiter. Denn die Ordensregeln besagen, dass mindestens drei Mitglieder vorhanden sein müssen, um eine Kongregation zu gründen. So wurde am Sonntag, dem 13. Juni 1948 die kirchenrechtliche Gründung vollzogen. Diesem Betrug habe ich ohne Widerspruch zugestimmt, denn in Wirklichkeit war der Anlass der Ordensgründung nicht die Stimme Gottes, die er angeblich im Traum vernahm, sondern ein Telefonanruf eines Kardinals aus Rom. Die vermeintlichen Attentate gegen Marcial Maciel waren von ihm selbst oder von mir angezettelt worden. Ebenfalls von mir erfunden und verbreitet waren die wundersamen Taten, seine Fähigkeit, gleichzeitige an zwei Orten anwesend zu sein und die wundersamen Heilungen, die hundert Mal an Kindern wiederholt wurden, die gar nicht betroffen waren. Diese hatten aufgrund meiner Zuneigung und meiner Erklärungen sogar noch Spaß dabei. Und schließlich war ich es, der dem Rektor von Comillas eine bewusste Falschinformation zukommen ließ."

„Auf welche Lüge spielen Sie an?", fragte plötzlich der Großprior. Vielleicht war der einzige Grund für diese konkrete Frage der Wunsch, für einige Augenblicke den Fokus von der Aneinanderreihung dieser entehrenden Aussagen zu nehmen, die der Zeuge eine nach der anderen vortrug.

„Es war eine der ersten in einer ganzen Reihe von Lügen, die primitivste von allen", bekannte Gabriel. „Sie werden fast darüber lachen."

Der Großprior lächelte schon jetzt, obwohl er noch nichts gehört hatte. Denn er hatte erreicht, dass die unerträgliche Spannung mit dieser kleinen Pause gelöst wurde.

„Man machte den Rektor von Comillas, Pater Francisco Javier Baeza und auch Pater Lucio Rodrigo, beides Jesuiten, glauben, dass die mexikanische Bischofssynode ihnen schon von Beginn an misstraute, und zwar wegen der einseitigen und entehrenden Weise, in der sie Rom über die sexuellen Handlungen Marcial Maciels mit seinen Kindern berichtet hatten, die sowohl in Comillas als auch in Cóbreces stattgefunden haben", fuhr Gabriel fort. „Maciel und ich wussten, dass unser Kommilitone aus Comillaner Zeiten, Joaquín Ferrero, der mit mir nach Mexiko gereist war, häufigen Briefkontakt zu den beiden genannten Jesuiten pflegte. Marcial hatte die Lüge ausgeheckt und ich musste sie in die Tat umsetzen. Wir nutzten die erstbeste Gelegenheit, als Joaquín Ferrero nicht anwesend war, denn Unser Vater hatte verfügt, dass er ihn begleiten sollte. So konnte nichts schiefgehen, denn ich war jetzt mit den Kindern von Tlalpan allein. Als Marcial mit Ferrero zurückkehrte, habe ich beiden die vorher mit dem Ordensgründer abgesprochene Mär erzählt. Bereits sehr früh am Morgen haben uns drei mexikanische Bischöfe besucht. Sie kamen unangemeldet und haben jedes einzelne Kind unserer Vorschule mit der Auflage der Schweigepflicht befragt", erzählte er den beiden Karmelitern.

„Das Auferlegen der Schweigepflicht schien mir in der Legion Christi etwas sehr Geläufiges zu sein", unterbrach noch einmal der Ordensrat. Dieses Mal war es nicht seine eigene Meinung, sondern er fasste einfach nur die Erkenntnis dieses Tages zusammen.

Im Stillen dankte ihm Gabriel für diese Unterbrechung, hatte er dadurch doch die Gelegenheit, einen Schluck Wasser zu sich zu nehmen, bevor er fortfuhr.

„Mich haben die Bischöfe aber nicht befragt", teilte ich Joaquín Ferrero und Unserem Vater mit. „Aber ich konnte nach Ende der Befragung zufällig das Gespräch unter den drei Bischöfen mithören. Sie kamen zu dem Schluss, dass die verleumderischen Unterstellungen der Patres aus Comillas aus der Luft gegriffen seien, denn nicht ein einziges Kind hätte diese Vorwürfe bestätigt. Die einseitige Art und Weise, in der sie Marcial Maciel beim Heiligen Stuhl denunzierten, sei einer Päpstlichen Universität unwürdig.

In Wirklichkeit war die Geschichte vollkommen frei erfunden. Unser Vater war besorgt, denn er war auf sein Ansehen in der Öffentlichkeit sehr bedacht. Joaquín Ferrero zeigte keine Reaktion, doch noch in der Nacht schrieb er einen Brief an Pater Francisco Javier Baeza, den er mir am nächsten Morgen vorlas. In dem

Brief schilderte er in allen Einzelheiten den Besuch der drei Bischöfe und teilte dem Pater mit, welch schlechte Meinung von der Päpstlichen Universität unter den mexikanischen Bischöfen vorherrsche. Weiterhin brachte er zum Ausdruck, dass die Jesuiten in Comillas dem Ordensgründer großes Unrecht zugefügt hätten."

Gabriel schilderte anschließend den Mönchen in allen Einzelheiten Marcials Drogenmissbrauch und seine Mitschuld daran, da er sich durch die Freundschaft zu Dr. Brunete in Mexiko die Rezepte ausstellen ließ, um danach auf gemeinsamen Reisen in zwielichtigen Geschäften in New York, Venezuela oder in verschiedenen Städten in Spanien die Drogen zu beschaffen.

Angesichts der Tatsache, sich derart viele Lügengeschichten anhören zu müssen, waren die ermittelnden Karmeliter fassungslos. Sie beschlossen, alle jungen Legionäre, die Pater Gabriel in seinen Aussagen benannt hatte, noch einmal vorzuladen.

Dieser bat sie, solange damit zu warten, bis auch die beiden letzten Legionäre, die auf der Zeugenliste aufgeführt waren, ihre Aussage gemacht hätten. Denn er hatte an diesem Nachmittag ihr Erscheinen vor der Kommission verhindert. Vielleicht könnte er sie in dieser Nacht dazu bringen, wahrheitsgemäß auszusagen.

Während die Ermittler Gabriel zuhörten, hatten sich zwei Personen in Soutane still und leise dem Untersuchungssaal genähert. Es waren die höchsten Autoritäten der Legion Christi in diesem Haus, der Rektor und der kommissarische Ordensgeneral

Ambrosio Balboa und Daniel Agustí. Sie waren der Meinung, die Untersuchung würde an diesem Tag beendet und wollten nun die beiden Karmelitermönche höflich verabschieden.

Irgendetwas musste geschehen sein, sagten sie sich, da die Ermittler die Befragung übermäßig in die Länge zogen. Vielleicht wollten sie ihre lästige Arbeit unbedingt heute zu Ende bringen. Die beiden leitenden Legionäre wunderten sich, dass die beiden letzten Namen auf der Zeugenliste noch nicht mit dem Zeichen markiert waren, das besagte, sie hätten die Zeugenaussage bereits hinter sich. Vielleicht waren Sie immer noch im Zeugenstand? Hatte man schlicht und einfach das Zeichen hinter ihrem Namen vergessen?

„Es war sehr umsichtig von mir, Luanco und Raúl an das Ende der Zeugenliste zu setzen, wenn es auch auf ausdrücklichen Wunsch Unseres Vaters geschah", gab Daniel Agustí zu verstehen.

„Die Karmeliter müssen sich immer noch im Saal aufhalten, ich höre, dass sie sich mit jemandem unterhalten", warf Ambrosio Balboa besorgt ein.

Nun öffnete Pater Agustí einen Fingerbreit die Tür. Das reichte. Er kannte diese Stimme zur Genüge:

„Das ist Pater Gabriel. Der Portier hatte mir berichtet, dass heute ein Berater der Heiligen Kongregation vorstellig wurde und Pater Gabriel abgeholt hat, mit der Begründung, dass Kardinal Alfredo Ottaviani ihn dringend zu sprechen wünscht. Pater Balboa, Sie wissen, dass Pater Gabriel einen Antrag auf Entbindung von den Gelübden gestellt hat. Er möchte die Legion

Christi verlassen. Natürlich hat sich Unser Vater dem widersetzt. Um ihn von den Gelübden zu befreien, muss er bestimmte Auflagen erfüllen, denn Pater Gabriel weiß zuviel", lächelte er.

Pater Balboa deutete ebenfalls ein Lächeln an, doch es war nicht zu erkennen, ob aus Zustimmung oder Resignation. Der Galizier hatte sich in seinem moralischen Empfinden stets eine gewisse Distanz zum Ordensgründer bewahrt, vergaß aber niemals, seine Bewunderung für ihn auszudrücken. Ihm gefiel die Geschichte von der Opferdarbringung Abrahams, obwohl er gewisse Zweifel an dessen Authentizität hatte.

„Eine Befragung Pater Gabriels war gar nicht vorgesehen", stellte Pater Agustí fest. „Etwas Unvorhergesehenes muss passiert sein, etwas, was die Vorhaben Unseres Vaters in Gefahr bringen könnte. Wir müssen ihn sofort darüber informieren. Denn wir waren so verblieben, dass, sobald die Untersuchung abgeschlossen ist, er davon in Kenntnis gesetzt wird, damit wir dann Luanco und Raúl zu ihm bringen und sie ihm berichten können, wie ihre Befragung verlaufen ist, so wie bei allen anderen zuvor."

Der Rektor der Einrichtung, der nun auch der kommissarische Leiter des Ordens war, hörte erschrocken zu. Ihm war so eine Situation nicht vertraut. Sein ganzes Leben war er auf dem ausgetretenen Pfad des Gehorsams geblieben, hatte Anweisungen befolgt und dem Ordensgründer die helfende Hand entgegengestreckt, ohne Befehle in Frage zu stellen oder unausgegorene Pläne zu kritisieren. Das alles war problemlos, weil er nie mit heiklen Fragen konfrontiert wurde. Überdies kam ihm zur Hilfe, dass er als Mann nicht in der Lage war, die sexuelle Leidenschaft des Ordensgründers zu wecken. Angesichts dieser Situation konnte der treue Hund nur mit hängender Zunge winselnd umherlaufen.

Marcial Maciel erhielt die erwartete Nachricht, dass die beiden Ermittler das Collegio Massimo verlassen hatten. Aber er wurde auch darüber informiert, dass die Untersuchung noch nicht abgeschlossen war, sie würde mindestens noch am folgenden Tag fortgesetzt. Zudem enthielt die Nachricht auch etwas Unvorhergesehenes: ein rätselhaftes Einschreiten der Heiligen Kongregation für die Glaubenslehre und des Heiligen Offiziums, eine «Einmischung», wie es Balboa und Agustí formulierten. Der Ordensgründer fuhr mit seinem schwarzen Citroën vor und ließ, anstatt die beiden letzten Zeugen Pater Agustí zusteigen. Er parkte in einer der angrenzenden Straßen und gab dem Ausbilder der Novizen Befehle, die er Schritt für Schritt ausführen sollte.

Doch nachdem Pater Gabriel jetzt unmittelbare Verbindung zur Heiligen Kongregation hatte, konnte man mit ihm keinen Kontakt mehr aufnehmen und ihn schon gar nicht außerhalb Roms bringen, so wie er es selbst in ähnlichen Situationen gehandhabt hatte. Außerdem bezweifelte man, ob er dem Abreisebefehl Folge leistete würde, wenn er zum Beispiel auf die Kanarischen Inseln verbannt würde, einer der Lieblingsorte für solche Fälle in der Legion Christi.

Deshalb konnte man ihn nur sehr genau beschatten.

„Nur überwachen, aber ohne mit ihm zu sprechen“, fügte Marcial noch hinzu. „Wenn euch etwas auffällt, müsst ihr mich sofort darüber informieren, und zwar zu jeder Tages- und Nachtzeit, auch über noch so unbedeutende Kleinigkeiten. Beginnt sofort damit, denn er weiß zuviel. Der kann uns sehr gefährlich werden“, folgerte er. „Gibt es kein diskretes Mittel, ihn außer Gefecht zu setzen?“

„Meint Unser Vater, so wie wir mit dem anderen verfahren sind?“

„Nein, noch nicht. Jetzt noch nicht. Natürlich wäre diese Arznei für die beiden anderen Fälle am besten geeignet. Wisst Ihr schon, welche ich meine?“

„Ja.“

„Also, fangt sofort morgen damit an. Präsentiert ihn mir auf einem Tablett, wie einen schönen Gruß vom Haus. Das ist ein Befehl ohne Wenn und Aber, denn er basiert auf dem Heiligen Gehorsam. Und lasst Euch nicht ablenken.“

SECHZEHNTES KAPITEL

„Versager!“, brüllte der Ordensgründer.

„Entschuldigen Sie, Mon Père“, stotterte Pater Agustí am anderen Ende der Leitung.

„Was haben Sie denn den Novizen erzählt, in welcher Weise man die Befehle eines Vorgesetzten ausführt? Habe ich gestern nicht überdeutlich gesagt, dass Pater Gabriel rund um die Uhr, das heißt vierundzwanzig Stunden am Tag zu bewachen ist?“

„Ja, Mon Père, Ihre Anweisungen waren eindeutig. Aber ich war völlig fertig. Pater Balboa hat bis zehn Uhr Abends Wache geschoben. Dann sagte er mir, er müsse sich jetzt hinlegen. Euer Ehren wissen, dass er bei schlechter Gesundheit ist. Kurz vor zehn habe ich ihn auf seinem Posten abgelöst. Er teilte mir noch mit, dass es keine besonderen Vorkommnisse gab. In der Tat, alles war dunkel und nichts regte sich. Zuvor bin ich noch ganz leise bis zu Gabriels Zimmer gegangen, und da mir fiel etwas auf. Die Tür war nicht völlig geschlossen, sondern war nur angelehnt, so als würde er jemanden erwarten, als sollte jemand ganz still und leise eintreten."

„Und warum gaben Sie den Wachposten auf? Haben Sie vergessen, dass der Gehorsam die oberste Tugend in der Legion Christi ist?"

„Mon Père, ich hielt es nicht mehr aus. Als ich hörte, dass die Glocke der Ursulinen zwölf schlug, konnte ich nicht mehr und ging zur Toilette. Mir blieb nichts anderes übrig."

„Erzählen Sie mir jetzt nicht, dass Sie auch noch die Tabletten selbst geschluckt haben, anstatt sie dem Patienten zu verabreichen!", Marcial Maciel ließ jetzt ohne jede Rücksicht diesem armen Menschen mit beißendem Spott die ganze Verachtung spüren, die er seit jeher für ihn empfunden hatte.

Der Ausbilder der Novizen verharrte in Schweigen. Der Tonart nach konnte man meinen, der Ordensgeneral sei noch nicht fertig. Deshalb fürchtete er sich, ihn jetzt zu unterbrechen, denn das hatte der Ordensgründer noch nie toleriert. Schließlich nahm er allen Mut zusammen und entschloss sich fortzufahren:

„Mon Père, dann trat ein, was ich eingangs schon erwähnt hatte. Als ich zurückkam und wieder am Zimmer vorbeiging, war die Tür nicht mehr angelehnt, sondern geschlossen. Drinnen hörte man ein kaum vernehmbares Flüstern, als ob jemand wispert."

„Hast Du es mitbekommen, Du Dummkopf? Während Du auf der Toilette warst und meine Anweisungen nicht befolgtest, hat sich jemand eingeschlichen.

Ein Legionär gehorcht und kackt sich in die Hose, wenn es sein muss!“, schrie er. „Man kann alles machen, aber nicht seinen Posten aufgeben! Den Posten, den Gott Dir in Deinem elenden Leben für diese Nacht zugewiesen hatte!“

Der Ausbilder der Novizen schluchzte ängstlich vor sich hin und trocknete sich die Tränen mit einem großen Taschentuch, dabei war er kaum noch in der Lage, mit der anderen Hand den Hörer zu halten. Selten hatte er den Ordensgründer so jähzornig erlebt.

„Ich muss Ihnen noch etwas erzählen, Mon Père. Als ich die verschlossene Tür sah, wollte ich wissen, wer seine Zelle verlassen hatte. Ich habe alle überprüft und es war nicht schwer, das herauszufinden. Es waren Luanco und Raúl.“

„Natürlich waren diese beiden bei Gabriel! Wo denn sonst! Gehen Sie sofort los und holen Sie die beiden aus ihrer Zelle oder fangen Sie sie ab, wenn sie von ihrem Ausflug zurückkehren. Wo sie auch sind, erteilen Sie ihnen den Befehl, sie sollen morgen früh mit dem ersten Flug nach Madrid reisen und von dort aus weiter nach Salamanca!“

„Mon Père, das wird nicht möglich sein. Die beiden sind die zwei letzten Zeugen auf der Liste. Wenn die Ermittler in wenigen Stunden, genau morgen früh um neun Uhr, wiederkommen, werden Luanco und Raúl als erste befragt. Wenn sie dann nicht zur Verfügung stehen, wird man uns den Vorwurf machen, wir hätten die Untersuchung behindert. Entschuldigen Sie, dass ich diesen Befehl nicht ausführen kann. Außerdem bin ich mir nicht sicher, ob sie überhaupt gehorchen würden. Denn man muss bedenken, dass die beiden gestern nicht in den Zeugenstand getreten sind, weil sie Pater Gabriel den Vortritt ließen. Er wurde mehr als drei Stunden von den beiden Mönchen befragt."

„Das heißt, die beiden sind nicht mehr bereit, meinen Befehlen zu gehorchen? Und Sie auch nicht mehr? Wie weit sind wir gekommen? Die beiden haben sich mit Pater Gabriel zusammengetan? Mit einem, der von dem Präfekten der gleichen Kongregation beraten worden ist, die mich in die Verbannung geschickt und uns die Untersuchung aufgebürdet hat? Mit einem, der nicht weniger als drei Stunden den verdammten Mönchen Rede und Antwort stand? Und die morgen früh als erste befragt werden, sind genau die zwei Novizen, denen wir uns am meisten sicher sein konnten? Wie weit sind wir gekommen?"

Der Ausbilder hörte plötzlich einen lauten Knall und wusste, dass sein Chef das Telefon vor Wut auf den Tisch geworfen hatte. Durch den weiterhin funktionsfähigen Apparat hörte man im Zimmer ein in langen Schritten aufgeregtes Hin- und Herlaufen. Der Ausbilder war für einige Minuten in großer Sorge. Hoffentlich hatte Unser Vater jetzt seine Spritzen zur Hand, die ihm so oft über einen elenden Zustand wie diesen hinweggeholfen haben.

Endlich hörte Agustí erneut seine Stimme. Marcial zog aufgeregt an der Telefonschnur, als wolle er sie verlängern, doch damit verursachte er nur Störungen.

„Jetzt ist die Stunde gekommen", sagte Marcial Maciel mit dumpfer Stimme, „etwas sehr Ernstes ist über die Legion Christi hereingebrochen. Als ob die Feinde fast schon triumphiert hätten."

Der Ordensgründer hatte den Hörer aufgelegt. Für einige Sekunden schaute er aus dem halboffenen Fenster hinaus in die dunkle Nacht, ohne die Landschaft wahrzunehmen.

War wirklich jetzt die Stunde gekommen, fragte er sich unschlüssig? Er konnte die Antwort erahnen, aber traute sich nicht, sie deutlich auszusprechen. Es war immer das Gleiche, wenn er nicht mehr weiter wusste. Er handelte. Er handelte ohne zu überlegen. Wie ein Generaldirektor eines großen Unternehmens, der er immer gern gewesen wäre.

Beunruhigt fragte er sich, ob es nicht jetzt schon an der Zeit wäre, es wahr zu machen. „Besser, man ist auf alles vorbereitet", redete er laut vor sich hin, so als würde er zu einem Untergebenen sprechen.

Mit einem kleinen Schlüssel, den er immer bei sich hatte, öffnete er eine Schreibtischschublade und holte mehrere Briefumschläge heraus. Alles schien sehr gut durchdacht und vorbereitet zu sein. Die Umschläge waren sorgfältig und zusätzlich noch mit Klebeband verschlossen und hatten verschiedene Größen. Einige machten den Eindruck, als würden sie das übliche Briefgewicht übertreffen. Zudem waren sie von 1 bis 14 durchnummeriert.

„Das war ein wirklich guter Einfall", nahm er erleichtert noch einmal das Selbstgespräch auf. „So merkt man sofort, wenn irgendetwas fehlt. Immer dem Wegweiser folgen!“ Er sprach jetzt aus vollem Hals, als ob er eine Pilgergruppe durch die Straßen Roms führte.

Marcial Maciel begann, die Briefumschläge laut durchzuzählen und legte sie danach in einem Stapel auf den Tisch. Er hatte einmal beobachtet, wie Piloten im Cockpit vor dem Start oder nach der Landung ihre Checkliste abarbeiten. Mit lauter Stimme rief der Pilot jeden einzelnen Punkt der Liste auf, führte die Anweisung aus und der Copilot bestätigte es ebenfalls laut hörbar.

„Eins!“, begann der Pilot und der Copilot, ebenfalls Marcial Maciel, wiederholte es ganz bewusst in einem anderen Ton, als wäre er jemand anderes: „Eins!“, und legte den Brief auf den Stapel.

„Zwei! ... Zwei!“, fuhr er fort. „Als ich das Flugzeug dazu überredete, nicht am Mont Blanc zu zerschellen, luden mich die Piloten zum Dank in ihr Cockpit ein und ohne Zweifel, dort muss ich es gesehen haben!“, lächelte er boshaft und wandte sich rechts dem imaginären Copiloten zu. „Meine einfältigen Kinderchen glaubten es sogar! In Briefen erzählten sie davon ihren Eltern! Und dann habe ich es alle in einem «Modellbrief» wissen lassen! Die wieder hinters Licht geführten alten Schachteln des mexikanischen Hochadels glaubten es auch, es waren die gleichen, die mich an drei ganz verschiedenen Orten auf dem Erdball zur gleichen Zeit gesehen haben! Hören Sie, das ist kaum zu glauben!“, sprach er weiter zum Copiloten. „Wie freigiebig die frommen Weiber waren und ihr Geld herausrückten! Öffneten für den Ordensgründer ihre Schatztruhen, für den Übernatürlichen, für den unter Tausenden von Gott Auserwählten!“

Er legte die vierzehn Briefe in einem kleinen, geräumigen Koffer, bestens geeignet, um darin voluminöse Sachen verstauen zu können. Ein Fach war bereits mit Wäsche und persönlichen Gegenständen belegt. Die vierzehn Briefe legte er in das andere Fach, verschnürte es mit einem elastischen Band und verschloss den Koffer mit einem Schlüssel.

Er ging zur Garage und versteckte alles hinter dem Fahrersitz, für fremde Augen gut verborgen.

In der gleichen Nacht hatten Raúl und Luanco das Zimmer von Pater Gabriel aufgesucht. Völlig geräuschlos und ohne Licht, wie zwei Gespenster, die die Schwerkraft aufheben können, waren sie um fünf nach zwölf in seine Zelle gekommen. Sie konnten nicht wissen, dass ihre Vorsichtsmaßnahmen gar nicht notwendig gewesen wären, denn fünf Minuten zuvor hatte der Wächter seinen Posten verlassen, den ihm der Heilige Gehorsam für diese Nacht zugewiesen hatte. Der Drang des in Not geratenen zweiten Wachpostens war seltsamerweise der gleiche, den Pereira, der kommissarische Leiter des Ordens, an jenem Morgen dazu veranlasst hatte, auf Weisung des Ordensgründers per Flugzeug nach Mexiko zurückzukehren. Der gleiche, nur der unmittelbare Anlass war ein anderer.

„Welcher Anlass macht Euren Besuch so dringend?“, wollte Gabriel sofort wissen.

Mena hatte sich Hoffnungen gemacht. Doch jetzt wusste er, dass die zwei Jugendlichen und er den gleichen Weg gehen wollten, genauso wie er es vorausgeahnt hatte. Die beiden überreichten ihm das Dokument, das Pater Agustí verloren hatte. Sie hatten es in der Hoffnung mitgebracht, dass Pater Gabriel es sicher verwahren würde. Da sie kein Licht machen konnten, war es auch nicht möglich, es ihm vorzulesen. Doch sie kannten das Schreiben bereits in- und auswendig. Erstaunt stellten die Jugendlichen fest, dass auch Gabriel die zwei Seiten kannte. Zumindest war ihm der Inhalt vollständig bekannt, da er einer der Hauptakteure der Ereignisse war, die dort beschrieben wurden.

„Alles, was dort über Mario und mich geschrieben steht, ist die reine Wahrheit“, klärte Gabriel sie auf, und während er fortfuhr, wurde seine Flüsterstimme bleischwer: „Die ganzen Jahre ward ihr Opfer einer großen Hochstapelei. Jetzt ist die Stunde gekommen, dass wir uns den Ermittlern erklären und letztendlich der ganzen Welt. Einige in der Legion Christi sind schon lange Mitglied, wie ich zum Beispiel. Wir sind Mittäter, Mitschuldige und nicht nur Opfer wie ihr, denn ihr ward damals noch sehr jung.“

Luanco brach in Tränen aus: „Das war nicht nur damals. Mehr als zehn Jahre lang hat er mich täglich missbraucht. Und selbst jetzt, wo ich kein Kind mehr bin, hat er mich genötigt, ganze Nächte mit ihm in der Villa Linda zu verbringen. Danach brachte er mich immer in seinem Auto zurück und setzte mich an der Straßenecke wieder ab, wo sich die Tankstelle befindet. Den Rest des Weges bis hierher legte ich zu Fuß zurück.

Unter dem Zwang des Heiligen Gehorsams musste ich Pater Pereira täglich Tabletten verabreichen, die mir Minuten zuvor Pater Agustí ausgehändigt hatte. Denn ich bekam den Auftrag, ihm das Frühstück ans Krankenbett zu bringen. Unser Vater zitierte mich in die Villa Linda und gab mir genaue Anweisung, wie ich das Frühstück für Pereira zu bereiten hätte. Dabei gab er mir sehr vertrauensvoll zu verstehen, dass Pater Pereira niemals auf die Idee käme zu vermuten, dass ich ihm etwas in seinen Frühstückstee geben würde. «Ich habe unendliches Vertrauen in Deine Ergebenheit», wiederholte er immer wieder. «Du bist mir der Liebste von denen, die ich liebe. Ich weiß, dass Du mir Deine Liebe und Deine Unterstützung niemals vorenthalten wirst, und auch nicht der Legion Christi.»

Ich sah, dass Pater Pereira ein Mönch ist, der argwöhnisch immer alles genau überprüft. Er wird sehr durch gesundheitliche Leiden geplagt, doch er ist immer bereit, dem Herrn das Kreuz darzubringen, das er zu tragen hat. Deshalb hat er nie versucht, sich durch Medikamente Linderung zu verschaffen. Auch lehnte er es ab, medizinischen Rat zu suchen. Das, was seine Gesundheit anbetraf, nahm er stets aufgrund des Heiligen Gehorsams auf sich oder er ergab sich, wie dieses Mal, in frommen Selbstbetrug. So habe ich in den letzten drei Wochen den Befehl ausgeführt. Heute

Morgen brauchte ich es nicht mehr, da Pater Pereira nach Mexiko zurückkehren musste."

„Ich bin mir sicher, das war Gift", sagte Gabriel. „Sie wollten ihn bestimmt nicht töten, doch in jedem Fall außer Gefecht setzen, so sehr, dass er sie nicht mehr stören oder hier in Rom Vertraulichkeiten ausplaudern könnte und dass er nicht mehr in der Lage wäre, vor der Heiligen Kongregation zu erscheinen. Aber Du wusstest von alledem nichts und deshalb trifft Dich keine Schuld", versicherte er ihm und sah, wie Luanco erneut in Tränen ausbrach. „Es ist unabdingbar, dass Du das heute alles den Ermittlern berichtest."

Bedrückt schilderte Gabriel jetzt seine Lügen, die entscheidende Rolle, die er bei der kirchenrechtlich irregulären Gründung der Legion Christi übernommen hatte, die 1948 zuerst unter anderem Namen firmierte. Er erläuterte ihnen, dass ihn schon seit einiger Zeit starke Zweifel hegen, ob die von Marcial gegründete Kongregation überhaupt vom Heiligen Stuhl anerkannt werden dürfe, da sie aufgrund von falschen Tatsachen ins Leben gerufen wurde, natürlich, wie immer in solchen Fällen, durch den angeblichen Beistand der Stimme Gottes. Er erklärte ihnen in allen Einzelheiten weitere Betrugsfälle, wie die Falschinformation bezüglich der kommunistischen Attentate und den Schwindel mit dem Besuch der drei Bischöfe bei den Apostolischen Schülern in Tlalpan, den er selbst ausgeheckt und durchgeführt hatte. Freimütig bekannte er einmal mehr seine Beihilfe zu eindeutig kriminellen Taten, wie er es heute sieht, wie die Beschaffung des Morphiums, und er erzählte ihnen auch von seinem Wunsch, die Legion Christi zu verlassen und zwar genau aus den genannten Gründen, um danach ein neues Leben außerhalb des Ordens beginnen zu können.

Die Jugendlichen hörten Gabriel mit offenem Mund zu. Es waren für sie unfassbare Neuigkeiten.

„Was werden wohl unsere Kameraden sagen, wenn sie das alles erfahren?", warf Raúl das ein ums andere Mal erstaunt ein.

Mit Zufriedenheit stellte Gabriel fest, dass man die Jugendlichen nicht mehr zu irgendetwas drängen musste. Den entscheidenden Sinneswandel hatte bei ihnen schon das Dokument verursacht, das Pater Agustí verloren hatte. Es hatte ihnen die Augen für all das geöffnet, was ihnen unter allen Umständen über all die vielen Jahre verborgen bleiben sollte.

Gabriel stellte fest, dass Luanco und Raúl bereit waren, vor der Untersuchungskommission wahrheitsgemäß zu antworten. Er versicherte ihnen noch einmal, dass sie nicht ihren Ordensvorgesetzten folge leisten müssten, sondern den päpstlichen Abgesandten:

„Habt keine Angst. Weder Pater Agustí noch Balboa können jetzt noch etwas gegen euch unternehmen oder Druck ausüben. Denn sie wissen, dass ihr auf der Liste steht und dass euch heute die Karmeliter zur Befragung erwarten. Und so bleibt ihnen nichts anderes übrig, als sich mit eurer Zeugenaussage abzufinden."

Gabriel sagte es mit einem letzten Rest von Zweifel, ohne die völlige Überzeugung, dass seine Worte und sein Wunsch in Erfüllung gehen würden. Er musste sich erneut daran erinnern, dass ein treu ergebener Hund für den Herrn sein Leben gibt.

SIEBZEHNTES KAPITEL

Die erste Aufgabe der zwei ermittelnden Karmeliter zu Beginn des dritten Tages bestand darin, noch einmal Pater Gabriel hereinzurufen. Er sollte seine Aussage vom Vortag bestätigen, dieses Mal «von Amts wegen».

Nur Minuten später wusste davon Marcial Maciel in der Villa Linda. Er zeigte sich höchst besorgt. Er konnte überhaupt nicht verstehen, dass jemand, der ihm immer völlig ergeben, ihm so liebevoll zugetan und im Grunde genommen stets sein Freund war, sein Verhalten zu ihm so geändert hatte. Ihm wurde klar, dass er es zum ersten Mal nicht vermocht hatte, die Bedenken seines ehemaligen Mitstreiters zu beseitigen.

Die Unterredung zwischen Gabriel und den beiden Karmelitern war sehr kurz. Er berichtete ihnen von dem nächtlichen Besuch der beiden Novizen und bat sie, die beiden Jugendlichen sofort aufzurufen. Er verlor sich nicht mehr in Einzelheiten, da die beiden Jugendlichen bereits in der Tür auf Einlass warteten.

„Luanco und Raúl sind entschlossen, die Wahrheit zu sagen“, verabschiedete er sich.

Die liebenswürdigen Mönche waren sich nicht sicher, ob diese unerwartete Wende für sie Erfolg und Unglück bedeutete. Voller Schmerz dachten sie daran, dass ihre Ermittlungen das endgültige Aus einer gerade erst gegründeten kirchlichen Einrichtung zur Folge hätte. Das vermuteten sie jedenfalls, wenn die vatikanischen Behörden aufgrund der zusammengetragenen Informationen der Untersuchung eine Entscheidung herbeiführten.

Als erster trat Raúl ein. Er gestand den Mönchen, dass er einer derjenigen war, die von Apotheke zu Apotheke gelaufen sind, immer auf der Suche nach der gleichen Droge für den Ordensgeneral. Er schilderte ihnen, dass an jenem Tag, an dem ihm klar wurde, dass das alles nicht mit der Moral in Einklang zu bringen war, die der Ordensgründer ihnen immer predigte, er ihm die kirschroten Ampullen vor die Füße warf. Er verspürte Angst, doch er führte es entschlossen aus.

„Wissen Sie, ob es andere Brüder gab, zu denen Pater Maciel körperliche Beziehungen unterhielt?“

„Alle aus dem inneren Kreis wussten es. Die einen wussten von den anderen, aber es war uns verboten, darüber zu sprechen. Stellen Sie sich vor, manchmal waren wir zu viert, ja zu fünft mit ihm zusammen und waren ihm in dieser Weise in der Krankenstation oder am Strand zu Diensten. Doch danach hat sich niemand aus dieser Gruppe getraut darüber zu reden, um nicht gegen das Gebot des heiligen Gehorsams zu verstoßen.

Zwischen uns gab es einen permanenten Wettstreit, wer der Auserwählte sei, wem die größte Aufmerksamkeit zuteil wurde. Jeder wollte, nennen wir es so, der Vorsteher seiner Liebe sein. Jedes Mal, wenn er uns zu mehreren zu sich rief, ließ er die größte Sympathie nicht dem gleichen zuteil werden, sondern bedachte damit einmal diesen und beim nächsten Mal jenen. Uns war jedoch in jedem Augenblick klar, wer gerade sein Prinz war, obwohl er, wie ich Ihnen schon erläutert habe, es uns niemals mitteilte. Als einmal Wochen vergingen, ohne dass er mich zu sich in sein Bett rufen ließ, litt ich sehr darunter und fühlte mich übergangen. Die Wahrheit ist, dass alle vor Eifersucht brannten, wenn wir zu mehreren bei ihm waren, da sich alle außer dem aktuellen Liebling zurückgesetzt fühlten."

„Was unternahmen Sie, um bei ihm wieder die Nummer eins zu werden?"

„In Wirklichkeit glaube ich, war das niemals der Fall, denn die anderen aus der Gruppe der Vertrauten waren viel hübscher als ich. Aber ich war nicht eifersüchtig auf sie, denn ich bemühte mich, ihm jedes Mal bei den Massagen und Liebkosungen einen noch besseren Service zu bieten. Das größte Lob, das jemals über seine Lippen kam, vernahm ich, als ich ihm zu einem Samenerguss verhalf. Er gab mir einen Zungenkuss, der mir fast Schmerzen zufügte und sagte: «Mein Engelchen, wie sehr ich Dich liebe.»

Leider konnte ich niemandem meine Erlebnisse schildern. Jetzt bemerke ich, dass ich eine Art Hochmut in mir spüre, wenn ich Ihnen nun darüber berichte, denn ich nehme an, Sie glauben mir nicht. Doch es ist die Wahrheit. Wir alle hätten unser Leben dafür gegeben, nur die Worte zu hören, die ich zuvor zitiert habe. Diesen Satz aus seinem Mund, der nur für mich bestimmt war, habe ich noch oft in meinem Inneren vernommen, denn er bedeutete für mich sein größtes Lob."

„Woher wussten Sie, wer gerade zur aktuellen Gruppe gehörte?"

„Sehr einfach. Es reichte schon zu wissen, wen Denis Marañón während der Messfeier rief und wer beim Frühstück fehlte. Zudem sah man, wen Unser Vater bei sich hatte, waren es einer oder mehrere, wenn er sich einen Tag am Strand erholen wollte und in der letzten Zeit, wen er zu seinem Verbannungsort Villa Linda mitnahm, um mit ihm die Nacht zu verbringen."

Nach der Befragung Raúls trat Luanco ein.

Er begann seine Aussage mit dem Brief, den sie in der Eingangshalle auf dem Boden fanden. Dadurch seien ihm und auch Raúl endgültig die Augen geöffnet worden. Nebenbei erzählte er den Ermittlern, dass die Ordensleitung wichtige Dokumente aus dem Haus fortgeschafft habe, um sie vor möglichen Untersuchungen in Sicherheit zu bringen, denn die Ordensoberen betrachteten sie in jeder Hinsicht als eine Gefahr.

Den beiden Mönchen war nicht bekannt, dass der Berater der Heiligen Kongregation für die Glaubenslehre und des Heiligen Offiziums über das Beiseiteschaffen voll informiert war, denn dieser hatte mit eigenen Augen gesehen, wie Pater Agustí mit den Aktenordnern im Konvent der Mütter der Ewigen Anbetung eintraf.

Der Sauerkirschkuchen war die Erklärung für die langsame Vergiftung von Pater Pereira, die Marcial Maciel vorbereitet hatte und der Jugendliche ausführen musste. Einer der Mönche hatte bereits vom ersten Tag der Untersuchung an diese Vermutung:

„Es waren weiße Tabletten, die mir Pater Agustí jeden Morgen überreichte, weil ich mit der Betreuung der Krankenstation beauftragt war. Ich gab sie Pater Pereira in den Tee, den ich ihm dann zum Frühstück servierte. «Sie sind genau abgezählt, man darf keine weglassen», gab er mir zu verstehen. Minuten vor dem Frühstücksservice musste ich in sein Zimmer kommen, wo er mir die Pillen aushändigte, das heißt, sie waren nur kurze Zeit in meinem Besitz."

„Erinnern Sie sich an den Namen des Abführmittels?"

„Nein. Pater Agustí überreichte sie mir in einem kleinen Umschlag ohne jede Beschriftung. Es war immer nur die Gabe, die ich Pater Pereira jeden Morgen verabreichen musste. «Es ist eine reine Vorsichtsmaßnahme Unseres Vaters", gab er mir zu verstehen."

Der gemeinsame Blick der beiden Karmeliter richtete sich jetzt auf die Thermosflasche mit Kaffee, den zwei Tassen und der Zuckerdose, die dort jemand von der Legion vor ihrer Ankunft auf den Tisch gestellt hatte. Es war das erste Mal, dass man ihnen diesen Service zuteil werden ließ. Die Tage zuvor war das nicht der Fall gewesen.

Ohne weiter zu warten, übernahm nun der Berater für den Mittelmeerraum das Wort, denn er war überzeugt, dass er eine genau zum Thema gehörende Frage stellen konnte, ohne dabei seine Befugnisse zu übertreten:

„Bruder, glauben Sie, dass in dieser Zeit noch ein anderer Ihrer Kameraden einen Auftrag erhielt, um mit jemandem ähnlich zu verfahren?"

Ohne die Antwort abzuwarten, nahm er vom Boden hinter seinem Sitz einen schweren Rucksack auf.

Der Großprior hatte sich am Morgen schon gewundert, als der Ordensberater sein Haus in der Corso d'Italia mit einem großen Rucksack auf dem Rücken verließ. Er machte den Eindruck, als hätte der Heilige Stuhl ihn nicht mit einer Untersuchung betraut, sondern als beabsichtige er, den Mont Blanc zu besteigen.

Der Ordensberater sagte zu dem erstaunt dreinblickenden Vorgesetzten ein wenig undurchschaubar: „Es ist ein Hinweis von Ludwig von Pastor".

Mit viel Mühe holte er aus dem Rucksack eine 1,5 Liter Thermosflasche und durchsuchte die Außentaschen, bis er das notwendige Zubehör gefunden hatte: eine Zuckerdose aus stoßfestem Glas und zwei Zinkbecher, die in einer Seite des L'Osservatore Romano eingewickelt waren. Er stellte alles auf den Tisch und entschuldigte sich beim Ordensgeneral:

„Mein Pater, es ist besser, auf der Hut zu sein. Schauen Sie, warum unser Kapitular mich zu Ihrem Adjutanten ernannt hat. Ich habe das alles mitgebracht, weil man auf alles vorbereitet sein muss. Und ich habe bereits einen Verdacht. Erinnern Sie sich an unseren Besuch in der Krankenstation zu Beginn der Untersuchung. Dieser

Geruch dort gab mir sehr zu denken. Wir bewegen uns auf sehr gefährlichem Gebiet. Im Rom der Päpste gibt es eine lange Tradition von Experten in der Anwendung von Gift und Gegengift."

Wenn der Ordensberater einmal begonnen hatte, war es schwierig, ihn zu stoppen. Erholt vom langen Schweigen dieser Tage fuhr er unbeirrt fort und ließ in dem Redeschwall seine Geschichtsbelesenheit durchblicken:

„Euer Ehren erinnern sich an die berühmte Grafentochter Marozia, die selbsternannte römische Senatorin, die nacheinander Ehefrau von drei italienischen Königen und außerdem die Geliebte Papst Sergius' III war. Den gemeinsamen Sohn der beiden inthronisierte sie auf dem Papstsessel als Johannes XI. Dafür musste sie den glücklich herrschenden Papst Johannes X durch Gift aus dem Weg räumen. Zuvor hatte sie ihn, der ebenfalls ihr Liebhaber war, in den Kerker werfen lassen. Will man das Rom der Marozia auf die heutige Zeit übertragen, werden die Dinge ungleich komplizierter. Dann muss man auch noch den Einfluss der Cosa Nostra berücksichtigen, die ihre besten Köpfe hier in Rom postiert hat. Und jetzt komme ich zum Punkt: Nach allem, was uns dieser Jugendliche erzählt, besteht die Möglichkeit, dass diese römische Tradition, zur Krönung allen Übels, durch die Weisheit der Zauberer und Heilkünstler aztekischer Schule seine Fortsetzung erfährt."

«Sancho Panza» betrachtete genauestens Luancos Reaktion. Besorgt fragte er sich, ob diese jungen Ohren reif genug seien, dass sie schon Einzelheiten des von den Historikern bezeichneten «Zeitalters der Pornokratie», des dunklen Jahrhunderts des Papsttums, mitbekommen durften.

«Don Quijote» versuchte die Gedanken des Generals zu ergründen. Er warf dem Vorgesetzten einen flüchtigen Blick des Einvernehmens zu und hob geschwind die Hände.

Der Großprior hatte die Nachricht sofort verstanden. In den vielen Jahren gemeinsamen Wirkens hatte er gelernt, dass man sich besser durch Gesten verständigt, wenn man den gebührenden Respekt nicht in Worte fassen kann. Wortlos hatte ihm der Ordensberater Folgendes deutlich zu verstehen gegeben: Derjenige, der auf Befehl des leibhaftigen Ordensgenerals tagtäglich den Darm des Stellvertreters des Generals durcheinanderbringt, diesen praktisch außer Gefecht setzt, mein Gott, den kann eigentlich nichts mehr aus der Ruhe bringen, ähnlich wie bei dem Adjutanten der Marozia, der ihr bei der Ausführung der Mordtaten im Schlafzimmer half.

Der Ordensberater füllte aus seiner großen Thermosflasche vorsichtig die mitgebrachten Zinkbecher mit Tee, einen für den Großprior und einen für sich selbst. Jetzt nahm er die Thermosflasche des Hauses und füllte eine der dort abgestellten Tassen mit Kaffee und bot sie Luanco an.

„Sie sind jung, Ihr Magen kann noch Kaffee vertragen, uns Älteren sagt der Tee mehr zu, denn er steigert weder unseren Blutdruck, noch raubt er uns den Schlaf, nicht wahr, mein Pater?".

Mit Vergnügen trank der Novize den Kaffee, der eigentlich für die Ermittler bestimmt war, und bedankte sich beim Ordensberater für die humorvollen Ausführungen, die in diesem Moment zur Entspannung seiner unangenehmen Lage beigetragen hatten. Mit dem vornehmen Lächeln eines Heiligen lobte der Ordensgeneral ebenfalls den Beitrag seines Kollegen und nahm genussvoll den ungezuckerten Tee zu sich.

Zum Schluss berichtete Luanco über den sexuellen Missbrauch, der über Jahre hinweg und selbst hier noch in Rom an ihm begangen wurde. Er schilderte die Treffen zu Dritt, die sowohl im Bett des Ordensgründers als auch am Strand von Ostia stattfanden, die Drogenbeschaffung, die Unterstützung von Denis Marañón in seiner Funktion als Assistent und Geliebter von Maciel und seine Rolle beim Drogenmissbrauch in all den Jahren.

Schließlich verabschiedete der Prior den Novizen und erklärte die Untersuchung für beendet.

Die beiden Mönche waren jetzt allein. Sehr gewissenhaft trug der Großprior seine Sachen zusammen und nahm mit Bedacht die von beiden gemachten Aufzeichnungen zur Hand, verglich sie miteinander und verfasste einen Abschlussbericht.

In der Zwischenzeit fuhr der Ordensberater für das Mittelmeer mit dem fort, was er zuvor mit großer Sorgfalt begonnen hatte. Er holte noch einmal seine große Thermosflasche mit Tee aus dem Rucksack, nahm die andere mit dem Kaffee, die noch auf dem Tisch stand, ebenfalls zur Hand und ging mit beiden Thermosflaschen zum Waschbecken in das angrenzende Zimmer. Dort leerte er den mitgebrachten Tee in den Ausguss, spülte seine Thermosflasche sauber aus und füllte den Kaffee, den die Legion Christi ihnen morgens serviert hatte, in seine 1,5 Liter Thermosflasche.

Als sie gefüllt war, schaute er sie verstohlen an und begann boshaft lächelnd mit ihr ein Gespräch, so als wäre sie ein Mensch:

„Mal sehen, was Dr. Mantovani sagt, was man uns da einflößen wollte." Obwohl diese Worte wenig christliche Nächstenliebe erkennen ließen, fuhr er fort: „Wer Schlechtes denkt, handelt richtig", und kehrte zu seinem Ordensbruder zurück.

„Mal sehen, wie sich uns die Jugendlichen morgen präsentieren", rutschte es «Sancho Panza» fast euphorisch heraus. Dabei hob er den Kopf und hatte noch immer die Schreibfeder in der Hand, „Lieber Pater, wir werden keine Zeit mehr damit totschlagen, uns Lügengeschichten anzuhören."

Die beiden Mönche verließen das Collegio Massimo und begaben sich zu ihrer Unterkunft. Als sich der Ordenberater an seiner Zimmertür vom Prior verabschiedet hatte, verließ er noch einmal heimlich das Domus Carmetilana, dieses Mal allein. Es war ein kurzer Besuch in der Apotheke des Nachbargebäudes, denn es war schon acht Uhr abends.

Zur gleichen Zeit läutete in der Villa Linda noch einmal das Telefon. Marcial Maciel erwartete diesen Anruf schon mit großer Ungeduld:

„Mon Père, hier spricht Pater Agustí". Dieser Tonfall war an sich schon eine Nachricht und eine schlechte dazu. Völlig aufgelöst und verängstigt fuhr er fort: „Pater Balboa teilte mir soeben mit, dass die beiden Mönchen ihn gebeten haben, er möge in seiner Funktion als Rektor und kommissarischer Ordensgeneral die Schüler und Novizen anweisen, dass sie die Aussagen vor der Untersuchungskommission wiederholen, da es in der Befragung formale Verfahrensfehler gegeben hätte. Es schien so, als wollten die Ermittler zum Ausdruck bringen, dass Aussagen nicht verbindlich waren. Sie werden morgen früh zurückkehren und rechnen noch mit mindesten zwei weiteren Untersuchungstagen."

„Noch einmal zwei Tage!", rastete der Ordensgründer aus. „Ich wünsche sofort die beiden Novizen zu sehen, die sich letzte Nacht mit Pater Gabriel getroffen haben. Wenn die zwei heute den ganzen Tag den Mönchen Rede und Antwort standen, dann möchte ich ganz genau wissen, was sie denen erzählt haben."

„Mon Père, ich wusste natürlich, dass Euer Ehren diesen Wunsch äußern würden. Deshalb habe ich soeben den zwei Novizen mitgeteilt, dass Unser Vater schon nach der für gestern vorgesehenen Befragung mit ihnen sprechen wollte. Da diese jedoch verschoben wurde, habe ich noch einmal betont, dass Sie erwarten, dass sie heute nach der Befragung Ihrem Wunsch nachkommen."

„Und?“

„Sie gaben mir zur Antwort, dass sie nicht das geringste Interesse daran hätten, mit Marcial Maciel zu sprechen.“ Absichtlich hatte Agustí die Betonung auf den letzten Teil des Satzes gelegt. „Genau mit diesem Worten haben sie mir geantwortet. Mir fiel auf, dass sie sich weigerten, Sie Unseren Vater zu nennen. Als ich sie an die Verpflichtung zum Heiligen Gehorsam erinnerte, gaben sie mir zur Antwort: «Pater, wir haben das Gelübde noch nicht abgelegt. Deshalb haben uns die Ermittler darauf hingewiesen, dass die Verpflichtung zum Gehorsam gegenüber den Stellvertretern Christi Vorrang vor unserem Ordensvorgesetzten hat. Die päpstlichen Beauftragten haben uns den Kontakt zu unseren Ordensleitern verboten, solange wir vor ihnen noch nicht den Eid abgelegt haben.“

Ohne ein Wort zu sagen, legte Marcial Maciel auf. Sein Imperium bekam Risse. Aber er war nicht bereit, vor den kirchlichen Behörden zu kapitulieren.

Entschlossen sann er über eine endgültige Lösung nach.

ACHTZEHNTES KAPITEL

Es war sechs Uhr dreißig am Morgen im Kloster Domus Carmelitana in Rom. Kurz nach dem Glockengeläut, das die Gemeinschaft für die Morgenandacht und das Morgenlob aus dem Schlaf holte, vernahm der Ordensrat für das Mittelmeer ein lautes Klopfen an seiner Zellentür.

„Pater, kommen Sie bitte, da ist ein dringender Anruf für Sie."

„Um diese Zeit?", fragte sich der noch immer schlaftrunkene Mönch. Er stellte das Lesepult mit dem zweiten Band von Ludwig von Pastor zur Seite, den er am Abend mit ins Bett genommen hatte, um sich über ein ganz bestimmtes Detail zu informieren. Es war in der Sache von Wichtigkeit, mit der er sich gerade beschäftigte. Er hatte höchstens fünf Stunden geschlafen und nicht einmal daran gedacht, das Licht auszulöschen, denn er war von einem finsteren Traum über heimtückische Machenschaften am päpstlichen Hof vergangener Jahrhunderte gefangen genommen.

Er mutmaßte, vielleicht könnte irgendjemandem aus seiner Familie etwas zugestoßen sein, denn er hatte eine neunzigjährige Tante, die nicht mehr gesund war. Doch bald hatte er sich beruhigt, konnte auch langsam den Traum vergessen und begann, klare Gedanken zu fassen. Und plötzlich fiel ihm ein, wer der Anrufer war und weshalb diese Dringlichkeit.

Er musste sich bis in den Lesesaal der Bibliothek begeben, wo sich außer in der Pförtnerloge im Eingangsportal das einzige öffentliche Telefon befand.

«Wir befinden uns nicht im Luxushotel, sondern in einem Kloster», brummelte er vor sich hin, während er die menschenleeren Gänge entlanglief, kaum in der Lage, einen Fuß vor den anderen zu setzen. Dabei erinnerte er sich betrübt an eine verhängnisvolle medizinische Erkenntnis seines Hausarztes vor einigen Wochen, wobei er sich nicht mehr daran erinnern konnte, warum er überhaupt auf das Thema gekommen war. «Woran erkennt man, ob jemand schon alt oder immer noch jung ist?“, hatte er den Mediziner gefragt. Dieser gab ihm die ironische Antwort in einem metrischen Vers: «nicht schlohweißes Haar, auch nicht die Haut gewellt, sondern erst dann, wenn das Gehen schwer fällt».

Er bekam einen großen Schreck. Denn er musste feststellen, dass ihm das Fortbewegen sichtlich Probleme bereitete. «Vielleicht ist es wirklich so, dass das organisches Verfallsdatum in meinen Fußsohlen eingraviert ist? Doch da es außerhalb des Sichtfeldes meiner Augen liegt, werde ich zum Glück nicht ständig daran erinnert», murmelte er gottergeben vor sich hin.

Es war in der Tat Dr. Mantovani, der Apotheker, denn es kam niemand anderes in Frage.

„Ehrwürdiger Pater, ich bitte tausendmal um Entschuldigung für den frühmorgendlichen Anruf. Ich weiß, dass Sie erst um sechs Uhr dreißig aufstehen."

Der Ordensmann lächelte. So konnte nur jemand reden, der seit vier Uhr morgens hellwach ist und nur darauf wartet, dass die verdammten Glocken endlich sechs Uhr dreißig schlugen.

„Ich habe kaum geschlafen", fuhr er fort. „Nach der Analyse der Flüssigkeit, die Sie mir gestern Abend noch gebracht haben, war ich die ganze Nacht sehr aufgebracht. Sie enthält eine starke Dosis «Casantrol», die chemische Bezeichnung dafür ist «Docusatnatrium». Es ist ein starkes Abführmittel. Die Dosis, die ich in der Thermosflasche ermittelt habe, war drei Mal so hoch wie die, die medizinisch gegen hartnäckige Verstopfung verschrieben wird. Das Mittel wird aus einem Wurzelextrakt gewonnen und hat in dieser Urform bereits eine starke Wirkung. Die Verschreibung erfolgt in kleinsten Gaben, denn die sind ausreichend, um Verstopfung zu lösen oder Darmstörungen, das heißt, harten Stuhlgang oder Ablagerungen zu mildern. Das Mittel wirkt 6 bis 12 Stunden nach Einnahme. Wenn jemand eine Tasse Kaffee mit dieser Konzentration des Abführmittels zu sich genommen hat, den erwarten schlimme Stunden. Denn mit der Einnahme einer drei Mal so hohen Dosis wie die, die für schwerste Verstopfungsfälle üblich sind, wird dem

Probanden übel mitgespielt. Hoffentlich ist es bei dieser einen Tasse geblieben, mein Pater, denn mehrere Tassen in dieser Konzentration wären in der Lage, bei einem Elefanten nicht nur den Darminhalt, sondern sein gesamtes Eingeweide ans Tageslicht zu befördern."

Der Ordensrat für das Mittelmeer machte sich große Sorgen um den armen Luanco, dem er bedenkenlos den von der Legion Christi präparierten Kaffee serviert hatte. Seit dem Luanco genussvoll diese Tasse Kaffee zu sich genommen hatte, waren genau zwölf Stunden vergangen. Er war bestimmt schon blau angelaufen und musste alle zehn Minuten zur Toilette rennen.

„Uns ist eine Person bekannt, die über einen Zeitraum von mehreren Wochen Tag für Tag dieses Mittel eingenommen hat. Dieses wurde ihm ohne sein Wissen und ohne seine Zustimmung verabreicht. Und gestern hat jemand in meinem Beisein eine Tasse der Flüssigkeit zu sich genommen, die Sie gerade untersucht haben. Zufälligerweise war es die gleiche Person, die von seinem unmittelbaren Ordensvorgesetzten den Befehl erhielt, täglich der besagten Person das Mittel zu verabreichen, wobei wir bis heute nicht wissen, in welcher Konzentration. Wahrscheinlich haben wir überhaupt keine Vorstellung davon, was das zur Folge hatte."

„Pater, sagen Sie mir, was ist mit dieser Person geschehen? Ich meine die, die das Abführmittel über mehrere Wochen einnahm. Mehrere Wochen! Es wäre ein Wunder, wenn er das überlebt hätte."

„Er ist nicht mehr in Rom. Er musste in sein Heimatland Mexiko zurückkehren.“

„Es ist äußerst dringend, dass Sie sich mit ihm in Verbindung setzen, wenn er überhaupt noch am Leben ist. Es könnte sein, dass er schwerste Leberschäden und Schädigungen der Bauchspeicheldrüse davongetragen hat oder aber auch des Darmes, weil innere Blutungen aufgetreten sind. Er muss sich sofort in eine Klinik begeben und sich einer strengen medizinischen Behandlung unterziehen. Normalerweise hätte man ihm bei diesen starken Durchfallbeschwerden die Einnahme von «Casantrol» sofort untersagen müssen. Jeder Apotheker hätte ihm diesen Rat erteilt, doch die fatale Wirkung war ja beabsichtigt. Ich bin von Amts wegen verpflichtet, diesen Medikamentenmissbrauch zu melden. Denn ich muss davon ausgehen, dass derjenige, der diesen Kaffee, den Sie mir gebracht haben, präpariert hat, es in der Absicht getan hat, jemand für eine Weile außer Gefecht zu setzen. Das ist ein Verbrechen. Jemand hat versucht, Sie zu vergiften, deshalb werde ich diesen Tatbestand der Polizei melden, damit sie die entsprechenden Untersuchungen einleiten kann. Dazu bin ich verpflichtet.“

„Einverstanden, Doktor. Würde es Ihnen etwas ausmachen, bis heute Nachmittag damit zu warten? Wie Sie sehen, erfreuen sich die vermeintlichen Opfer einer guten Gesundheit, deshalb ist unser Fall nicht dringlich. Mein Vorgesetzter und ich haben nicht einen Tropfen dieses Gebräus zu uns genommen. Mit ein bisschen

Geduld werden wir möglicherweise heute Nachmittag noch beweiskräftigere Indizien für die Vergiftung des Kaffees erhalten, denn wenn man uns zwei so quietschfidel kommen sieht, wird man meinen, die verabreichte Dosis wäre nicht ausreichend gewesen. Und vergessen Sie nicht, dass ein Jugendlicher eine Tasse dieses präparierten Kaffees zu sich genommen hat. Bei ihm werden Sie die Symptome erkennen können."

„Gut, wenn Sie mir versichern, dass wir heute Nachmittag über eine weitere Probe verfügen, werde ich damit warten", erklärte sich der Apotheker einverstanden, „aber nur bis heute Nachmittag, denn spätestens morgen muss ich die Polizei informieren. Noch zwei andere Punkte: erstens, ich habe die Thermosflasche beim Portier abgegeben. Sie können Sie wieder bedenkenlos benutzen, denn ich habe sie vorschriftsmäßig gereinigt, und zweitens, der Novize, der den Kaffee getrunken hat, soll bitte eine Stuhlprobe in mein Labor bringen lassen. Geben Sie ihm bitte hierüber sofort Bescheid. Vielleicht kann mir jemand die Probe baldmöglichst zukommen lassen. Zudem wäre es angebracht, dass sich der Jugendliche in ärztliche Obhut begibt. Er soll reichlich Flüssigkeit zu sich nehmen und körperliche Anstrengung vermeiden."

Dem Ordensrat für das Mittelmeer kam noch einmal der unglückselige Luanco in den Sinn. «Der vergiftete Giftmischer», sagte er sich. Das wäre ein schöner Titel für eine Komödie. Der arme Junge. Um seine aufsehenerregenden Angaben im Zeugenstand freudig zu begehen, hatte er eine Tasse Kaffee genossen, ohne den geringsten Verdacht zu schöpfen, dass darin die gleiche Arznei enthalten war, die er wochenlang dem dahinsiechenden Pater Pereira verabreicht hatte, doch dies Mal ohne die strafmildernden Umstände des Heiligen Gehorsams.

Bruder Denis Marañón war der erste, der in den Zeugenstand trat.

Mit ihm begann die abermalige Befragung der Jugendlichen. Beim ersten Mal hatten alle mit «nein» geantwortet. Für dieses Mal hatten sich die Ermittler eindeutig festgelegt. Wenn die ersten zwei Tage von der Dunkelheit der Lüge gekennzeichnet waren, so sollte heute das helle Licht der Wahrheit scheinen. Zu Beginn hatten sich die beiden Karmeliter auf Folgendes verständigt:

„Wir werden niemandem die beeideten Falschaussagen vorwerfen und sie werden auch keine weiteren Konsequenzen zu befürchten haben, sondern wir räumen allen die Gelegenheit ein, dieses Mal die Wahrheit zu sagen, um damit die zuvor gemachten Angaben aufzuheben."

Nach der Begrüßung sagte der Prior zu ihm: „Bruder, wir haben Zeugen, die angeben, dass Sie in Pater Maciels Zimmer in der Krankenstation zugegen waren, als dieser Kameraden von Ihnen in sein Bett aufnahm. Sie waren es, der häufig während der Heiligen Messe in die Kapelle kam, um einen Ihrer Kameraden zu benachrichtigen, dass der Ordensvorsteher ihn in seinem Privatgemach zu sehen wünscht. Uns ist auch bekannt, dass Sie dem

Ordensgeneral Drogen beschafft haben und dass Sie einmal sogar nach Madrid geflogen sind, um dort für ihn Morphium aufzutreiben. Diese Angaben haben sowohl zwei Ihrer Kameraden als auch ein Priester der Legion Christi gemacht und auch beeidet." Er las jetzt die betreffenden Namen vor und übergab ihm die beeideten Aussagen. „Lassen Sie sich Zeit. Wenn Sie es wünschen, können Sie die Zeugenangaben lesen."

Der Legionär schaute verwirrt auf die Dokumente, als wüsste er nicht, was er damit machen solle. Er blätterte sie oberflächlich durch und blieb an den Unterschriften hängen.

„Wir werden vergessen, dass Sie beim ersten Mal die Unwahrheit gesagt haben. Sie müssen nur erneut die vier Fragen schriftlich beantworten, die wir Ihnen schon gestellt haben. Dann werden wir die beeidete Aussage von vorgestern vor Ihren Augen zerreisen und damit ist sie annulliert. Hier ist für Sie noch einmal der Bogen mit den nahezu identischen Fragen, nur die Fragestellung ist ein wenig konkreter als am ersten Tag.

Mit augenscheinlicher Nervosität las Denis Marañón den Fragebogen. Diese neu formulierten Fragen würden allen aufgerufenen Zeugen noch einmal vorgelegt werden. Es war unmöglich sie zu ignorieren, und sie erforderten eine ganz konkrete Antwort.

1. Hatten Sie Kenntnis davon, dass der bereits genannte Pater Mitglieder der Legion Christi zu sexuellen Kontakten anhielt, sei es in der Krankenstation oder an anderen Orten?

2. Waren Sie selbst einmal oder mehrfach an diesen Handlungen oder an der Beschaffung oder Verabreichung von Drogen beteiligt?
3. Kennen Sie ein anderes Mitglied der Legion Christi, das an den zuvor genannten Handlungen beteiligt war?
4. Hatten Sie Kenntnis davon, dass Pater Marcial Morphium konsumierte?

Denis Marañón fing an zu schreiben, doch er musste die Beantwortung der Fragen unterbrechen, denn er begann zu schluchzten. Mühsam schluckte er Tränen und Speichel hinunter. So benötigte er für die vier Fragen mehrere Minuten.

Vor dem Setzen der Unterschrift befragte ihn der Prior erneut. Der Mönch ahnte, dass Bruder Denis wichtige zusätzliche Begebenheiten verheimlichen könnte, ohne jedoch zu wissen, welche:

„Warum mussten Sie sich während der intimen Treffen Pater Maciels mit Ihren Kameraden ebenfalls in dem Zimmer aufhalten, quasi als stummer Zeuge der sexuellen Handlungen?"

Als der Legionär, dünnhäutig und von schwacher körperlicher Konstitution, das vernahm, starrte er den Ermittler an und es schien so, als wolle er in Ohnmacht fallen. Er legte seine Ellenbogen auf den Tisch, ließ den Kopf in die Hände fallen und verfiel in Weinkrämpfe. So als wäre er von einem Blitz getroffen worden, brach er vor den Mönchen zusammen. Vergeblich versuchte er sich keuchend und stotternd zu artikulieren. Der

Prior zeigte Erbarmen und ließ ihn ausweinen, bis er sich wieder beruhigt hatte. Dann reichte er ihm ein Glas Wasser und bat ihn, das Dokument zu unterzeichnen. Vor seinen Augen zerriss der Chefermittler dessen erste Erklärung und verabschiedete sich von ihm.

Als der nächste Zeuge eintreten wollte, rief ihm der Prior entgegen:

„Bruder, warten Sie bitte draußen noch einen Moment, wir rufen Sie gleich."

Er wandte sich seinem Ordensrat zu und sagte:

„Pater, ich benötige jetzt eine Pause, denn ich muss Ihnen etwas erzählen. Was ich soeben gesehen und vernommen habe, war für mich eine aufschlussreiche Offenbarung. Als wäre mir plötzlich die Antwort auf eine Frage gegeben worden, die ich mir vor vielen Jahren als Kind gestellt habe, ohne jemals darauf eine Antwort gefunden zu haben.

Als ich zehn Jahre alt war", fuhr er fort, „bemerkte ich, dass sich bei einem Nachbarn Merkwürdiges abspielte. In einem Hühnerhof, den ich von meinem Zimmer aus in Gänze einsehen konnte, hielt er zwanzig Hennen und zwei Hähne. In der Mitte stand ein großer Käfig, in dem einer der Hähne eingesperrt war. Durch den Drahtverhau war er in der Lage, alles, was um ihn herum geschah, genau zu verfolgen.

Der freilaufende Hahn konnte eine ganze Woche nach Belieben die Hühner beglücken, während das eingesperrte Tier es als Augenzeuge mit wütendem Krähen bekundete. Der internierte Hahn sprang in wilder Verzweiflung im Käfig auf und nieder, stieß immer wieder mit dem Kamm gegen das Gitter und war der Situation ohnmächtig ausgeliefert. Sein lautes Krähen war jetzt nicht mehr der Lockruf für die Hennen, sondern das wehklagende Eingeständnis seiner Machtlosigkeit. Nach einer Woche ließ der Nachbar zur Ruhezeit den eingesperrten Hahn frei und setzte den bisher freilaufenden Gockel hinter Gitter. Jetzt betrachtete der neue Käfiginsasse die Wollustorgie, mit der sich sein Vorgänger nach der zwangsweise abstinenten Woche schadlos hielt. Nun war er es, der deprimiert mit wehleidigem Krähen gegen das Gitter sprang, bis der Kamm blutete. Verzweifelt musste er mit ansehen, wie sein Rivale alle Hennen in seinem Herrschaftsbereich in immer kürzeren Abständen belegte. Je mehr er seinen Genossen leiden sah, desto größer waren seine Sinnesfreuden.

Derweilen saß mein Nachbar auf einem Stuhl und betrachtete die Vorstellung. Vor allen Dingen verpasste er keinen Montag, den Tag des Rollentausches. Und ich stellte mich darauf ein, ihn auch nicht zu versäumen. Bei mir war es Neugier und ich fragte mich, was ist sein Motiv? Was treibt ihn dazu, ein Tier zum Leiden zu verurteilen, während das andere wilde Orgien feiern darf? Warum erfreute er sich immer am gleichen Schauspiel, hier die zügellose Lüsternheit und dort der unsagbare Schmerz, der regelmäßige Wechsel beider Kreaturen zwischen völliger Abstinenz und ungehemmter Wollust?

Warum muss stets einer der Hähne hinter Gitter, überdies noch dazu verurteilt, mit anzusehen, was ringsumher geschieht? Warum ist es so bedeutsam, dass das internierte Tier Zeuge der Ausschweifungen des anderen ist? Ist der Tierhalter ein Sadist? Ist es vielleicht eine versteckte Art und Weise, seinen eigenen Sexualtrieb anzuregen oder zu befriedigen, eine Abnormität seines Wesens?

Als uns heute dieses menschliche Wrack gegenüberstand, habe ich mir das Krankenzimmer und das Bett des Ordensgründers vorstellen müssen, in dem er immer wieder die Rolle des Auserwählten, des wollüstigen Hahnes, aber auch die des Verschmähten, des hilflos eingesperrten Tieres übernehmen musste. Ich glaube, ich bin kurz davor, das zu finden, was ich als Kind in der Rolle des einfachen Zuschauers immer gesucht habe, denn ich habe das Gefühl, dass mir die Antwort bald gegeben wird, die ich jahrelang gesucht habe. Ich bin mir noch nicht ganz sicher, doch ich meine, ich habe heute in den Augen des Jugendlichen die gleiche Verzweiflung wie bei dem eingesperrten Hahn meiner Kindheit erkannt. Es war der Blick eines Opfers, eines Sklaven, gepeinigt von einem Sadisten."

Als er seinen Diskurs beendet hatte, ging er selbst zur Tür, um den nächsten Zeugen einzulassen. Bei ihm kam die gleiche Strategie zum Einsatz, die sie sich am Tag zuvor ausgedacht hatten:

„Du hast die Unwahrheit gesagt, aber wir geben dir noch einmal Gelegenheit, die Wahrheit zu sagen".

Arnulfo fiel es nicht leicht einzusehen, dass er gelogen hatte. Als er den Vorwurf hörte, klopfte er mit der Faust auf den Tisch und rief:

„Ich war doch nur gehorsam!"

Die Ermittler hielten sich mit jeglicher Bemerkung zurück. Vielleicht, so meinten sie, war das Klosterleben das letzte Refugium, das den Jugendlichen geblieben war, um sich nicht als menschlichen Abschaum zu fühlen und um sich nach so viel Demütigung einen letzten Rest von Würde bewahren zu können. Die Rechtfertigung des Zeugen erinnerte sie an die Antworten der Täter im Auschwitz-Kriegsverbrecherprozess. Sowohl die Henkersknechte, die nach eigenem Gutdünken Todesurteile vollstreckten, als auch die Schreibtischtäter, die die Pläne für Deportation und Exekution entwarfen, gaben vor Gericht an, nur auf Befehl gehandelt zu haben.

Schließlich erklärte Arnulfo, der Ordensgründer habe sich an ihm vergangen.

„Mehr als vierzig Mal", präzisierte er, denn er war einer der engsten Vertrauten von Marcial, klein von Statur und bildhübsch.

Was für eine abscheuliche Statistik hatte sich in seine Seele eingebrannt. Vierzig Mal missbraucht, vom Ordensgründer geografisch verteilt über den ganzen Erdball: Tlalpan, Ontaneda, Cóbreces und Rom. Wenn sich jemand weigerte, dem Pater sexuell zu Diensten zu sein, wurde er von ihm befragt, ob er für ihn nicht attraktiv genug sei. Am Strand von Ostia, vor den Türen der Ewigen Stadt, hatte der Ordensgründer Arnulfo zu seiner Rechten und Paco zu seiner Linken platziert. Dort befriedigten die Drei sich gegenseitig. Sie verhüllten ihre sexuellen Aktivitäten nur durch eine kleine Decke. Der Pater hatte je eine Hand rechts und links zu seinen Begleitern ausgestreckt, während die Jugendlichen vierhändig seine Hoden massierten. Arnulfo, gleichzeitig Zeuge und Opfer, bestand auf exakten Zahlenangaben: vierzig Mal, mehr oder weniger. Als ob ein, zwei oder neununddreißig Schändungen mehr die Schwere des Verbrechens beeinflusst hätten.

An die Aussage des nächsten Jugendlichen sollten sich die beiden Mönche aufgrund der Einmaligkeit für immer erinnern. In der Apostolischen Schule in Tlalpan war auch der Bruder des Zeugen untergebracht. Der Ordensgründer hatte ihn augenscheinlich nur gerufen, um mit ihm über seinen Bruder zu sprechen, zu dem sich der Zugang anscheinend schwierig gestaltete. Schließlich offenbarte ihm Marcial Maciel, dass sein Bruder Probleme bei der Selbstbefriedigung habe.

„Unser Vater sagte mir, dass er die Angelegenheit mit einem Urologen besprochen hätte“, berichtete der Jugendliche. „Dieser hätte ihm nahegelegt, bei ihm eine Spermaprobe zur Diagnose des Problems meines Bruders abzugeben. Da Marcial Maciel Bedenken hatte, diesbezüglich meinen Bruder anzusprechen, schlug er vor, jetzt gleich gemeinsam eine Samenprobe von mir zu produzieren. Da wir aus derselben Familie stammten, hätte die Probe sicherlich auch Gültigkeit für meinen Bruder.“

„Und, haben sie ihm das abgenommen?“, fragte ihn «Don Quijote» aufgebracht.

„Ich widersetzte mich dem, wie es nur möglich

war, denn mir leuchtete nicht ein, etwas von mir auf diese Art auf meinen Bruder übertragen zu können. Letzten Endes sind wir zwei verschiedene Individuen. Doch Unser Vater bedrängte mich derart, dass er mit immer neuen Argumenten an meine Christen- und Familienpflichten appellierte und führte sogar den Gehorsam an, den ich ihm schuldete. Schließlich willigte ich ein. Dort auf der Stelle verhalf er mir mit seinen Händen zur Ejakulation. Es dauerte ziemlich lange, denn ich war in diesem Augenblick nicht in der Lage, mich hinreichend zu entspannen. Für das Ergebnis benutzte er ein für diesen Zweck vorbereitetes Reagenzglas. Mit dem Hinweis auf den Heiligen Gehorsam verordnete er mir gegenüber jedermann striktes Schweigen, auch gegenüber meinem Bruder. Bis zum heutigen Tag ist mir nicht klar, ob diese Aktion irgendeinen Sinn hatte."

Immer mehr erstaunt darüber, was sie zu hören und zu sehen bekamen, verabschiedeten die Mönche den Zeugen. Sie verglichen die Aussagen der Jugendlichen mit den betrügerischen Machenschaften, von denen ihnen Pater Gabriel erzählt hatte, und kamen immer zum selben Schluss. Es waren die alles und jeden beeindruckenden simplen Lügen des Marcial Maciel, die von ihm glaubhaft vermittelt wurden, obwohl es sich um Lügen handelte. Wo man eigentlich nur ein müdes Lächeln erwartet hätte, war dieser Mensch von seinen Worten absolut überzeugt. Zuerst war man erstaunt, dann fühlte man sich geschmeichelt, doch letztendlich wurden dadurch seine unverantwortlich gewissen- und bedenkenlosen Lügenkonstrukte bestätigt.

Jetzt erschien zum zweiten Mal Abelardo. Seine Angaben waren in jeder Hinsicht beeindruckend, vor allem, weil ihm die beiden Mönche beim ersten Mal wirklich geglaubt hatten, trotz der Verlegenheit, die er erkennen ließ. Jetzt wollte er die Karmeliter nochmals von ihrer Ermittlungsstrategie abbringen, in dem er darauf hinwies, dass seine Erscheinung nicht mit den Auswahlkriterien Marcial Maciels übereinstimmte, die im Laufe der Untersuchung erkennbar wurden. Der vor ihnen stand, schien nicht von vornherein berufen zu sein, einer der Auserwählten Unseres Vaters zu werden. Er hatte weder blaue Augen noch ließ er andere arische Wesenszüge erkennen. Gewiss, er was schlank und muskulös, doch von dunkler Haut und sein Gesicht zeigte Merkmale eines Indios. Dessen ungeachtet sagte er aus, mehr als zehn lange Jahre der Geliebte des Ordensgründers gewesen zu sein. Weder den Mönchen noch ihm war allerdings bekannt, dass es stets die Absicht von Marcial Maciel war, sich an seiner Rasse zu rächen, denn seine indianischen Wesenszüge ähnelten zu sehr dem Ungeheuer mit den tausend Gesichtern, das ihn in jenen zweiundzwanzig Nächten beschnüffelte. Doch dieses Ereignis war Maciels großes Geheimnis.

Zehn Jahre Liebesdienst! Noch einmal wird man verleitet, sich nur die nackte Zahl zu betrachten. Als ob es sich dabei nicht um die gleiche Straftat handeln würde, sei es ein Monat, ein Tag oder auch nur ein einziges Mal.

Vielleicht wurde der Zeuge durch diesen besonderen Rechenschaftsbericht zum Glaubwürdigsten aller Opfer. Er war das beste Beispiel der sittlichen Verworfenheit einer gesamten Generation, die sich keines Schamgefühls bewusst war, deshalb war sie stets empfänglich, auch noch so kleine Möglichkeiten beim Schopf zu packen, ihrer Erniedrigung zu entfliehen. Im Inneren war der Ordensgründer stolz auf die außergewöhnliche Auswahl seiner Liebesdiener und auf die Hauptrolle, die er in diesem Beziehungsgeflecht einnahm. Er schien sich an Kommentaren wie diesen zu ergötzen:

„Du bist ein edler Mensch, Don Abelo. Darum liebe ich Dich mehr als jeden anderen, sogar mehr als meine Mutter“, sagte mir oft Unser Vater.

Die Worte des Jugendlichen ließen den beiden Gottesmännern die Schamesröte ins Gesicht steigen. Die genauen Schilderungen der lüsternen Begegnungen, die manchmal sogar im Doppelbett eines Luxushotels in New York stattfanden, brachten ihr seelisches Gleichgewicht heftig ins Wanken.

„Wenn Unser Vater in Eile war, begann er bereits im Hotelaufzug mit der lüsternen Fummelei“. Er sagte das, als wäre es nichts Besonderes.

Ohne dass er dazu direkt befragt wurde, erklärte der Zeuge, er habe Marcial Maciel weder jemals das Stundengebet sprechen (zu dem er als Priester nach begangener schwerer Sünde verpflichtet gewesen wäre) noch vor dem Tabernakel niederknien sehen, in dem nach katholischem Glauben Jesus in Form geweihter Hostien gegenwärtig ist. Er habe ihn weder jemals bei halbstündigen geistlichen Übungen gesehen, die er allen anderen per Verordnung auferlegt hatte, noch habe er ihn jemals Nacht- oder Tischgebete sprechen hören, es sei denn, er befand sich in Gemeinschaft. Man konnte auch keine Anzeichen von Bußübungen auf seinem Körper erkennen, von dem der Jugendliche jeden Handbreit kannte. Jene Bußübungen im Büßerhemd und mit Weidenrute, zu denen die Ordensregeln zwei Mal in der Woche aufriefen. Auf seinem Körper sah man nur die tausend Einstiche der Spritzen, die er sich gelegentlich sogar selbst verabreichte.

Danach erschienen im Versammlungssaal die übrigen Jugendlichen, die Tage zuvor ebenfalls die Unwahrheit gesagt hatten: Lanza, Mario, der Bruder von Pablo und Serafín Vázquez Ricondo, der Daniel Agustí geholfen hatte, die Aktenordner im Nonnenkonvikt zu verstecken. Die Ermittler erfuhren über Marcial Maciel, dass er die Auswahl für den Orden nicht nach geistigen Fähigkeiten, sondern nach körperlicher Beschaffenheit vornahm. Nach einiger Zeit waren die beiden Karmeliter schon bei Eintritt eines Legionärs in den Zeugenstand in der Lage, sich aufgrund seiner körperlichen Attribute eine Einschätzung zu erlauben: Augen, Haar, Rassemerkmale, Hautfarbe und Körperwuchs reichten aus, um wortlos mit einem prüfenden Blick festzustellen: «Der hat uns nichts zu berichten. Den hat der Ordensgründer nicht angefasst.» Sie haben nicht ein einziges Mal falsch gelegen.

Am Ende des vierten Tages hatte die Kommission den juristischen Widerruf der Erstaussage von dreiundvierzig Legionären oder Novizen in ihren Händen. Sie sahen in diesen Dokumenten die niedergelegten Waffen der nicht mehr existierenden Legion: dreiundvierzig Mal gebrochenes Schweigen, sie hatten dreiundvierzig Mal die Geheimwaffe der Legion Christi vor ihre Füße geworfen. Weitere fünfzehn waren nicht gezwungen, ihr Schweigen zu brechen, denn bei ihnen gab es nichts zu widerrufen.

Bereits vom zweiten Tag an ließen die Mönche Vorsicht walten und hatten nur den Tee zu sich genommen, den der Ordensrat im Rucksack mitgebracht hatte. Der Großprior wunderte sich erneut, als er sah, dass sein Kollege sich bemühte, aus dem Rucksack nochmals einen Behälter hervorzuholen. Es war ein Fläschchen, in das er eine kleine Menge des Kaffees füllte, der ihnen pünktlich am Morgen von der Legion Christi serviert worden war. Den hatte jedoch bisher niemand angerührt. Der spindeldürre «Don Quijote» füllte nun beide Tassen mit diesem Kaffee, gab jedoch den Inhalt der Tassen umgehend wieder zurück in die Thermosflasche. Dann schüttete er einen großen Teil der Thermosflasche in den Ausguss und stellte sie etwa halbvoll zurück auf den Tisch. Schließlich legte er noch in jeder der scheinbar benutzten Tassen den mitservierten Teelöffel.

Dem erstaunten Großprior, der seinen Kollegen hin- und herlaufen und Sachen aus- und wieder einpacken sah, erklärte der Ordensrat mit strahlendem Lachen:

„Dass sie nicht den Eindruck erhalten, wir hätten ihren Kaffee ausgeschlagen."

Der Großprior schwieg. Denn er traute sich nicht zu sagen, dass ihm diese Erklärung im Grunde genommen nichts erklärt hatte.

Bevor sie auf dem Rückweg in die Corso d'Italia einbogen, verabschiedete sich der Ordensrat vom Prior:

„Entschuldigen Sie mich, mein Pater, aber ich muss Sie jetzt allein weitergehen lassen. Ich muss mir noch ein Mittel gegen meine Schlaflosigkeit aus der Apotheke von Dr. Mantovani besorgen. Wünsche einen schönen Abend und bis später, Euer Ehren."

«Nur eine fromme Lüge», sagte er sich, um sich selbst und sein Gewissen zu beruhigen und hielt in seiner Tasche das Fläschchen fest, um das ihn Dr. Mantovani gebeten hatte.

NEUNZEHNTES KAPITEL

Der Großprior des Karmeliterordens konnte nicht einschlafen. Was er im Collegio Massimo gesehen und gehört hatte, ließ ihn nicht zur Ruhe kommen. Die große Schar der Besiegten hatte ihre Rüstung abgegeben, hatte die geheime Waffe der Legion Christi, das Stillschweigen, abgelegt; das laute Krachen von so viel zu Fall gebrachter Verschwiegenheit war eines über dem anderen zu einem Stapel aufgeschichtet worden. Ihre Zeugenaussagen ließen einen doppelten Sinn erkennen. Nachdem das Lügengerüst wie durch Hammerschläge zum Einsturz gebracht worden war, fanden die Zeugen als Bekehrte zum Glauben zurück. Aus den Schürfwunden tropfte Blut, kam Gift und feuchtwarme Schlüpfrigkeit zum Vorschein, lief verratene Treue, demütigende Schande und durch den Dreck gezogene Ehre sowie verlorene Unschuld heraus.

All das traf besonders auf den im Spinnennetz dieses düsteren Jahrzehnts gefangen gehaltenen unglücklichen Denis zu.

Für einige Augenblicke schaute der Prior in dieser kalten Novembernacht aus dem Fenster. Sein Blick verfing sich in der Dunkelheit und stierte ins Leere, dabei stellten sich die Zeiger seiner Lebensuhr um sechzig Jahre zurück.

Dann schaute er noch einmal hinaus. Dieses Mal war die Wahrnehmung eine andere. Jetzt sah er sich nicht mehr oben am Fenster, sondern unten im Hühnerhof. Mit den Augen des Alten betrachtete er das Kind, das er einmal gewesen war. Er hatte die Ellbogen auf das Fensterbrett gestützt, den Kopf zwischen die Hände gelegt und erinnerte sich: Der Mann setzte sich vor den Käfig auf seinen Stuhl und dort gegenüber war ich und verfolgte alles mit hypnotisiertem Blick.

Zum ersten Mal betrachtete er sich selbst. Er sah etwas Neues, etwas, was er vorher noch nie wahrgenommen hatte: seine eigenen Augen. Er sah die kindlichen Augen, die wie jeden Montag gebannt auf den Hühnerhof schauten. Doch ihm wurde bewusst, dass irgendetwas fehlte: Dort saß er immer und betrachtete die Freude und den Schmerz, die beiden Kontrahenten im Leben. Wie oft war das der Fall, wie viele Montagmorgen? Er dort unten und ich hier oben, nicht eine Sekunde habe ich verpasst.

Ein Blitz erhellte für kurze Zeit die Nacht. Und jetzt fiel ihm ein, was dem Bild vor seinen Augen fehlte. Während eines neuerlichen Blitzes wurde ihm klar, dass er damals die große Sünde seines Lebens begangen hatte. Und die hatte er nicht gebeichtet.

In der wöchentlichen Beichte, die Mönche aus reiner Ehrfurcht vor dem Sakrament ohne Auflistung der Sündenschuld ablegen, hatte er die übliche formelhafte Redewendung hinzugefügt, um das weiter zurückliegende religiöse Fehlverhalten ebenfalls zu berücksichtigen: «Ich beichte auch alle Sünden, die ich in der Vergangenheit begangen habe.» Aber es ist mir niemals eingefallen, auch diese Sünde mit einzubeziehen. Sie schien mir für die Schultern eines Kindes eine zu schwere Last.

Im Versammlungsraum des Collegio Massimo begannen sich unerwartet die Abgründe seiner Vergangenheit aufzutun. Jetzt in der Stille seines Schlafgemachs wurde ihm langsam klar, warum es dieses und kein anderes Kindheitserlebnis war, das während des Zusammenbruchs von Denis Marañón, den er hautnah miterlebt hatte, aus seiner Erinnerung wieder ans Tageslicht kam.

Schritt für Schritt kam die fast schon verflogene Erinnerung zurück, die in ihm das Unbehagen hervorrief für das, was er gesucht hatte, aber niemals fand. Ein Schreckgespenst im Panoramabild des Hühnerhofes beunruhigte ihn, ohne irgendeine Spur hinterlassen zu haben. Etwas quälte ihn, an das er keine Erinnerung hatte. Ein unbewohntes Hinterstübchen verfinsterte seinen Lebensfilm, eine derart alles verdunkelnde, intensive Leere des Lichts, die ihn zwang, für alles um ihn herum die Augen zu verschließen. Wie die leuchtende Leere im Universum, in dem sich das apokalyptische Licht der Sterne ausbreitet, die bereits vor Jahrhunderten verglüht sind.

Diese Leere erinnerte ihn wieder an die quälende Frage:

«Kann ich mit guten Gewissen den Abschlussbericht der Untersuchung unterschreiben, den man von mir erwartet? Wir haben zwar gestern die Ermittlungen beendet, aber was wird morgen, übermorgen, in einigen Monaten geschehen, wenn dieser Bericht Entscheidungen hervorruft und Strafen nach sich zieht? Wo werden jene enden, denen wir strafbare Handlungen zur Last legen, was passiert mit dem Gründer der Legion Christi?»

Genau das war der schwerste Stein, die beschwerlichste Last dieser Nacht, die Verantwortung für die Zukunft, die er mit seinen schwindenden Kräften des Alters nicht mehr tragen konnte. Ihm war die übergroße Macht, die Amtsgewalt verliehen worden, über das Wohl und Wehe von Menschen und die Zukunft eines religiösen Ordens zu entscheiden und Urteile zu sprechen. Er wollte als Gottesdiener stets Liebe verkünden, jetzt war er gezwungen, seinen Ordensbrüdern mit den Augen eines Richters zu begegnen, die ihnen Angst und Schrecken einjagen mussten. Das widersprach zutiefst seiner bescheidenen Wesensart. Er war nicht mehr imstande, diese Richterrolle weiter auszuführen. Seitdem ihn das Geschehnis des gestrigen Nachmittags mit der Erinnerungslücke seines Lebens, mit der ersten im Leben selbstständig getroffenen Entscheidung konfrontiert hatte, war nichts mehr so, wie es vorher war.

Er verließ sein Schlafgemach und schloss vorsichtig die Tür, um keine Geräusche zu verursachen, denn seine Ordensbrüder schliefen bereits den Schlaf des Gerechten. Er klopfte ganz leise gegen die Zellentür des Ordensrates für das Mittelmeer. Er wunderte sich nicht, als «Don Quijote» ihm unverzüglich die Tür öffnete, so als hätte er ihn erwartet:

„Guten Abend, mein Pater“, begrüßte der Ordensrat den Gast und ließ ihn eintreten. „Können Sie ebenfalls kein Auge zutun?“

„Nein, und wie ich sehe Sie auch nicht. Ich möchte Sie bitten, mir die Beichte abzunehmen.“

Das war nahezu eine heilige Bitte, die weder Widerspruch noch Aufschub zuließ.

Ohne ein Wort zu sagen, hatte sich der Ordensrat die Stola umgelegt, deren bestickten und mit langen Fransen versehenen Enden ihm bei seiner Größe nur bis zur Taille reichten. Gern hätte er mit dem Großprior vorher noch einige Worte gewechselt, doch der betrübte Gesichtsausdruck seines Freundes sagte ihm, dass die Beichte keinen Aufschub zuließ.

Der Ordensgeneral kniete sich hin und begann zu sprechen:

„Ich beichte, meine Macht gegenüber jemand anderem missbraucht zu haben. Ich bin ihm respektlos begegnet und habe es mit Bedacht und Freude getan. Ich habe mir etwas angemaßt, was nur dem Herrgott obliegt. Ich empfinde aufrichtige Reue, bitte Gott um Verzeihung und von Ihnen eine gerechte Buße.

Sein Ordensbruder erteilte ihm unmittelbar darauf

die Absolution. Als heilbringende Abbitte gab er ihm auf, über den gesamten folgenden Tag durch wiederholte Stoßgebete, abwechselnd durch innere Einkehr und Fürbitte, Zuflucht in Demut zu suchen, die einen Spalt seiner Seele öffnen und ihn zur Umkehr in Reue bewegen sollte, sodass er wieder sein unbedeutendes, schicksalhaftes menschliches Dasein annehmen werde.

Jetzt saßen sie zusammen, der Beichtvater und der Bußfertige. Der Letztgenannte sagte zum Ersten:

„Ich befürchte sehr, dass mit meiner Unterschrift unser Beitrag in diesem Verfahren noch nicht beendet sein wird, wenn man die gestrige Erfahrung und das Licht mit berücksichtigt, das mich ruiniert hat."

„Mein Pater, lassen Sie uns als solche reden, die wir wirklich sind", begann der Ordensrat für das Mittelmeer mit ungewöhnlicher Selbstsicherheit. Er hatte kurz zuvor in der Abgeschiedenheit seiner Mönchszelle eine ähnliche Sinnkrise durchlebt, nur war er zu völlig gegensätzlichen Schlussfolgerungen gelangt. Er hatte die Beweggründe seines Ordensoberen mit Begeisterung vernommen, nun fuhr er in einer übertriebenen, fast theatralischen Ergriffenheit fort, wie jemand, der Notfall-Verordnungen ankündigt: „Darüber werden wir jetzt sprechen. Dort «Sancho Panza»", und er zeigte mit einer energischen Geste mit ausgestreckten Armen auf den Großprior, „und hier «Don Quijote»", während er sich mit seinem eigenen Spitznamen rief, zeigte er mit beiden Zeigefingern auf sich selbst, dabei die Daumen nach oben gerichtet.

„Zwei, die sich auf ihre Fahne geschrieben haben,

die Welt zu verbessern, obwohl sie selbst tausendfach Verfehlungen begehen. Kann das ein Grund sein, diese noblen Ziele aufzugeben? Bedenken Sie, mein Freund, dass die Abkehr von dem, die Aufgabe des Kampfes gegen die Ungerechtigkeiten in der Welt eine weitere sehr große Ungerechtigkeit bedeuten würde, die wir zudem verschuldet hätten."

„Erinnern Sie sich an die Vorstellung im Hühnerhof?", wollte «Sancho Panza» ihn nun unterbrechen. „Ich will, dass Sie in allen Einzelheiten wissen, von welchem Irrsinn, von welcher Arroganz ich mich soeben losgesagt habe.

Heute Nachmittag ist mir klar geworden, dass der größte Übeltäter im Hühnerhof weder der Mann war, der seinen beiden Hähnen zuschaute, noch der lüsterne oder der leidende Hahn. Nein, keiner von ihnen. Der wirklich Niederträchtige war der Junge, der aus dem Fenster schaute. Denn von den Augen, die das Schauspiel verfolgten, waren meine Kinderaugen die am meisten mitfühlenden. Von allen Augen waren sie die mit einem Gerechtigkeitsempfinden, denn die anderen ließen nur Lüsternheit, Triumph oder Leid erkennen. Im Vergleich zu den meinen waren es einfältige Augen."

„Sind Sie nicht der Meinung", fragte ihn nun «Don Quijote», „dass es einfach nur kindliche Neugier war, die den Jungen veranlasste, aus dem Fenster zu schauen?"

„Mag sein, dass es so begann, doch wenn sich die gleiche Vorstellung jede Woche wiederholt, wird es allmählich langweilig und es muss noch ein anderer

Beweggrund vorhanden gewesen sein. Es war die Tatsache, dass man etwas Anstößiges miterlebt, um sich dann von dem zu distanzieren und zu urteilen, um sagen zu können: «Herr, ich bin nicht so niederträchtig, wie dieser Mensch». Ich war der Pharisäer im Gleichnis, das Jesus seinen Jüngern erzählt hat."

„Glauben Sie wirklich, dass das der Beweggrund des Jungen war? Ist es nicht so, dass Sie die Sache aus heutiger Sichtweise betrachten, mit der Erfahrung, die Sie in den fünfzig langen Jahren danach gesammelt haben?"

„Das dachte ich auch, aber da ist noch etwas. Etwas, was ich Ihnen erzählen muss, etwas, was ich erst jetzt zum ersten Mal sehe. Bruder, helfen Sie mir, diese Last zu tragen."

Der Großprior trocknete sich die Stirn, aus der kalter Schweiß ausgetreten war. Er zitterte, als hätte er eine Erscheinung. Seine Seele war jetzt vollständig erleuchtet, mit Licht, das auch im hintersten Winkel keinen Schatten mehr zuließ. Als es in Strömen eintrat, kam es ihm vor, als hätte es dafür gesorgt, dass die Demut, die Beichte und die Reue für die Sünde, die er als Kind begangen hatte, seine Erinnerung und die Blockade seiner Sinne entkrampft hätten, sodass jetzt die absolute Wahrheit eintreten konnte.

«Don Quijote» folgte den Worten seines Großpriors sehr genau. Wenn er etwas auf diese Weise verkündete, musste man ihn ernst nehmen, denn er war kein Freund von Großtuerei und Übertreibungen.

«Sancho Panza» fuhr fort und ereiferte sich immer mehr.

„Jetzt, wo ich mit Ihnen zusammen bin, erinnere ich mich an noch etwas. Obwohl ich es noch nicht verarbeitet habe, beschreibe ich Ihnen meine Empfindungen. Ich befürchte, sie verstehen mich nicht, denn ich selbst verstehe mich auch nicht. Es ist eine Erinnerung an etwas, was niemals geschah. Es bedrückt mich, weil sie mir fehlt. Ich schaffe es nicht und bin nicht imstande, mich daran zu erinnern, ob der Besitzer des Hühnerhofes jemals seine Augen zu meinem Fenster erhoben hat, ob sich unsere Blicke an all den Montagen überhaupt einmal gekreuzt haben. Wie er so gegenüber meinem Fenster saß, zwischen unseren Augenpaaren der Käfig mit dem Hahn, bin ich fest davon überzeugt, dass er mich erkannt hat. Ich habe ihn, für ihn deutlich erkennbar, vom Fenster aus immerfort angestarrt. Doch es schien, als wolle er mich nicht sehen, er machte den Eindruck, als ignoriere er mich mit Absicht. Deshalb haben sich unsere Blicke nie getroffen. Heute glaube ich zu wissen, warum er so gehandelt hat. Er hatte Angst vor mir, hatte Angst davor, dass ich sein Verhalten missbilligen würde. Er fürchtete sich vor dem verurteilenden Blick eines zehnjährigen Kindes."

Angesichts dieser plötzlichen Erleuchtung hatte sich «Don Quijote» ein ehrerbietiges Schweigen auferlegt. Als ob beide, auch er, eine Dunkelkammer verlassen hätten und eine Weile benötigten, um sich an die

Helligkeit zu gewöhnen. Ein Lichtblitz hatte sie geblendet. Die Erinnerung, die seinen Freund peinigte, war eine, die gar nicht vorhanden war! Ein leerer Stuhl, war das ein beweiskräftiger Zeuge?

„Mein Pater", fuhr «Sancho Panza» fort, „als ich gestern Nachmittag Denis Marañón vor unseren Augen zusammenbrechen sah, glaubte ich anfangs, erst jetzt hätte er die unglückselige Rolle durchschaut, die er zehn Jahre lang ausgeführt hat. Zum ersten Mal, vor unseren Augen, war ihm das bewusst geworden!

Aber heute Nacht ist mir völlig klar geworden, dass ich mich geirrt habe. Dieser Jugendliche hat schon all die Jahre diese Scham mit sich herumgetragen. Von Beginn an hatte Denis erkannt, dass es nur die Macht war, die der Besitzer der Tiere in seinem Bett auskostete. Er fühlte sich wie ein Gott, er war der unumschränkte Herrscher über die unglücklichen Kreaturen, der Urheber ihres Triumphes und ihres Scheiterns, ihrer Wonnen und ihrer Verzweiflung. In diesem Theaterstück war er der allgegenwärtige Autor und die beiden Tiere, die sein Werk aufführten, waren seine Spielzeuge, seine Figuren, sowohl der Hahn im Brautbett der Auserwählten als auch der andere, der mit dem Rücken zum Geschehen am Fenster stand, dazu verurteilt Stöhnen, Seufzer, Küsse, Wortfetzen, aber auch den Geruch von klebrigen Sekreten mitzubekommen. Der Ordensgründer ergötzte sich am Gegensatz. Wollust und Höllenqual, Triumph und Verzweiflung, alles gehörte zu seinem Werk. Er, der Ordensobere hatte für die drei Gelübde, die auch er abgelegt hatte, nur ein Lächeln übrig, und das vierte Versprechen, von ihm ersonnen, galt nur für Untergebene. Alles das war Bruder Denis seit Jahren bekannt. Damit wurde er ständig erniedrigt, über einen Zeitraum, der fast so lang war wie sein eigenes Leben.

Was ihn gestern in unserer Gegenwart zusammenbrechen ließ, waren unsere Augen. Nachdem sich unsere Blicke kreuzten, war ihm bewusst, dass wir von alledem Kenntnis hatten. Er konnte seine Scham nicht mehr für sich behalten, denn ihm war jetzt klar, dass es bald die ganze Welt wissen würde. Das war das Neue, was gestern für ihn zur Gewissheit wurde.

Als Kind konnte ich den Mann im Hühnerhof nicht dazu bringen, mir in die Augen zu sehen, denn er wollte nicht in die Augen eines Richters blicken. Doch wir zwei haben Denis genötigt, uns anzuschauen, denn vor seinem Zusammenbruch kreuzten sich unsere Blicke. Diese Begegnung fehlt im Film meiner Kindheit.

Und morgen, was wird morgen sein?", sprach «Sancho Panza» immer noch weiter. „Lieber Bruder, ich mache mir Gedanken, was morgen geschieht. Es wird der Tag sein, an dem Marcial Maciel gezwungen sein wird, seine Augen zu erheben, so wie es gestern bei Denis der Fall war, und er wird genötigt sein, seine Allmacht über den Käfig aufzugeben. Dann wird sich ihm jemand von hinten nähern, wird ihm den Kopf festhalten, mit den Fingern seine Augenlider öffnen und wird ihn zwingen, ob er will oder nicht, das Kind oben im Fenster anzuschauen. Wie wird Marcial Maciel reagieren, wenn seine Augen auf die Blicke seiner Opfer treffen, auf all die Knaben so jung an Jahren? Wird er fliehen? Wird er sich das Leben nehmen?"

„Pater, ich verstehe Sie", erwiderte «Don Quijote». Niemals hatte er seinen Ordensoberen so gefühlsbetont über persönliche Dinge sprechen hören und schon gar nicht mit Erinnerungen an seine Kindheitserlebnisse. „Mit unseren Unterschriften erreichen wir, dass der Welt die Augen geöffnet werden, um diesen Hühnerhof der Wollust und des Elends mit Namen Legion Christi betrachten zu können. Und über unserem Fenster, aus dem wir zwei alles aufnehmen, unsere Bewertungen verfassen und sie absenden, gibt es noch ein weiteres. Aus diesem Fenster schauen ebenfalls zwei Augen, doch es sind viel würdevollere als die unsrigen. Sie werden unseren Bericht lesen, die Erkenntnisse bestätigen und das in einer Bulle abgefasste Strafmaß aufnehmen. Das Ganze wird dann durch eine Unterschrift bestätigt, die geneigt ist, alles wieder aufzuheben. Es sind die Augen des Präfekten des Heiligen Offiziums."

Die zwei Mönche hatten nun das gleiche Bild vor Augen. In ihrer Phantasie sahen sie die gleiche Schaubühne. «Don Quijote» hätte fortfahren können, doch er zog es vor, dass «Sancho Panza» wieder das Wort ergriff und ließ ihn beschreiben, was beide gleichzeitig vor sich sahen:

„Das letzte Fenster ist die Loge des Kolosseums. In der glühenden Sonne der Arena liegt ein verletzter Gladiator. Cäsar richtet den Daumen nach unten. Das bedeutet das Todesurteil. Für diese traurige, leidende Gestalt ist jetzt der Zeitpunkt gekommen, den der

Gebieter der Hähne so fürchtete, den gestern Bruder Denis vor unseren Augen hat zusammenbrechen lassen. Der Zeitpunkt, in dem sich seine Augen mit den Blicken seiner Opfer treffen, mit den Blicken aller Opfer dieser Welt“, fügte der Großprior noch hinzu.

Er verschränkte seine Arme im Schoß und sprach mit der Erfahrung eines Veteranen, der tausend Schlachten geschlagen hat. Aus seinen Worten vernahm man Weisheit, aber auch unendliche Traurigkeit:

„Das ist die Stunde, in der die ganze Welt ruft: «Wir wissen um Deine Verkommenheit! Uns sind Deine kriminellen Taten bekannt!» Und Marcial Maciel wird bewusst werden, dass er eigentlich nur der dritte Hahn im Hühnerhof war. Der wirklich Allmächtige war der Junge am Fenster.“

ZWANZIGSTES KAPITEL

Dieses Mal war es nicht Dr. Mantovani, der ihn mit einem dringenden Anruf aus den Träumen riss, als er sich mit dem Band von Ludwig von Pastor schlafen gelegt hatte. Jetzt war es der Ordensrat für das Mittelmeer, der den Apotheker anrief.

„Doktor, ich möchte Sie nur fragen, wie hoch die Konzentration von «Casantranol» in dem Fläschchen mit dem Kaffee war. Ich hatte es Ihnen gestern Abend zusammen mit der Stuhlprobe des Novizen gebracht, welcher zuvor eine Tasse des Kaffee zu sich genommen hatte, der ebenfalls dieses Abführmittel enthielt."

„Sie hatten Recht, ehrwürdiger Pater. Die Konzentration des Kaffees, den Sie mir gestern Abend brachten, ist geringfügig höher als die im Kaffee der Thermosflasche vom Vortag. Aber vielleicht war das nur Zufall und keine Absicht, die Dosis nochmals zu erhöhen. Das Entscheidende ist der Tatbestand an sich. Jemand hat wiederholt versucht, Sie außer Gefecht zu setzen, indem er erneut eine hohe Dosis des Abführmittels in den Kaffee gab, der Ihnen serviert wurde. Im Stuhl des Novizen ist eine geringere Konzentration feststellbar, denn der Darm hatte bereits einen Teil des Mittels absorbiert. Das war aber nicht zum Vorteil des Probanden. Jedenfalls reicht der Wert aus, um auch hier glaubwürdig ein Verbrechen nachzuweisen. Ich verlasse mich auf die Fakten, auf das, was Sie mir zur Verfügung gestellt haben und was ein Mediziner feststellen kann."

„Der Arme hat ja am eigenen Leibe erfahren, wie heimtückisch er nichts ahnend als Unwissender missbraucht wurde, indem er dem Ordensgeneral immer wieder Gift in den Kaffee mischte."

„Passen Sie gut auf den Novizen auf, Pater, und teilen Sie ihm mit, dass ich auf keinen Fall zulassen kann, dass er sich auf Reisen außerhalb Roms begibt. Für die polizeilichen Ermittlungen ist er ein äußerst wichtiger Zeuge. Deshalb ist er verpflichtet, sich zur Verfügung zu halten."

„Wie? Haben Sie schon die Polizei eingeschaltet?"

„Ehrwürden, ich hatte Ihnen gesagt, dass ich als Arzt dazu verpflichtet bin, denn die, die das Abführmittel in den Kaffee gaben, haben eine strafbare Handlung begangen. Es gibt keine schlagkräftigeren Beweise. Meine Analyse des Kaffees, Ihre Beobachtungen und die Stuhlprobe sind eindeutig strafwürdige Sachverhalte. Es fehlt nur noch, mit den Angaben ein sachgemäßes Aussageprotokoll anzufertigen, worum ich Sie zwei bitten möchte. Entschuldigen Sie, dass das Verfahren so eingeleitet wird, aber die italienischen Gerichte geben sich nicht mit dem vorauseilenden guten Ruf der Heiligkeit und den guten Sitten in der katholischen Kirche zufrieden. In diesem Moment statten die mexikanische Polizei und ein Gerichtsmediziner Pater Pereira in der Villa Pacelli in Tlalpan einen Besuch ab, um seinen Gesundheitszustand zu überprüfen und ihn in eine Heilstätte einzuliefern", fuhr er fort. „Weitere Untersuchungen sollen Aufschluss darüber geben, ob sich in seinem Körper immer noch Reste des Medikamentes befinden oder diesbezüglich verwertbare Spuren nachzuweisen sind. Selbst ohne diese Beweise, denn sie sind bisher noch nicht von der mexikanischen Polizei bestätigt worden, haben wir genügend Indizien, um offiziell ein Verfahren gegen die Personen anzustrengen, die an dieser beabsichtigten Vergiftung beteiligt waren. Der Polizei ist bereits bekannt, dass Sie einen ganz konkreten Verdacht hegen. Deshalb werden Sie heute Vormittag von Beamten aufgesucht und man wird Sie beide bitten, sachdienliche Hinweise zu geben."

Er schloss seine Erläuterungen mit einem Hinweis, der sich wie ein Befehl anhörte:

„Behalten Sie die Informationen für sich. Sprechen Sie weder mit Ihren Ordensbrüdern und schon gar nicht mit dem Vatikan über diese Angelegenheit. Man kann nichts Gutes erwarten, wenn die Kirche erklärt, der Fall wäre einzig und allein der Gerichtsbarkeit des Klerus vorbehalten. In diesem Fall würden wir wertvolle Zeit verlieren, vielleicht auch noch wichtige Beweismittel. Leider ist es in der Kirche an der

Tagesordnung, Verbrechen zu verschleiern, wenn es sich bei den Tätern um Geistliche oder Kleriker handelt, obwohl in diesem Fall die Opfer fast noch minderjährig sind. Für uns gilt das Gesetz gleichermaßen für alle Bürger. Unsere polizeilichen Ermittlungen basieren auf einem anderen Denkansatz, gab mir vor kurzem der Kriminalkommissar zu verstehen, der mit dem Fall betraut ist. Dieser Beamte wird in den nächsten Stunden die Ermittlungen aufnehmen, bevor die mutmaßlichen Täter Beweise zerstören und gar die Flucht ergreifen können. Das Letztere ist leider nicht schwer in die Tat umzusetzen, da die gerichtlichen Beschlüsse für die Hausdurchsuchungen einige Zeit in Anspruch nehmen. Es werden zwei Anträge gestellt, einen für das Collegio Massimo und einen für den derzeitigen Wohnsitz von Marcial Maciel."

Der Ordenrat für das Mittelmeer, der selbstverständlich bereit war, als religiöse Institution mit einer zivilen Behörde zusammenzuarbeiten, hatte noch einen interessanten Hinweis für die Polizei:

„Wir wissen jetzt, welcher Novize damit beauftragt war, das Abführmittel in die Thermoskanne zu geben, die für uns bestimmt war. Der Jugendliche hat es uns gestern selbst während der Befragung gestanden und er ist auch bereit, das vor der Polizei auszusagen. Das heißt, es waren zwei Ordensmitglieder, die offensichtlich nichts ahnend, zumindest jedoch leichtgläubig beim Versuch mitgeholfen haben, Pater Pereira und uns zu vergiften."

Kommissar Giovanni Sartori kam um acht Uhr in einem von ihm selbst gesteuerten Polizeifahrzeug in Begleitung zweier bewaffneter Polizisten im Domus Carmelitana an. In kurzer Zeit hatte er die beeideten Aussagen der zwei Ermittler aufgenommen.

Der Ordensrat für das Mittelmeer hatte schon früh am Morgen den Prior in seiner Zelle aufgesucht, um ihm ebenfalls ein Geständnis zu machen. Denn der Ordensobere sollte noch vor Eintreffen der Polizei und vor den eidesstattlichen Aussagen, zu denen beide aufgefordert würden, Kenntnis über die Ergebnisse der Nachforschungen haben, die «Don Quijote» auf eigene Faust und eigenes Risiko durchgeführt hatte.

„Verzeihung, mein Pater. Dr. Mantovani bat mich um absolutes Stillschweigen gegenüber der Amtskirche und auch gegenüber meinen Ordensbrüdern. Er berichtete mir von seinen Ermittlungserfahrungen, die sowohl Ihnen als auch mir schon lange bekannt sind. Dass nämlich die kirchlichen Institutionen dazu neigen, Täter zu decken, die aus ihren eigenen Reihen kommen. Doch sollte sich die Gerechtigkeit bei der Polizei und bei den italienischen Behörden besser aufgehoben fühlen. Ich meine, es wäre für Sie als Ordensoberen besser, wenn Sie Gewissenskonflikten bezüglich der Schweigepflicht gegenüber dem Vatikan – ja oder nein – tunlichst aus dem Weg gehen. Wenn ich bei der Wahrheit bleibe, gibt es nichts zu verheimlichen.“

Eine Stunde später verließ Giovanni Sartori den Ordenssitz der Karmeliter und begab sich in die Via Aurelia.

Die Liste der Personen, die verhört werden sollten, las sich wie folgt: als Verdächtige einer vollzogenen oder versuchten Vergiftung, die Patres der Legion Christi Ambrosio Balboa und Daniel Agustí; als unmittelbar Ausführender dieser Straftat zum Schaden von Pater Danilo Pereira Gurrea, das Mitglied der Legion Christi Luanco; für die gleiche Straftat zum Schaden der zwei Karmelitermönche, der Legionär Bruder Vicente Orozco.

Um die Beteiligung an den genannten Straftaten zu bestätigen, war außerdem die sofortige Festnahme des Ordensgenerals der Legion Christi, Marcial Maciel Degollado anberaumt, derzeit wohnhaft außerhalb Roms in der Villa Linda, dem Herrenhaus der Barmherzigen Schwestern. Auf Anordnung des Gerichtsmediziners war diese Maßnahme erst dann zu vollziehen, wenn die beeidete Aussage der beiden ersten oben in der Liste zitierten Zeugen vorliegen würde und auch nur dann, wenn diese bestätigten, die vollzogene oder beabsichtigte Vergiftung auf ausdrückliche Anordnung des genannten Ordensoberen ausgeführt zu haben.

Eine halbe Stunde später hatte der Kommissar die Aussagen von Daniel Agustí und Ambrosio Balboa in den Händen und verließ das Collegio Massimo, den Sitz der Legion Christi. Die zwei Angeklagten begleiteten ihn. Er wollte sie dem Untersuchungsrichter übergeben, damit der für beide oder zumindest für einen von beiden einen Untersuchungshaftbefehl ausstellen würde. In jedem Fall erhielten sie jedoch Hausarrest.

Zuvor hatte man schon die beeideten Aussagen der beiden Novizen aufgenommen, die an dem Vergiftungsfall beteiligt waren. Beide erklärten einhellig, dass es Pater Agustí war, der ihnen das Medikament und die Hinweise übergab, in welcher Form man es verabreicht.

In der bezeugten Aussage von Luanco, die der Ordensgeneral der Karmeliter und sein Ordensrat für das Mittelmeer bestätigten, wurde eine weitere Straftat von Pater Agustí genannt: der Tatbestand der fortgesetzten Vergiftung über einen Zeitraum von mehreren Wochen zum Schaden des kommissarischen Leiters der Legion Christi, Pater Danilo Pereira Gurrea, jetzt wohnhaft in Tlalpan, Mexiko.

Der Rektor der Einrichtung, Ambrosio Balboa, wurde dem Gericht als Zeuge und Tatverantwortlicher überstellt, obgleich er angab, keinerlei Hinweise dieser Machenschaften erhalten zu haben. Daniel Agustí bestätigte die Nichtbeteiligung von Ambrosio Balboa. Er gab aber zu Protokoll, selbst an allen Handlungen beteiligt gewesen zu sein, die ihm zur Last gelegt werden. Diese habe er aufgrund des Heiligen Gehorsams ausgeführt, wozu er durch die abgelegten Gelübde gezwungen gewesen sei.

„In diesem Punkt, den sie zur Ihrer Entlastung vorbringen, werden die Taten ihrem unmittelbaren Vorgesetzten zur Last gelegt“, stellte der Kommissar Giovanni Sartori klar. „Das alles wird noch sachgemäß in der Anklageschrift festgehalten. Wie ist gleich noch der Name Ihres unmittelbaren Vorgesetzten?

„Marcial Maciel Degollado", antwortet der Ausbilder der Novizen mit einer verspäteten Geste der Sympathie.

Giovanni Sartori ließ die beiden Polizeibeamten, die ihn begleiteten, im Collegio Massimo zurück. Sie sollten verhindern, dass Beweise vernichtet oder wichtige Dokumente beiseite geschafft würden. Zwischenzeitlich wollte er den richterlichen Beschluss für die Durchsuchung der Privaträume der beiden Ordensbrüder und für einige Abteilungen des Hauses erwirken.

Bevor er das Haus verließ, gab Giovanni Sartori von der Pförtnerloge des Collegio aus mehrere telefonische Anweisungen. Wenn er im Kommissariat mit den beiden Angeklagten, die gleichzeitig als Zeugen fungierten, ankommen würde, sollten ihm zwei weitere Polizeibeamte für die Festnahme des außerhalb Roms logierenden Ordensgenerals der Legion Christi und für die dortige Hausdurchsuchung zur Verfügung stehen. Im Kommissariat wurden zwischenzeitlich schon die erforderlichen Anträge gestellt, die das Gericht zur Ausstellung eines richterlichen Beschlusses zur Hausdurchsuchung in der Villa Linda benötigte.

Während die Polizei in der Via Aurelia ihrer Arbeit nachging, bog der schwarze Citroën des Ordensgründers in die kleine Via Pauvan in Richtung Collegio Massimo ein. Marcial Maciel Degollado war mit Daniel Agustí so verblieben, dass sie in den frühen

Morgenstunden die Auswirkungen der unerklärlichen Verlängerung der Zeugenbefragung, die rätselhafte Einmischung von Pater Gabriel und die nicht weniger unerklärliche Widerstandskraft der beiden Ermittler gegen das Abführmittel «Casantranol» erörtern wollten. Der Ausbilder der Novizen hatte seinen Telefonanruf nicht entgegengenommen, deshalb entschied er sich unverzüglich zu diesem persönlichen Treffen.

Als er ankam, bekam er einen Schock, aber er hatte sich bereits so etwas Ähnliches gedacht. Ein Polizeifahrzeug stand vor dem Eingang des Gebäudes. Minuten später hätte er sehen können, wie die Polizei Daniel Agustí, Balboa und die zwei Novizen abführte, doch Marcial Maciel hatte keine Zeit mehr zu verlieren. Er wendete sein Fahrzeug und machte sich sofort auf den Weg Richtung Flughafen, ohne rote Ampeln zu berücksichtigen oder sich an Geschwindigkeitsbegrenz ungen zu halten. Vorher hätte er eigentlich noch kurz an der Villa Linda anhalten müssen, um wenigstens ein bisschen Wäsche und einige persönliche Sachen einzupacken, doch er dachte, dass er vielleicht in eine Falle tappen könnte. Er stellte sein Fahrzeug von dem Eingang des Abflug-Terminals ab, ohne es abzuschließen oder einen Parkschein zu ziehen, denn er wusste, dass er niemals mehr zurückkehren würde.

Er nahm den hinter dem Fahrersitz verstauten Handkoffer mit, den er zwei Tage zuvor mit größter Sorgfalt vorbereitet hatte, als bekannt wurde, dass die Ermittler eine weitere Befragungsrunde durchführen würden. In den vierzehn Umschlägen hatte er alles mitgenommen, was er für ein Untertauchen benötigte, Kreditkarten und eine stattliche Summe Bargeld in Dollar. In einem weiteren, größeren Umschlag waren Reiseschecks und falsche Reisedokumente verstaut.

Beim Einchecken legte er einen kolumbianischen Reisepass vor, der auf den Namen Armando Sánchez Rivas ausgestellt war.

Als die Polizei in der Villa Linda eintraf, konnten ihnen die Nonnen keinerlei Angaben über den Aufenthaltsort ihres illustren Gastes machen. Die bewaffneten Beamten versiegelten die Zimmertür seines Apartments und blieben dort bis auf Weiteres als Wache zurück. Später würde die Spurensicherung mit dem Durchsuchungsbeschluss eintreffen, um eine eingehende Untersuchung seiner Privaträume vorzunehmen.

Als den Novizen und Studenten in der Via Aurelia klar wurde, dass sich niemand ihrer Vorgesetzten mehr im Haus befand, wendeten sie sich verängstigt an den einzigen verbliebenen Geistlichen. Das war Pater Gabriel. Er war bereits durch Luanco und Raúl über das Ergebnis der zweiten Befragung informiert und hatte die morgendlichen polizeilichen Aktivitäten aufmerksam verfolgt.

Gabriel Mena benachrichtigte jetzt telefonisch Pater Ramiro Arias Argüello. Dieser begab sich sofort ins Collegio Massimo und analysierte für einige Augenblicke stillschweigend die Situation. Es war ihm bekannt und er befürchtete, dass die Heilige Kongregation für die Glaubenslehre und das Heilige Offizium die Ermittlungen in ihrem eigenen Interesse verzögern würden. Deshalb nahm er freudig folgende unerwartete Nachricht zur Kenntnis: ohne dass es ausdrücklich beabsichtigt war, hatte die Verwendung des Abführmittels «Casantranol» dazu geführt, dass die Anklage der Tatverdächtigen der Legion Christi von der Staatsanwaltschaft erhoben wurde. Von daher glaubte er, dass die Staatsgewalt die Ermittlungen wesentlich wirksamer und transparenter durchführen würde, als dies in den Ämtern des Heiligen Stuhls der Fall wäre, die er zur Genüge kannte.

Die unglaublich fahrlässige Vorgehensweise des Ordensgründers Marcial Maciel, die dazu führte, dass überall verwertbare Spuren gefunden wurden, das gottgewollte Auftauchen der zwei Dokumente, die Daniel Agustí verloren hatte und die entscheidende Mithilfe von Gabriel Mena hatten dafür gesorgt, dass Pater Ramiro an dem Punkt angekommen war, den er sich so sehnlichst gewünscht hatte: Pablo Gerechtigkeit zu verschaffen und dass die Täter als Kriminelle zur Rechenschaft gezogen würden.

In diesem Augenblick gingen Pater Ramiro die Zeilen durch den Kopf, die Pablo ihm vor einiger Zeit geschrieben hatte. Es war fast so, als würde er dabei Pablos Stimme vernehmen:

«Ich habe gelernt, mit der Kümmernis zu leben, als wäre es ein Teil von mir. Ich habe gelernt, jeden Morgen mit dem Aufstehen von vorn zu beginnen. Ich habe gelernt, im Antlitz meines Vaters nur noch die Ahnungslosigkeit und die Dummheit, aber nicht mehr eine Mitschuld aus krankhaftem Ehrgeiz zu sehen. Ich habe gelernt, im Antlitz meiner Mutter die Entsagung des Schmerzes und nicht das unendliche Leid zu sehen, das sie auf der Suche nach unmöglicher Sühne von innen zerfrisst. Ich habe noch einmal sprechen gelernt, ohne dass ich jedes Mal mitten im Satz in Tränen ausbrechen muss. Ich habe gelernt, auch die leichteste Berührung als das zu ertragen, als was ich sie im Inneren verspüre, als eine Anwandlung von Gewalt. All das habe ich im Laufe der vielen Jahre gelernt. Was ich immer noch nicht gelernt habe, ist zu vergessen.»

EINUNDZWANZIGSTES KAPITEL

Um zehn Uhr dreißig am Morgen hob auf dem Airport «Leonardo da Vinci» eine Boeing 707 in Richtung Tanger ab. An Bord der ersten Klasse befand sich der Fluggast Armando Sánchez Rivas.

Marcial Maciel hatte dieses Flugziel nicht mit Bedacht gewählt, sondern es war nach seiner Ankunft auf dem Flughafen der erste verfügbare Flug. Man war gerade im Begriff, den Check-in zu schließen und man vernahm schon den letzten Aufruf zum Einsteigen. Er hatte jetzt keine Zeit mehr zu verlieren, er musste das italienische Staatsgebiet umgehend verlassen.

Zurück blieben Rom, Ontaneda, Salamanca, Tlalpan, Cuernavaca, Mexiko City und all die Jugendlichen, die sich für eine religiöse Ausbildung entschlossen hatten. Hinter ihm lag die Legion Christi, für immer in Trümmern. Ihr Ordensgründer, der erste und letzte Ordensgeneral, beging Fahnenflucht, um der Polizei zu entkommen. Er floh, um sich in irgendeinem Winkel der Welt zu verstecken.

Im Flugzeug kam ihm eine andere Flucht aus den Jahren seiner Jugend in den Sinn. Die Flucht, die er seinem treuen Abelardo versprochen hatte zu erzählen, die Flucht, von der er bisher niemandem berichtet hatte, nicht einmal seiner Mutter. Es war das Erlebnis, das alle, aber auch wirklich alle Scheidewege in seinem bisherigen Leben beeinflusst hatte. Nur einem hatte er bisher davon Kenntnis gegeben, seinem Onkel, dem Bischof von Chihuahua, der ihm die Beichte abgenommen hatte.

Während er noch in dem Dickicht seiner Erinnerungen gefangen war, warf er einen starren Blick auf die Stewardess, denn er hätte es endlich gern jemandem erzählt. Warum nicht ihr? Jener attraktiven jungen Frau, die ihm auf dem kleinen aufklappbaren Tisch ein Schälchen mit Oliven und Nüssen und einen kleinen Teller Gebäck serviert hatte, mit einem Lächeln, das ihm die Wahl ließ zwischen Champagner, Whisky oder Orangensaft. Sie hatte diesen Arbeitsplatz von der Fluggesellschaft erhalten, weil sie blond, hübsch und ein ausgesprochen arisches Aussehen mitbrachte, als hätte ihr Personalchef, der für die Vergabe verantwortlich war, Marcial Maciel geheißen. Nur das Geschlecht stimmte nicht.

Die Flucht musste damals genauso übereilt vonstatten gehen wie die heutige und die, die sich an meine Spuren hefteten, waren ebenfalls die gleichen. Aber wenn man es vergleicht, ist die heutige viel bequemer. Damals blieb mir nicht einmal Zeit, das Pferd zu satteln, sagte er sich.

Don Francisco Maciel war ein richtiger Draufgänger. Vor Freund und Feind brüstete er sich damit, wie leicht es ihm fiele, Frauen ohne großes Liebeswerben zu erobern, denn er hatte so oft den Stieren beim Besteigen der Rinder zugeschaut, wie sie auf die Schnelle und ohne jegliche Zuneigung die weiblichen Artgenossen mit ihrem Samen schwängerten, indem sie einfach ihren Hoden in einem Anflug von Sinnesfreuden und ausübender Gewalt entleerten. Seine Mutter, Doña Maura Degollado, ertrug alles in christlicher Sanftmut. Hierbei halfen ihr auch die Wonnen und die Ruhe, die sie bei ihrem Sohn Marcial fand, das Kind mit dem zart geschnittenen Gesicht und den weiblichen Gebärden, den sie so einfühlsam und mit kindlicher Liebe zu bemuttern verstand, so wie auch er die Mutter verwöhnte. Sie richteten sich zu zweit ein Leben mit immerwährender Liebe ein. Sie wurde seine Vertraute und Beschützerin. Sie spendeten sich gegenseitig Trost, wenn der grausame Vater, der Tyrann, seine Wut wieder einmal nicht im Zaum halten konnte. Denn er hätte natürlich viel lieber gesehen, dass sein jüngster Sohn seine männlichen Attribute angenommen hätte. Er war jetzt schon fünfzehn Jahre alt, aber männliche Eigenschaften waren bei ihm bisher kaum auszumachen.

Eines Tages machte der Wahnsinnige dem ein Ende und zwar mit der entsprechenden Maßnahme:

„Ich werde Dich jetzt zu den Viehtreibern schicken, damit sie aus Dir einen richtigen Mann machen."

Marcial blieb nur für kurze Zeit in der Hütte der Tagelöhner und zu Lebzeiten seines Vaters kehrte er auch nicht ins Elternhaus zurück. Tief betrübt und übel zugerichtet kam er eines frühen Morgens durchgefroren auf einem ungesattelten Pferd, denn für das Satteln war ihm keine Zeit mehr verblieben, am Haus seines Onkels an, dem Bischof von Chihuahua. Er bat seinem Onkel, ihm die Beichte abzunehmen, denn er hätte einen Menschen getötet.

„Das geschah aus reiner Selbstverteidigung“, beruhigte ihn Monsignore, nachdem er sein Verbrechen gebeichtet hatte. „Du hast nur einen Scheißkerl geradewegs zur Hölle geschickt, der das auch verdient hat“, versuchte der Gottesmann seine innere Wut und seine Gerechtigkeitsgefühle in der rauen Sprache der ländlichen Vorfahren auszudrücken. „Du hast nur als Gottesbote die Rache des Allmächtigen umgesetzt. Damit du voll und ganz beruhigt sein kannst, gewähre ich dir die Absolution. Es ist aber notwendig, dass du für einige Zeit aus Mexiko verschwindest. Du solltest versuchen, dich den hiesigen Behörden zu entziehen.“

Für eine Woche konnte er im bischöflichen Palast unterkommen. Dort wurde er mit Kleidung und den entsprechenden Dokumenten versorgt, um sich im eigenen Land bewegen, aber auch, um damit das Land verlassen zu können. Er bestellte ein Taxi, das ihn auf die andere Seite der Grenze in die Vereinigten Staaten brachte. Er hatte einen Brief Seiner Exzellenz dabei, der an den Rektor des jesuitischen Priesterseminars von Montezuma in New Mexico gerichtet war. In diesem Schreiben bat der Bischof, auch im Namen aller Theologiestudenten seiner Erzdiözese, für seinen

Neffen um Unterkunft und eine geistige und theologische Ausbildung, weil Gott ihn soeben für das Priesteramt auserwählt hatte. Er verschwieg jedoch dem Jesuiten, dass der göttliche Ruf auf ein Messer mit blutbefleckter Klinge zurückzuführen war.

Die Geschichte wiederholt sich, dachte der Prälat, und ich meine die der Sor Juana Inés de la Cruz, die zur Nonne konvertiere, um nicht heiraten zu müssen.

„Du gehst ins Priesterseminar, damit Dich die Polizei nicht schnappen kann", gab der Bischof Marcial mit auf den Weg. Auf diese wunderbare Weise hatte Gott Seiner Exzellenz mitgeteilt, dass sein Neffe zu höchsten Ämtern berufen ist, damit er ihm diese Botschaft überbringen kann.

Ein weiteres Ereignis, mit dem er überrascht wurde, sollte für den Bischof von Chihuahua eine neuerliche Bestätigung der Pläne Gottes für die Zukunft seines Neffen sein. Im Priesterseminar von Montezuma überraschte man den Jungen auf frischer Tat bei einer Handlung, die die Gemeinschaft der Jesuiten unverzüglich mit dem Ausschluss aus ihrem Orden ahndete. Zwei Seminaristen eng umschlungen und nackt in einem Bett, das bedeutete im Verhaltenskodex der Jesuiten eine äußerst schändliche und inakzeptable Haltung, die den unmittelbaren Verweis zur Folge hatte.

Eines Morgens, kaum vier Monate nachdem er im Galopp zu seinem Onkel geflüchtet war, stand er wieder bei dem Bischof vor der Tür, dieses Mal mit einem Koffer schmutziger Wäsche und ohne Geld. Nach der Aussprache mit seinem Onkel ersann er eine

Geschichte und diese erzählte er innerhalb und außerhalb der Familie allen, die es hören wollten. Man habe ihn aus dem Orden entlassen, weil er unter den besten Seminaristen eine Auswahl treffen wollte, um mit diesen Kameraden eine neue religiöse Kongregation innerhalb der Kirche zu gründen. Ein neuer Orden innerhalb eines bestehenden Ordens, mit Vorschriften und Verhaltensregeln im Zusammenleben, die von ihm erdacht worden waren, erläuterte er. Für diese Idee hatte er aber in dem absolutistisch geführten Priesterseminar der Jesuiten in Montezuma nicht die geringste Zustimmung gefunden.

Alles basierte auf der Kunst der öffentlichen Wiedergabe des Monsignore. Der Bischof von Chihuahua war ein ausgewiesener Experte in der Deutung von verschlüsselten Botschaften des Herrn, die wegen der Unzulänglichkeit der Gläubigen allzu oft falsch verstanden wurden. Er hatte erkannt, dass Gott ihn mit der besonderen Gabe ausgestattet hatte, Ereignisse vorauszusehen. Die kleine Gruppe von Marcial heimlich aus dem Priesterseminar von Montezuma Auserwählten wäre die Keimzelle von etwas ganz Außergewöhnlichem, verdeutlichte der Monsignore. Für diese Aufgabe wäre sein Neffe unmissverständlich von Gott berufen worden. Mit dieser von seinem Onkel verbreiteten Äußerung fühlte sich der junge Marcial unzweifelhaft von höchster Stelle auserkoren, in der aktiven katholischen Streitmacht eine Einrichtung ins Leben zu rufen, in der er im päpstlichen Auftrag als Kapitän fungieren würde. Gott hatte ihn auserwählt, einen religiösen Orden zu gründen.

Es ist wirklich so, dass man bei Gott immer zwischen den Zeilen lesen muss, um seine eindeutige Botschaft zu verstehen, sagte sich der Bischof nochmals, als er in der unergründlichen Schriftenauslegung des Allmächtigen einen Sinn suchte, während er Wochen später die vertrauliche Botschaft des Rektors des Priesterseminars von Montezuma in New Mexico über Marcials Rausschmiss las, die er mit gesonderter Post erhalten hatte. Dieser Brief enthielt eine göttliche Botschaft, die natürlich, so sagte er sich, entsprechend codiert war, damit die Kleingeistigen sie nicht falsch verstehen konnten. Marcials Onkel, der Bischof von Chihuahua, verstand es immer wieder, die unentschlüsselbaren Botschaften des Herrn zum Wohle seines Neffen auszulegen und danach die himmlischen Hieroglyphen zu entziffern.

Marcial begann sein neues Leben als Ordensgründer mit einem triebhaften Hass auf das männliche Geschlecht und er wusste genau, warum. Die Gründe hierfür konnten weder sein Onkel, der Bischof, noch der Rektor des Priesterseminars von Montezuma ausmachen. Marcial war bewusst, dass er auf seinem weiteren Weg äußerst vorsichtig zu Werke gehen musste. Als Hilfsmittel dienten ihm Heuchelei, Verschweigen und immer wieder Lügen. Seine von ihm ersonnenen und unters Volk gestreuten Geschichten, die er wahrscheinlich selbst nicht glaubte, nahm ihm die ganze Welt ab: von den Kindern in Tlalpan über Betschwestern auf beiden Kontinenten bis zum Kardinalskollegium in Rom.

Sein Lustobjekt sollte immer männlich wie er selbst, doch ihm in irgendeiner Weise unterlegen sein. Die idealen Opfer waren vorpubertäre Knaben, je mehr noch geistig im Kindesalter verharrend, desto besser. Bei der Auswahl von männlichen Erwachsenen bevorzugte er solche, die Schwachstellen erkennen ließen, sei es in der praktischen Arbeit, in der äußeren Erscheinung, in der Kunst der Verführung oder in der Geschicklichkeit und Kunstfertigkeit zu täuschen. Es waren solche, die von der Natur aus nicht mit seiner Derbheit ausgestattet waren und an denen er sich dadurch am männlichen Geschlecht rächen konnte, je hübscher sie waren desto größer sein Hohn und Spott. Je schöner die Ausstrahlung eines männlichen Gesichtes, desto besser kamen die Kratzspuren seiner Pranken zum Vorschein. Dabei ging er derart rücksichtslos vor, als würde er in einem antiken Museum Skulpturen des griechischen Bildhauers Phidias mit Hammerschlägen zerstören. Zuerst wurden seine männlichen Objekte unterjocht, dann von seiner Ausstrahlung geblendet und schließlich leidenschaftlich umgarnt, dabei immer am Rand des Abgrunds tanzend, bis er sie schließlich wie eine heiße Kartoffel fallen ließ. Das dafür am besten geeignete Werkzeug war ein religiöser Orden, in dem er die Rolle des Vaters und Gründers einnehmen würde, der unangefochtene Führer, im Inneren und Äußeren gleichermaßen verehrt.

Ja, und dann war da noch die wunderbare Waffe des Gehorsams! Damit war er buchstäblich in der Lage, über einen Zeitraum von zehn Jahren eine ganze

Generation von Anhängern zu versklaven. Der Hass kam so zum Ausdruck: Zuerst ließ er in der Rolle des gütigen Vaters seinen Ring küssen und dann erfolgte umgehend die Demütigung!

In Zeiten einer Krise, in der er sich niemandem anvertrauen konnte, übermannt von Zweifeln und Ängsten, war seine einzige Zuflucht die morphiumhaltige Droge «Dolantina». Sie brachte ihn wieder auf die Beine und ließ ihn seine Schwächen vergessen, verlieh ihm gegenüber den Gedemütigten ein Gefühl von Anderssein und Höherem, von Härte und Rauheit, so wie er eigentlich immer sein wollte.

So wie die Feldarbeiter seines Vaters in Michoacán. In der Schlafscheune besaß er nie ein eigenes Bett. Die Tagelöhner, einer nach dem anderen, nahmen ihn in ihren Schlafpritschen auf. Sie hatten in ihrem brutalen Hunger den Auftrag des Vaters ohne Worte auf ihre Art ausgeführt. Der Vater hatte ihnen nie gesagt, warum er ihnen seinen Sohn anvertrauen wollte, denn das war durch ihre Triebhaftigkeit von vornherein klar. Bei der Verteilung der Beute gab es weder Streitereien noch Diskussionen. Trotz der üppigen Beute, die ihr Herr ihnen überließ, fanden sie einen Weg, ihren Drang unter Kontrolle zu halten und es blieb bei den getroffenen Vereinbarungen. Als die folgende Nacht anbrach, zwangen sie Marcial, einem der Tagelöhner so zu Diensten zu sein, als wäre er ihr Eigentum. Dieser benutzte ihn, als wäre er eine Prostituierte. Mit dieser Behandlung gelang es Marcial nicht mehr, ein Mann zu werden. Er begann alle männlichen Wesen zu hassen, sein Leben lang und wollte sich ab sofort nur noch an ihnen rächen.

Er musste sich mit diesen Barbaren an einen Tisch setzen, immer und für alle sichtbar zu dem, der ihn letzte Nacht benutzt hatte. In ihren anzüglichen Kommentaren überhäuften sie ihn mit zweideutigen Komplimenten. Die Unterhaltung gipfelte zwangsläufig darin, dass jeder Tagelöhner die Hurerei, seine sexuellen Großtaten mit dem traurigen Jungen lang und breit zum Besten gab. Der Junge hörte den Gesprächen völlig eingeschüchtert zu. Er bekam so die widerlichsten Bezeichnungen für ein menschliches Körperteil mit und die dreckigsten Ausdrücke für den Beischlaf zweier Menschen gleichen Geschlechts.

Es gab dort einen, den Brutalsten von allen, der sich damit rühmte, den Jungen in einer Nacht sechs Mal mit Gewalt genommen zu haben. An jenem Tag, es war der zweiundzwanzigste seines Martyriums, war dieses Tier von Mensch wieder an der Reihe.

„Kleine Nutte, jetzt leg Dich mal schnell ins Bett“, rief er ihm nach dem Essen am Tisch zu, den Bauch voll von *Tamales*[1] und Alkohol. „Leg Dich schon mal hin und deck Dich schön zu. Ich möchte ein warmes Bett, denn heute Nacht feiern wir beide ein wahres Fest.“

Die dreckige Schweineherde lachte sich vor Spaß halb kaputt. Marcial riss eine gespenstische Grimasse, die alle vorgaben zu wissen, was sie bedeutete. Die Tagelöhner glaubten sehr wohl die Rolle des Jungen zu kennen, die ihm bei diesem nächtlichen Fest zufallen würde.

1) Traditionelles lateinamerikanisches Gericht, bestehend aus einem Maisteig mit Mehl und Schmalz. Dieser wird mit Fleisch, Käse oder anderen Zutaten gefüllt.

Nachdem der Schläger ihn zwei Mal brutal vergewaltigt hatte, zwang er Marcial, sich auf den Rücken zu legen, damit er ihn nach Herzenslust küssen konnte:

„Nun freu dich mal, kleines Fräulein, denn jetzt kommt noch das Schönste für dich", und er begann mit seiner dreckigen Zunge in die Mundhöhle des Jungen einzudringen, die vor Ekel und Angst ganz ausgetrocknet war.

Bevor er sich ins Bett legte, hatte Marcial alles ganz genau einstudiert. Er hatte die rechte Hand unter das Kopfkissen gelegt. Er nahm alle Kräfte zusammen, schob die linke Hand unter das Kinn und stieß den auf seinem Gesicht liegenden Kopf von sich. Er holte die rechte Hand hervor, zog das Messer mit einer schnellen Bewegung zur Seite und durchtrennte mit einem Schnitt die Kehle. Er hatte das von den Schweineschlächtern abgeschaut, die mit einem einzigen Stich in die Hautfalte der Kehle den Tieren das Leben nahmen. Das warme Blut besudelte Marcials Augen und Gesicht. Die starre Umarmung lockerte sich. Fast ohne einen Laut von sich zu geben, war für den Mann das Freudenfest beendet.

«*Degollado*[2]», kam es jetzt Marcial Maciel in den Sinn, dabei genoss er im Sessel der ersten Klasse seinen Whisky, «der Name meines berühmten Onkels, Cristero-General und Bruder meiner Mutter. Was hätte der wohl dazu gesagt, dass sein Neffe, ein Priester, seinem berühmten Namen eine derartig wortgetreue Ehre verschafft – und das alles ohne die geringsten Gewissensbisse.»

2) degollar: enthaupten; die Kehle aufschneiden; abstechen

In jener Nacht stieß Marcial den Toten von sich, der darauf hin bäuchlings auf den Boden klatschte. Mit einem letzten Röcheln hatte die Bestie viel Blut über Marcials Mund ausgespuckt. Das bittere Aroma des Todes kostend, glaubte er daran zu ersticken.